KB012884

일러스트레이션 : Ryou Mizukane

# 상사 와 연애

### 남계 대가족 이야기

## 상사와 연애~남계 대가족 이야기~

초판 1쇄 찍은 날 | 2014년 10월 1일
초판 1쇄 펴낸 날 | 2014년 10월 10일

지은이 | 휴가 유키
그린이 | 미즈카네 료
옮긴이 | 강지우
펴낸이 | 예경원

편집책임 | 박우진
편집 | 오아현

펴낸곳 | 예원북스
등록번호 | 제396-2012-000132호
등록일자 | 2012. 7. 25
YRN | 제6-0002호

주소 | 경기도 고양시 일산동구 무궁화로 8-28 삼성메르헨하우스 712호 (우) 410-837
전화 | 031-819-9431  팩스 | 031-817-9432
http://blog.naver.com/ainandfin
E-mail | ainandfin@naver.com

© Hyuga Yuki / Cosmic Publishing All rights reserved.
Korean translation rights arranged by Cosmic Publishing Co., Ltd.
through NTT Solmare Corp.

ISBN 979-11-5630-751-8 03830

남계 대가족 이야기

# 상사와 연애

휴가 유키 글
미즈카네 료 그림
강지우 옮김

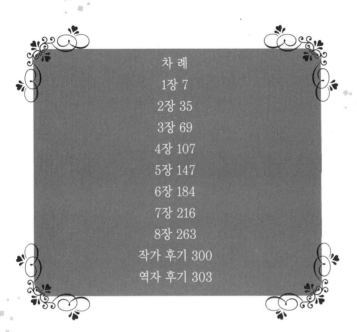

# 1장

　몸을 눕히고 눈을 감자, 나의 뇌리에는 한 명의 남자가 떠올랐다.

　장신의 키에 좋은 체격과 강경한 태도, 그리고 어딘지 모르게 날이 선 저음의 보이스에 멋대로 자라게 둔 수염. 이렇게 말하면 실례일지 모르겠지만, 나는 그 사람을 처음 본 순간, 카부키쵸(歌舞技町)에서 대금을 징수하러 온 사채업자라 생각했다.

　그게 아니면 조직폭력 담당의 형사? 어느 쪽이든 속성은 '무서운 사람'이다.

　"그러고 보니, 타카사키(鷹崎) 부장이 맡겼던 자료는… 어떻게 됐더라? 아, 저녁에 다 같이 숙제했을 때 확인했는데……."

하지만, 그런 생각을 한 것도 몇 초뿐.

나―토다 히토시(兎田寧)는 막 파고든 이불 안에서 깊은 잠에 빠져들었다.

이러쿵저러쿵할 것도 없이 이불과 몸이 합체된다.

특별한 이유는 없다. 그저 오늘도 다른 날처럼 전력으로 살았기 때문이다.

아침부터 밤까지 일만 하느라 바빠, 머리도 몸도 풀 가동.

그러니 몸을 누이자마자 이렇게 곯아떨어지는 것이다. 자기 전 스마트폰을 만지작거리는 여력조차도, 지금의 나에게는 없다.

하지만―당연한 말이겠지만―이런 내 피곤이 풀리든 말든,

또 다시 하루는 시작된다.

"히토시! 아침이야."

창문 미닫이 너머로 아침 해가 비치는 순간, 주방에서 나를 부르는 아버지의 목소리가 들렸다.

"제발… 아직 졸려……."

당장 일어나지 않으면 안 된단 사실은 잘 알고 있지만, 아직 여섯 시 전이다.

나는 베개를 끌어안고 다시 잠에 들었다. 마치 현실도피라도 하듯, 거실로 이어지는 방문에서 등을 돌렸다.

그러자 이미 그것을 예측했다는 듯 등 뒤로 장지문을 두드리는 소리가 났다.

"히짱~ 히짱~"

아장아장 걸어서, 이제 갓 배운 단어로(나이에 비해 꽤 기억력이 좋다!!) 나를 깨우러 온 것은, 우리 집 톱 아이돌인 나나오(七生)였다. 아버지는 나를 한 번 더 깨우는 대신 즉각 최후의 병기를 투입시킨 듯하다.

"맘마~ 맘마~"

나나오는 나의 정면으로 돌아 들어와서는, 털썩하고 엉덩이를 붙이고는 무릎을 감싸 안아 앉았다.

그리고 작은 손바닥으로 탁탁 내 뺨을 두드려 온다.

이제 일 년 사 개월을 갓 지난 나나오는 기억력이 좋을 뿐만 아니라, 밖에 잠깐만 데리고 나가도 지나가던 사람 모두가 뒤돌아볼 정도의 귀여운 아이다.

투명하도록 하얀 피부에, 반짝반짝 빛나는 구슬 같은 눈. 올망졸망한 코와, 통통한 뺨과 입술. 바스락거리는 곱슬머리라서 머리카락 끝이 멋대로 꼬이지만⋯⋯ 그게 또 귀엽다. 눈에 쓰인 콩깍지를 떼고 봐도, 미남미녀인 양친에게서 좋은 것만 전부 물려받아 태어난 나나오는 우리 집의 보물이다.

장래엔 미소년에서 미청년으로, 그리고 미중년이 될 것이 틀림없다.

나나오를 안고 시부야, 신주쿠 근처를 걷고 있으면, 벌써부터 스카우트하러 말을 걸어올 정도니까!

"맘마~ 줘~"

'오오옷! 벌써부터' 단어와 단어를 연결하다니, 신동이다! 정말이지, 나나오의 언어 능력은 두 살짜리 아이의 수준이 아니야. 하지만… 지금은… 졸려… 미안해~'

내가 좀처럼 눈을 뜨려고 하지 않자, 나나오는 내 배 위를 기어올라 이불을 잡아 흔들었다.

"인어나~ 이러나아!"

'말 타는 것도 아니고~ 그렇게 통통거리며 엉덩이로 뛰면, 기저귀가 어긋나잖아.'

—라고 생각하며, 재빨리 체념한 나는 나나오를 끌어안으며 몸을 일으켰다.

"알았어, 알았어. 배고프지? 이제 일어났어."

전신이 몰랑몰랑하고, 부드럽고, 어렴풋이 우유향이 난다.

나나오는 틀림없이 내 파워의 근원이다.

"히짱~"

'아아아앗, 귀여워~!!'

나도 모르게 볼을 비비자 나나오는 '꺄앗~ 꺄~' 하는 소리를 내며 행복해한다.

내 뺨으로 양손을 뻗어선 '츄~' 하고 아침키스를 조른다.

"알았어, 알았어. 잘 잤어?"

나는 마시멜로보다 부드러운 나나오의 뺨에 키스를 했다.

"츄우!! 으으응~"

응? 아니야?

뺨은 불만이었는지, 나나오는 강제로 내 입술을 향해 왔다.

이러한 점은 역시 조금 불안할지도.

터무니없는 바람둥이가 되지 않도록 확실히 키워야겠다.

"히짱~ 히짜아~ 츄우~ 츄우~"

나나오는 내 입술에 뽀뽀를 하고 만족했는지, 나에게 '사랑해' 라고 강하게 어필하듯 안겨왔다.

나나오가 볼을 부비부비 해오자, 나는 아침부터 완전히 얼빠진 상태가 되었다.

'이게 행복이구나~ 좋았어! 오늘 하루도 힘내자!! 나나오, 너는 내가 반드시 행복하게 해줄게!'

나는 나나오를 안은 채 방을 나와, 부엌에서 분주하게 움직이고 있는 아버지에게 아침 인사를 건넸다.

"좋은 아침, 히토시."

서른아홉이라는 나이에 일곱 아이의 아버지인 토다 소타로(兎田颯太郎)는, 초식계의 미청년이 해를 거듭해 완성된 듯한 늘씬한 미남이다.

파자마 대신 스위트슈트에 앞치마를 입은 모습이 조금

이상할지는 모르겠지만, 그래도 타고난 외모가 좋은 탓인지, 발코니에서 스며드는 아침햇살을 받아 눈부시게 반짝반짝 빛나고 있다.

이렇게까지 상쾌하게, 눈부시게 아름다운 웃음을 띠는 아버지는…… 좀처럼 없을 것이다. 응, 아마도. 그럴 것이다.

"아, 란(蘭) 씨에게 인사하고 나면, 동생들을 깨우고 와 줘. 아침 다 됐으니까."

"네."

아버지의 직업은 작가로, 주로 텔레비전 드라마나 애니메이션, 연극 원작이나 시나리오를 쓴다. 직업으로서 돈을 벌 수 있게 된 것은 최근 십 년 정도로, 그 전까지는 어머니가 긴자의 클럽에서 일을 해서 가족의 생계를 유지했다.

원래 결혼할 때에도 '뒷바라지는 내가 할 테니, 당신은 글쓰기에 전념하는 게 어때? 라는 약속이었던 것 같은데, 결과적으로는 이렇게 전업주부다.

아버지는, 나를 필두로 샘솟듯 태어난 아이들의 육아와 가사를 소화하며, 대체 언제 시나리오 같은 걸 썼던 것일까? 투고든가 직접 들고 갔다든가 했다고 생각하면, 신기할 정도이다.

뭐, 그 노력에는 '하루라도 빨리 란 씨가 가정으로 들어오기를 바랐어', '란 씨를 사모하는 단골손님들에게 더 이상 흉한 질투를 품는 게 싫었어' 같은 집념도 있었던 모양이지만…….

다만, 그렇게 사랑했던 만큼 작년 봄, 살아오면서 가장 사랑했던, 그리고 지금도 가장 사랑하는 부인인 란 씨, 나의 어머니를 잃어버렸을 때의 아버지는… 정말 폐인이나 다름없었다.

지금은 이렇게 웃는 얼굴을 되찾고, 당시에도 아이들 앞에서는 다부진 모습을 보여주었지만…… 매일 밤 서재에서는 훌쩍이며 우는 소리가 들려 왔다.

그리고, 그것을 신호로 집 이곳저곳에서 그에 동조한 형제들의 흐느껴 우는 울음소리까지 들려오고, 최후에는 나나오가 큰소리로 통곡하는 최악의 패턴이 연속되었었다.

그런 매일이 바로 최근까지 계속되었다.

그러자, 역시 그 모습을 보다 못했는지, 돌아가신 지 일주기 되던 날에 어머니가 아버지 머리맡에 나타나 질타와 함께 격려를 해주신 모양이다.

밤새 실컷 설교를 한 뒤에, '죽어도 당신만을 사랑하고 있으니까, 앞으로 오십 년은 아이들을 잘 부탁해. 정신 똑바로 차리고 제대로 키워줘. 귀여운 손자까지 다 지켜볼 거야!' 라며 어머니가 웃어준 것으로 아버지는 드디어 부활했다.

서로 굉장히 사랑하는 사이인 것만은 틀림이 없다.

우리 형제들이, 가족이 다 함께 이렇게 친밀한 것도, 결국은 이런 부모님의 러브러브월드 안에서 태어나 자랐기 때문일 것이다.

지인이나 친구들은 '히토시네 집은 누가 봐도 장래가 불안할 수 밖에 없어'라며 진지한 얼굴로 걱정하지만, 이제 와서 어떻게 할 수도 없는 것이다.

더구나 홍일점이었던, 가족의 중심이었던 어머니가 없는 지금, 이 토다가(家)는 남자들만의 대가족이다. 그것도 이제 겨우 사회인 이 년째를 맞이하는 내 아래로, 고등학생부터 유아까지 고루고루 모여 있다.

집에서 일하는 덕분에 아무리 융통성 있게 시간을 쓸 수 있다고는 하지만, 아버지 혼자서 집안일에서 육아까지 전부 해낼 수 있을 리가 없다. 여기선 장남인 내가 열심히 해야 한다!—라는 상태인 것이다.

어쨌든, 돌아가신 어머니와의 추억을 가장 많이 가지고 있는 자식은 나다. 적어도 내가 그 추억을 형제들에게 나눠주고, 어머니 대신이 되어야 한다.

"자, 나나오. 어머니에게 아침 인사 할까?"

"응!"

나는 나나오를 안고서 다다미 스무 장 정도 너비(약 열 평)의 거실 한 모퉁이에 놓여 있는, 텔레비전이 있어야 어울릴 법한 거실 전체에서 보이는 장소에 놓인 불단 앞으로 향했다.

"좋은 아침이에요, 어머니. 오늘도 미인이시네요."

"존 아팀. 어—니."

나나오를 무릎 위에 앉히고, 함께 손을 맞댔다.

언제나 영정에서 우리를 보고 웃어주는 어머니는, 지기 싫어하는 눈빛과 남자다운 성격이 매력인 여성이었다. 항상 남편과 아이를 지키고 지탱하며 인생의 반을 살아왔다.

어느 쪽이라고 말하자면, 오히려 이쪽이 더 아버지 같은 믿음직함을 느끼게 하는 타입이랄까.

하지만, 향년 사십사 세였다. 돌아가시기에는 너무 젊은 나이였다.

설마 이렇게 되어버릴 줄은 몰랐다. 아이들인 우리가 크고, 손자가 태어날 때까지, 오래 계시길 바랐었다.

그야말로 백 세까지, 아니, 그 이상으로도…….

그러나 어머니는 작년 봄방학 때 돌아가셨다. 나나오만을 데리고 쇼핑에 나갔다 돌아오는 길에 우연히 교통사고를 당했기 때문이다.

원인은 상대방의 부주의한 운전. 게다가 결혼 십오 년 만에 겨우 아내가 아이를 가진 일에 신이 나 마음이 들떴던 것이 이유라고 해서, 견딜 수가 없었다.

들어보니 사고 현장 근처에는, 우리 집에서도 자주 들르는 아기용품 전문의 세일매장이 있었다.

당시, 그 정황을 전해들은 우리는 어떻게 화를 내면 좋을지조차 알 수 없었다.

어딘가 감정을 토해낼 곳도 모두 잃어버린 기분이었다.

나나오가 다치지 않고 무사한 것만으로도 기적이었고,

감사했다.

분명 어머니가 목숨을 걸고 지켜준 것이었다.

그러니 어머니와 신에게 감사하지 않으면 안 된다며, 무리하게 우리 자신을 타일렀던 것이 지금도 기억난다.

'아… 생각하니 또 눈물이…… 안 돼…….'

아침부터 상심에 젖어들려 해서, 나는 황급히 눈을 문질렀다.

긴장이 풀려 느닷없이 눈물이 흘러내릴 뻔했다.

아직도 멀었구나, 나도…….

"자, 나나오는 밥 먹을 때까지 말 잘 듣고 있어. 나는 형들을 깨울게."

"으응~!"

마음을 새로 다잡고, 식탁에 세팅된 베이비 체어에 나나오를 앉혔다. 그리고 곧장 위층에서 자고 있는 형제들을 깨우러 갔다.

아버지와 어머니가 젊은 시절부터 열심히 일해 삼십오 년 장기대출로 구입한 우리들의 성은, 삼층 건물에 총 다섯 개의 방이 있다. 오 년 전에 중고 구입한 것이지만, 아직 아름다운 집이다.

일 층은 가족이 모두 모여서 편하게 쉴 수 있는 거실과, 지금은 내 방이 된 여덟 조(다다미 여덟 장의 너비)의 다다미 방이 있다.

이 층에는 크고 작은 서양식 방이 세 개 있는데. 그중 여섯 조짜리 방을 각각 적령기의 차남과 삼남이, 그리고 열두 조 너비의 방을 사남에서 육남까지가 함께 사용하고 있다.

삼 층은 다락방 타입의 원룸으로, 부모님과 나나오의 방 겸 아버지의 작업실이다.

나는 이 층으로 올라가 차례대로 깨워 나갔다.

"후타바(雙葉), 일어나."

"으응… 하아……."

새로운 해가 되어 5월도 후반으로 접어든 지금, 차남 후타바는 고등학교 일학년. 아침에는 여전히 약하지만, 초등학교부터 늘 임원 같은 걸 도맡아 하고 있고, 고등학교에서도 일학년 때부터 학생회에서 부회장을 맡고 있다.

아버지와 내가 굳이 말하자면 느긋한 성격인 탓에, 반대로 자신이 항상 확실히 해내야 한다고 생각하는 것인지 늘 뭐든 척척 해내는 믿음직한 동생이다.

지금도 말하자마자 바로 일어나, 옆방의 삼남인 미츠구(充功)를 깨우러 가준다.

"미츠구, 시간 됐어."

"시끄러."

후타바가 깨우자 곧장 기분이 나빠진 듯 일어난 녀석은, 중학교 삼학년의 미츠구다.

사춘기에 들어서 감정의 기복이 많아졌는지, 최근 조금 반항이 늘었다.

하지만 역시 아버지를 닮아 초식계 미소년 얼굴인 탓에,

아무리 난폭한 말을 써도 위화감밖에 생기지 않지만 말이다.

친구는 다소 불량해 보이는 아이가 많고, 학교에 오갈 때에는 반드시 두세 명의 아이가 마중을 나온다.

미츠구는 '내 동생들이야'라고 말하지만, 실제로는 무슨 사이인 걸까?

여러 가지 의미로 눈을 뗄 수 없는 삼남이다.

"하? 누구한테 그런 소리야? 빨리 일어나. 네 밑으로 아직 네 명이나 더 있다고. 적당히 해! 빨리 일어나서 동생들 깨워!"

"으으······."

미츠구는 후타바에게 혼이 나, 침대에서 이불째 떨어뜨려졌다. 어쩔 수 없이 일어나고 있는 걸 보니 반항기다 뭐다 해도 아직은 귀엽기만 하다.

"좋은 아침. 먼저 내려갈게."

그때 말을 걸어온 건, 사남인 초등학교 사학년생 시로(士郎)였다.

"아, 언제나 대단하네, 시로는. 혼자서 일어나고."

"열 살이나 되었으면 당연한 거 아냐? 미츠구가 너무 못 일어나는 거라고."

우리 집 유일의 이 안경남은, 작지만 인텔리하다.

언뜻 보면 어른스러워 보이지만, 사실은 엄청 쿨하고 신경질적인 면도 있다. 누구를 닮았는지 대단히 머리가 좋아서 학교에서 받은 IQ 테스트는 따라올 사람이 없었다. 모의시험에서는 학년 톱을 놓친 적이 없는, 장래 유망한 사남님이시다.

하지만 아직 혼자서는 제대로 일어나지 못해, 내가 위층으로 올라오는 소리에 겨우 깨어나서는 다급히 그런 기색을 감추는 걸 보면 역시 열 살은 열 살이다.

"그렇게 말하지 마. 자, 아래로 내려가서 어머니에게 아침 인사를 하고, 나나오를 보살펴 줘."

"응."

내가 머리를 만져 주자 기쁜 듯 수줍어하는 걸 보니, 역시 아직은 아이다.

시로를 아래층으로 보내고, 나는 마지막으로 오남과 육남을 깨우러 갔다.

"이츠키(樹季), 무사시(武藏)."

이불에 숨는 버릇이 있는 이츠키는 초등학교 이학년이다. 내가 깨우자 쏘옥 하고 거북이처럼 머리만 내밀어 위를 올려다본다.

"이츠키는 일어났어?"

내가 머리맡에 웅크리고 앉아서인지 부끄러운 듯 볼을 빨갛게 하고 깊이 끄덕인다.

형제 중에서도 가장 부끄럼쟁이로 낯가림이 심한 이츠키는 아름다운 얼굴 때문에 늘 여자아이로 오해를 받는다.

눈과 머리의 색소도 연하고, 본인은 별로 신경을 쓰지 않는 것 같지만 머리끝도 빙글빙글 말려 있어 천연 파마 같은 모습이 특히 귀엽다.

내가 양손을 내밀자 응답하듯 양손을 내뻗어 안겨온다. 이불 안에서 끌어내자 만족한 듯이 '헤헷' 하고 웃는다.

꽈악 끌어안아 주자, 이젠 꽤 만족한 모양이었다.

사소한 것이지만, 이게 말수가 적은 이츠키의 어리광이다.

그 후는 말하지 않아도 세면대로 가서, 자신의 일을 척척 해낸다.

그래, 모두 착한 아이로 자라고 있어! 그리고… 가장 마지막으로 남은 것은…….

"아아…… 변함없이 굉장한 잠버릇이군. 우선 이불 위엔 없으니까……."

"엄… 마……."

이불을 전신에 감고, 방구석에서 자고 있는 것은 육남인 무사시다. 겉모습도 성격도 어머니를 닮아서 형제 중에서는 가장 꽃미남이다. 거기다 성격도 어머니처럼 육식계인 유치원생이다.

이 집으로 이사를 와서 또 다시 형제(일곱 번째)가 생긴다는 걸 알았을 때엔 형으로서의 자각이 생길 거라고 들떠 있었지만, 사실 무사시도 아직은 어머니에게 어리광을 부리고 싶을 나이다.

나를 어머니라고 생각하고 따르고 있는 나나오보다, 오

히려 가엾게 느껴질 때가 있다.

그렇게 말하자면 이츠키나 시로도, 아니, 미츠구나 후타바나 나도 똑같겠지만, 역시 아직은 유치원생인 무사시가 가장 걱정이다. 이런 잠꼬대를 들으면 그저 가슴이 아파온다.

"무사시. 일어나, 무사시."

그렇다고 해서 가만히 두면 시간은 가차없이 흘러가 버리고 만다.

나는 이불을 벗겨 무사시를 안아 올렸다.

"으응……."

"아침 텔레비전, 다 끝나 버린다?!"

"으… 응응……."

이 녀석의 대단한 점은, 화를 넘어서서 사람을 웃을 수밖에 없게 만드는 잠버릇이다.

지금도 안고 있는 전신을 아래위 옆 대각선으로 흔들어 보지만, 전혀 움직이지 않는다. 최면에라도 걸린 게 아닐까라는 생각이 들 정도로 숙면을 하고 있다.

"엄마……."

어떤 꿈을 꾸고 있는 건지, 침을 흘리면서 웃는다.

'이래선 억지로 깨울 수도 없잖아…….'

나는 단념하고, 무사시를 안고 밑으로 내려갔다.

십인용 식탁에는, 이미 가족 모두 지정된 자리에 앉아 있었다.

직사각형의 식탁에 좌우로 네 명씩. 아일랜드 키친 쪽을 위라고 한다면, 그 왼쪽에서부터 아버지, 나나오, 나, 후타바. 그리고 오른쪽으로는 미츠구, 시로, 이츠키, 무사시의 자리. 불단이 있는 거실 쪽의 한 자리가 어머니의 자리이다.

"히짱～ 히짱～"

"아, 나나오. 아버지가 계시잖아."

"뿌우—"

내가 무사시를 안고 있어서 토라진 걸까. 나나오가 손발을 파닥파닥거렸다.

하지만 뿌— 하고 토라진 얼굴도 귀여운 나나오는 아버지가 돌봐줄 테니까, 나는 무사시를 무릎 위에 앉히고 자리에 앉았다.

"아아. 무사시는 여전하네. 가끔은 내가 볼까?"

"고마워. 하지만 지각하면 안 되니까 후타바는 미츠구랑 시로, 이츠키를 부탁해."

"알았어."

내가 자리에 앉자, 모두 손을 모았다. 아이들이 '잘 먹겠습니다' 하고 소리를 모으면, 아버지의 '어서 먹자' 라는 힘찬 목소리로 아침이 시작된다.

"후타바, 케첩 좀."

"응."

각자의 앞에는 싸우지 않도록 나누어진 소시지와 스크램

블 에그, 그리고 야채볶음과 토스트 한 장이 담긴 접시가 놓여 있다.

마실 것은 우유나 보리차, 테이블 중앙에는 더 가져다 먹을 수 있는 식빵이나 롤빵, 마가린, 쨈, 조미료 같은 것들이 준비되어 있어, 각자의 기호에 맞출 수 있도록 되어 있다.

이것들을 어떻게 사용하고 어떻게 먹는지에 따라서도 각자의 개성이 나와 꽤나 재미가 있다.

묵묵히 먹는 아이부터, 스스로 샌드위치를 만들어 먹는 아이, 위의 형들을 보고 따라 하는 아이부터 유아독존인 아이까지, 이미 자그마한 버라이어티다.

"미츠구, 피망 이쪽으로 넘기지 마."

"시로의 성적이 더 오르라고."

이런 가운데, 작은 다툼이 연발하는 건 매일 있는 일이다.

"쓸데없는 참견이야. 그러니까 자신이나 신경 써. 요즘 세상에 얼굴만으로 살아갈 수 있다고는 생각하지 마."

"나는 운동신경도 뛰어나. 머리만으로 살아가는 너랑 같은 취급 하지 말라고."

"그러니까, 나는 지금 피망 따윈 필요 없다고 말하는 거라고. 아! 소시지 집어가지 마! 살아가는 데 무엇보다 필요한 귀중한 단백질원인데!"

이렇게 될 걸 잘 알지만, 아버지는 메뉴를 개선할 생각이 전혀 없다.

그뿐만 아니라, 지금도 저 두 명을 말리지 않는다.

그 이유는 '모처럼 형제가 많은데, 집에서 약육강식을 체험하지 못하면 아깝잖아' 라는 어머니의 교육방침 때문이다.

아직 아이인 시로에게 있어서 좋아하는 소시지가 힘 때문에 싫어하는 야채로 바뀌는 것만큼 비극적인 일은 없을 것이다. 시로는 이 식탁에서 머리만 좋아서는 살아갈 수 없다는 것을 학습하고 있는 것 같고, 미츠구는 미츠구대로 통통한 몸집이 되기 시작했으니, 자신의 어리석음을 알게 될 것이다.

그것이야말로, 모처럼의 외모조차 쓸모없게 할 테니까.

"시로, 내 소시지 줄까?"

그리고 이츠키는 두 형의 흉한 싸움을 보며 더욱더 진화한다.

"이츠키. 넌 제대로 먹어. 좀 더 씩씩해지지 않으면 안 돼."

"그럼, 이 당근이랑 스크램블 에그를 바꿔줘."

"에엣?!"

은혜를 원수로 갚는다더니, 바로 이런 것이었다.

'아~ 이렇게 되면 도내 학년 일등의 우등생도 소용없네. 이츠키, 수줍어하며 웃는 얼굴로 모든 걸 자기 맘대로 움직이는 재능은 얕볼 수가 없어.'

시로의 접시 위에는 먹다 만 토스트와 배로 늘어난 야채볶음만이 남았다. 차마 보고 있을 수만은 없던 내가 아직 손대지 않은 내 접시와 교환해 주려 했지만, 후타바가 가로막았다.

"자, 시로. 귀중한 단백질원. 하지만, 야채도 남기지 마."

후타바는 야채볶음만을 절반 정도 먹고, 시로의 접시와 교환해 주었다.

"고마워. 하지만, 단백질은 진짜 귀중한 거니까, 반만 가져갈게."

그렇게 말하곤, 시로는 울 것 같은 얼굴로 소시지와 스크램블 에그를 후타바의 접시로 다시 나누기 시작했다.

아버지는 그것을 흘끗 보며 웃었다. 이러쿵저러쿵해도 오늘 아침도 우리 집은 평화롭다.

'후타바는 나보다도 더 착실한 형이네.'

내 얼굴에도 자연히 웃음이 새어 나왔다. 마음을 다잡고, 안고 있던 무사시의 입으로 토스트와 스크램블 에그를 차례로 먹여 주었다.

'자면서 먹다니, 굉장한 특기야.'

매일 보는 광경이지만 신기하다.

무사시는 감탄이 나올 정도로, 자면서도 입으로 다가오는 것은 덥석 물어 꼭꼭 씹어 먹는다. 한 번도 목에 걸리는 걸 보지 못했으니, 정말 특기라고밖에는 할 수 없다.

"히짜, 히짜앙~ 앙~"

"아, 고마워, 나나오."

"꼭꼭~ 아~ 앙."

"크흑!"

하고, 왼편에 있던 나나오가 토스트를 내밀어 내 입에 넣어주자, 나는 목이 메여왔다.

"히짜앙~"

"아— 아— 아— 자, 히토시 형."

오른쪽의 후타바가 등을 가볍게 문지르며, 우유가 든 컵을 내밀어준다.

나, 장남이면서 이렇게 의젓하지 못하다니, 라고 생각하며 우유를 받으려 하자, 돌연 잠에서 깨어난 무사시가 컵을 가로챘다.

꿀꺽꿀꺽?!?!

"아……! 그거, 내……!"

"후아~ 으응."

무사시는 우유를 단숨에 마시고는, 컵을 테이블 위로 놓고 다시 잠들어 버렸다.

내 무릎 위에서 몸을 흔들며 가장 편한 자리를 찾는다.

그리고 편안한 상태에 몸을 맡기고는, 하앙~ 하고 웃으며 다시 잠든다.

정말 행복해 보인다.

'대체 얼마나 본능에 충실한 녀석인 거야.'

역시 나는, 화를 내기보다는 감탄할 뿐이다.

무사시는 엄청난 거물이 될 것 같은 예감이 든다. 역시나

다른 아이들은 이렇게 할 수 없을 것이다.

"무사시는 정말로 자고 있는 걸까?"

내 앞에 앉아 있던 시로가 눈을 찡그리며 의혹에 가득 찬 눈빛을 보냈다.

"자는 척하며, 히토시 형에게 어리광부리고 있는 거 아냐?"

"그런 거 비겁해. 무사시만 하다니!"

시로 옆에 앉아 있던 미츠구는 포크로 무사시를 찌르려 하고, 이츠키는 입술을 삐죽거리며 눈을 이글이글거리기 시작했다.

이렇게 되면 또 다시 싸움이?

아무래도 상관없는 이런 사소한 이유로 식사 시간이 지연되는 건 늘 있는 일이다.

하지만 아직 회사 들어간 지 삼 년도 안 된 신입인 나는, 그것만은 피하고 싶었다.

특히 오늘 아침에 새로 부임해 오는 내 부서 상사, 타카사키 타카시(鷹崎貴) 부장은… 정말, 정말정말 무서운 사람이다.

외모나 풍기는 오라까지, 우리 집에는 전혀 존재하지 않는 타입의 와일드한 남자다. 게다가 당연하다는 듯이 '일을 잘하는 남자'인 만큼, 자신에게도 부하들에게도 혹독하다.

보통의 경우라면 부장이 직접 나 같은 햇병아리의 일까지 확인하지는 않을 텐데, 타카사키 부장은 다르다. 책상에 앉아서 도장을 찍는 것만으로는 부하의 사람 됨됨이도 일의 레벨도 알 수가 없다. 그러므로 그런 것을 이해할 때까지는, 스스로 솔선수범해서 현장으로 나오는 것이다.

직접 너희들과도 일을 하지, 라고 말해, 과장에게조차도 식은땀을 흐르게 한 사람이다.

그러니, 일 이전에 지각 같은 건 그야말로 어불성설.

그야말로 초장부터 지각했던 선배 한 명을 '나보다 늦게 출근하다니 좋은 배짱이군'이라며 비웃어(위협하는 거였나?) 반쯤 울려버린 일도 있었다.

만약 내가 그런 일을 당했더라면— 틀림없이 화장실에 처박혀 나올 수조차 없었을 것이다.

그때, 이런 위기를 회피하기 위해서라고는 하지만 아버지가 동생들에게 날린 한마디는, 나에게는 충격적인 사실이었다.

"에? 애들은 원래 이런 거야. 히토시도 이랬어,"

"내가?!"

"응. 완전히 똑같았어."

아아… 천진하게 웃는 아버지의 얼굴이 눈부시다. 왠지 갑자기 힘이 빠졌다.

"그런가. 무사시의 이런 점은 날 닮은 건가……."

그럼 이 특기를, 차라리 지금 살릴 수는 없는 건가?

그러면 일어나기 전에 아침 식사를 다 마칠 수 있을지도 모르는데.

아냐…… 그냥 아버지의 수고를 늘릴 뿐인가. 자면서 혼자서 먹을 수 있을 리가 없구나.

여하튼, 내가 무사시에게 매달려 있는 사이 형제들은 차례차례 식사를 마쳐 갔다.

"잘 먹었습니다."

"자, 서둘러!"

자리를 떠나, 각자 학교 갈 준비에 착수한다.

"히토시, 고마워."

나나오에게 이유식을 먹이던 아버지가 자리에서 일어나 양손을 뻗어왔다.

"응."

나는 무사시를 아버지에게 맡기고, 급히 아침 식사를 했다.

지금부터는 아버지가 무사시의 옷을 갈아입히고 준비시킨 후 유치원으로 보낸다.

나는 동생들을 신경 쓰면서 스스로의 채비도 한다.

"잊은 물건은 없지?"

"응."

어수선하지만, 가족이 많다는 것은 행복한 일이다.

여기에 어머니가 있다면 더 행복했을 것이다. 그게 얼마나 소중한 것이었는지, 결코 당연한 것이 아니었는데, 나는 돌아가시고 나서야 그 사실을 깨달았다.

"어라? 리포트, 어디다 뒀지?"

라고 소리를 내며 후타바가 교복 차림으로 돌아왔다.

"중요한 거야?"

내가 묻자, 후타바는 고개를 끄덕였다.

"응. 뭐, 내일 학교 끝나고 학생회에서 사용할 거니까, 돌아와서 찾으면 돼. 지금은 그냥 가야겠어. 올해의 선도위원장은, 묘하게 나한테 시비를 거니까 절대 지각할 수 없거든."

후타바는 거실에 놓인 커다란 테이블의 옆과 밑을 둘러봐도 중요한 리포트가 눈에 띄지 않자, 포기한 듯했다.

"그래, 그럼. 오늘 밤에 나도 도와줄게."

"응. 먼저 갈게."

다니는 고등학교가 나의 직장보다도 멀기 때문에, 이렇게 가장 먼저 집을 나서는 것은 후타바다.

그리고 내가 방으로 돌아와 채비를 시작할 쯤에는, 교복 차림의 미츠구도 내려왔다.

미츠구의 교복은 '히토시 형에게서 물려받은 교복은 길이 너무 든 것 같아'라며, 후타바가 아르바이트 비를 모아서 산 것이다. 그 때문인지 미츠구는 꽤 신경 쓰며 입고 있다.

"이봐! 시로, 이츠키! 바래다 줄 테니까 빨리 준비해! 나는 돌아서 가야 하니까 지각할지도 모른다고."

"에~ 그럼 됐어. 우린 너무 빨리 도착해서 시간이 남는다구. 게다가 같이 가는 미츠구의 친구들이 무서워서, 내

친구들이 전부 겁을 먹는단 말야."

"덕분에 괴롭힘 당할 일은 없잖아. 너같이 건방진 녀석이라도 말야."

"날 가장 괴롭히는 녀석이 잘도 그런 말을 하네."

진심으로 싫어하는 시로에게, 미츠구는 아랑곳하지도 않는다.

말투는 거칠지만 저래 봬도 시로를 지켜주고 있는 것이다. 어쨌든 시로가 태어나고 처음으로 자신이 형의 입장이 되었으니까, 미츠구에게 있어서 시로는 특별한 동생이다.

가장 귀여워하면서도, 가장 매정하게 다루는 것은 쑥스러움을 감추기 위해서인가? 나와 후타바에게 보이는 태도와는 역시 다르다.

"아, 이츠키, 칼라가 구부러졌어."

"고마워, 시로."

하지만, 그렇게 생각하면 시로 아래로 태어난 이츠키는 상당히 평화롭고 고생을 모른다.

이츠키 다음에 태어난 무사시가 어떻게 될 것인지는 아직 알 수 없지만, 형제가 많으니만큼 연공서열이나 상하관계도 이렇게 보면 재미가 있다.

아버지가 누구를 봐도 싱글벙글거리는 것은, 이런 아무렇지도 않은 매일의 광경이 의외로 즐겁기 때문일 것이다.

나는 아직 나갈 것 같지 않은 세 명을 곁눈질하며 준비를 마치고, 손에 가방을 들고 현관으로 향했다.

"그럼, 다녀오겠습니다."

"잘 다녀와."

"잘 가따와아."

아버지와 나나오가 배웅하고,

멍멍!

"안녕, 엘리자베스. 다녀올게."

이웃집의 세인트버나드도 배웅을 해주었다.

집에서 가장 가까운 역까지는 십 분 정도 걸리기 때문에 단숨에 달렸다. 겨우 몸에 친숙해진 슈트와 넥타이는, 고등학생 시절의 교복과 큰 차이가 없어 보여도 역시 다르다.

사회인으로서의 자각이나 책임도 묻어나오는 거겠지만, 몸이 단단히 죄이는 기분이다.

그런데, 이렇게 마음은 회사를 향하던 중, 나는 역의 자동개찰구에서 멈춰 버렸다.

'휴… 제시간에 도착했다. 그럭저럭 항상 오던 시간에 갈 수 있을 것 같은데…… 에엑???'

지하철 정기권이라 생각하고 꺼낸 승차권 케이스에는, 어째서인지 무사시의 배틀카드가 들어 있었다.

그것도 별이 가득 붙어 있는 반짝반짝 빛나는 드래곤 카드가! 레어 카드다!

'거짓마알!! 오늘의 점심값이, 교통비로 사라져야 하는 건가! 무사시 녀석, 내 정기권 케이스를 멋대로 자신의 보물 케이스로 만들다니!'

하지만 화를 낼 때가 아니다. 확실히 확인하지 않은 내 실수다.

나는 급히 표를 사서 플랫폼으로 달렸다.

겨우 뛰어든 전차 안에서 다시 한 번 더 정기권 케이스를 확인했다.

'아… 메모가 있네. 히짱에게. 이거, 선물인 걸까. 무사시 녀석, 인심도 좋네.'

아직 어린아이지만 매일 아침 신세를 지고 있다는 자각은 있는 것 같다.

지렁이가 기어가는 듯한 메모지만, 가슴이 찡했다.

'이래선, 화를 내려도 낼 수가 없잖아.'

그래서 산 지 얼마 안 된 정기권은 어디에 둔 걸까? 하는 큰 불안은 남았지만, 나는 케이스를 슈트의 가슴 주머니에 다시 넣었다.

'오늘도 사랑스러운 동생들을 위해서 힘내자!'

이런 기합도 담아서.

## 2장

도쿄 아래의 뉴타운을 달리는 민영 철도에서 JR중앙선
으로 갈아타고 신주쿠역까지.

집에서 회사까지는 한 시간 정도 걸리지만, 한 번만 갈아
타면 되는 데다가 걷는 거리도 짧은 편이라 제법 운이 좋다
고 할 수 있다.

게다가 내 직장은 서쪽 신주쿠의 오피스거리. 한껏 올려
다봐야 하는 고층 빌딩군 중에서도 결코 밀리지 않는 삼십
층짜리 자사 빌딩이다.

다니는 것만으로도 두근두근하다. 입구에서 자신의 책
상에 도착할 때까지, 어디를 보더라도 마치 드라마 안에 있
는 것 같았다.

"안녕하세요. 인사부장님."

"좋은 아침이야, 토다 군. 오늘도 활기가 넘치네. 열심히 해."

"네."

이렇게 스쳐 지나가는 인사를 하는 것만으로도, 일상과는 다른 세계로 끌려가는 듯했다.

아아~ 나도 이런 회사의 일원이 되었다─라는 생각이 자연스레 들어서, 오늘도 열심히 해야겠다는 열의가 생긴다.

오프화이트를 바탕으로 한 자사 빌딩 안은, 그만큼 어느 곳을 봐도 멋있고 청결감이 넘치고 있다. 역시 식품 관계 회사다운 분위기다.

"안녕하세요, 경리과장님."

"아, 좋은 아침이야. 오늘도 빠르군, 토다 군. 부지런히 벌라고. 가족을 위해서도."

"네."

올해 봄으로 입사 이 년째를 맞이한 나의 직장은, 사이토 ㈜都 제분 주식회사 도쿄지사다. 오사카에 본사가 있는 이 업계 굴지의 제분회사는, 원재료인 밀과 보리의 구입에서 제분, 판매, 그리고 업무용에서 가정용까지 폭 넓은 요구에 맞춘 빵이나 면에 사용되는 가루도 제조에서 판매까지 모두 다루고 있다.

최근엔 냉동식품의 개발에도 힘을 쏟고 있지만, 기본적

으론 선물거래(수확할 때까지 생산 실수(實數)를 알 수 없는 물건을 다루는 장사, 장래의 일정한 기일에 현품을 인수·인도할 것을 조건으로 하여 매매 약정을 맺는 거래) 회사다. 덕분에 기후나 천재에 좌우되는 리스크는 항상 따라다닌다.

그래서 건실한 회사냐고 묻는다면, 꼭 그렇다고 말할 순 없다. 특히 최근엔 온난화나 자연재해 등으로 가격 변동도 격화되고 있으니까.

그런 점도 있고 해서, 고교 시절 담임이나 진로지도 선생님은 망설이지 말고 공무원 시험을 보라고 권유했다.

네 성격이나 집안사정을 봐서도, 관공서 일이 적당하다고 말이다.

매스컴이 뭐라 떠들든 가늘고 길게 일한다면 역시 공무원이다.

동생들을 돌보는 데엔 그쪽이 시간 형편도 좋고, 차라리 시골 읍사무소 간판 직원을 노려보라고 들었을 정도다.

하지만 나는 여기, 사이토 하나에 승부를 걸겠다고 정했다.

선생님에게도 부탁해, 학교 추천을 통한 사이토 제분으로의 취업을 갈망했다.

이유는 단 하나—일생을 몸이 으스러지도록 일한다면 역시 음식점이 좋기 때문이다.

사원 할인으로 뭔가를 싸게 살 수 있을지도 모르는 데다, 만약 무슨 일이 생겨서 급료가 현물로 지급되어도 먹을 것으로 줄 것 아니냐는, 그런 단순명쾌한 생각에서였다.

어쨌든 우리 집은 내 밑으로 성장기의 동생들이 여섯 명이나 있으니까 이런 발상을 할 수 밖에 없다. 아버지가 열심히 일을 하고는 있지만, 그 이상으로 지출이 많은 것은 확실하다.

굳이 도심에서 떨어진 곳에, 작지만 정원이 딸린 집을 고른 것도 앞날을 생각해서 가족 텃밭을 꾸리기 위해서였다.

무엇보다도 가장 먼저 생각해 두지 않으면 안 되는 것은, 시로가 '의사가 되고 싶어' 라든가 '법조계로 가고 싶어' 같은 말을 꺼내게 될 때다.

그것은 시로에게는 말하지 않았지만, 아버지나 후타바, 미츠구도 암묵적으로 이해하고 각오하고 있는 것이다.

막상 시로가 대학 수험생이 되었을 때 '돈이 없으니까 그만둬' 라는 말만은 하고 싶지 않다. 만약 본인이 국립대학에 진학하겠다고 한다 하더라도, 최저로 드는 비용은 동경대 의학부라도, 학생 육 년, 연수 이 년의 팔 년간 사백만 엔 정도다.

만약 사립이라면 두 배에서 네 배, 경우에 따라서는 열 배나 드는 대학도 존재하기 때문에, 이 경우 거의 집을 구입하는 수준의 지출이 된다!

게다가 이쪽의 주머니사정을 신경 써서, '일할 테니까 대학은 안 가' 같은 말이라도 나오는 날에는 틀림없이 평생의 후회가 될 것이다.

시로 본인만이 아니라 우리 모두에게도 그럴 것이다.

그러니 시로에 관해서만은, 머리가 뛰어나다는 것을 알게 된 이후 교육보험에도 가입하고, 저금도 따로 시작했다.

만약 어른이 되고 보니 평범한 사람이었다 같은 경우가 되더라도, 이것만 준비해 두면 걱정이 없다.

어쨌든 돈이 있어서 곤란할 일은 없으니, 가능할 때 모아두는 게 정답이다.

난 입사 지망 때 이런 가정 사정을 절절히 이력서의 지망 동기란에 써 내려갔고, 면접에서도 당당히 가슴을 펴고 똑같은 사정을 말했음에도 불구하고,

"아, 저런. 그럼, 우리 회사에서 일을 해. 다른 집보다 밀가루도 싸게 살 수 있고, 동생들도 지금보다는 많이 먹을 수 있게 될 테니까."

그렇게 말하며, 무릎을 치면서 크게 웃어준 본사 간부의 배짱 덕분에 이 회사에 채용될 수 있었다.

나에게 있어서는 정말로 고맙고 귀중한 분이다.

이 회사에만 원서를 낸 이유 중에 고졸도 지원할 수 있는 식품회사가 때마침 여기밖에 없었다—라는 사실은, 물론 평생 밝히지 않을 것이다.

게다가 간부의 말대로 박력분에서 강력분까지 초저가로 살 수 있게 된 덕분에, 우리 집은 아침부터 회사 제품으로

구워낸 빵 같은, 사치스러운 음식을 먹을 수 있게 되었다.

제면 같은 것도 근처의 특매 슈퍼와 같은 가격으로, 이전까지라면 손대지 못했던 사이토 브랜드의 물건을 살 수 있게 되다니, 이렇게 멋진 일은 없다.

어쩌다 운이 좋으면 영업처에서 유통기한이 임박한 폐기처분 직전의 식품 같은 걸 거의 공짜 같은 가격으로 살 수 있다거나, 그냥 받는다거나 하기도 하고.

나는 '반드시, 무조건 정년까지 이 회사에서 일할 것이다. 무슨 일이 있어도 꼭 들러붙어서, 뼈를 묻고 말겠다!' 라고, 입사 일주일째 되는 날 위장에 맹세했을 정도다.

아아…… 탄수화물 만세!!!

여기에 더해, 쌀가게를 하는 지인이라도 생긴다면 더할 나위가 없다.

집이 농사를 짓는 지인은 이쪽으로 이사 왔을 때 확실히 알아뒀으니까.

"좋은 아침!"

"좋은 아침입니다."

오가는 사람들과 인사를 하며, 나는 엘리베이터로 제1영업부(주로 업무용 제품 담당)의 사무실이 있는 이십오 층까지 올라갔다.

여기서 사무실까지는 직행하지 않고, 일단 휴게실에서 발걸음을 멈추었다.

회사에 도착해 도리어 안심하는 샐러리맨도 적을 것이

다. 최소한 나에게는 직장인이 걸린다는 월요병은 없는 것이나 마찬가지다.

대형 자동판매기 두 대가 놓여 있는 휴게실은 테이블과 카운터석을 합쳐 정원 오십 명 정도의 공간이다. 벽 한 면은 유리로 되어 있어 신주쿠 거리를 바라볼 수 있는 깔끔한 카페테리아로, 사원들의 휴식 장소로 많이 쓰인다.

의자수가 한정되어 있어서 점심시간에는 앉을 자리도 없지만, 지금 같은 이른 아침 시간에는 텅 비어 있다. 나는 매일 아침 이곳에서 조금 시간을 보내고 싶어서, 정시보다도 전전 시간대의 열차를 타고 있다.

오늘도 항상 이용하는 창가자리로 가서, 가방에서 보온병을 꺼내 느긋하게 열었다.

'이렇게 있으면, 집에서의 북적거림이 거짓말 같아.'

아버지가 챙겨준 커피를 마시며, 쾌청한 하늘을 봤다.

급료의 대부분을 가계비로 넣고 있는 나에게는, 이것이 상당한 사치이자 즐거움이다.

애당초 용돈 이전에, 나에게 있어 이렇게 조용하고 우아한 시간은 이곳에서밖엔 즐길 수 없다.

하지만 그렇게 생각하면서도, 무릎 위로는 아쉬움이 느껴진다.

후타바에서 나나오까지, 항상 무릎 위에 올려놨었기 때문에……

없으면 없는 대로 불만인 것 같다, 라고 스스로도 생각하던 중, 등 뒤로 발소리가 가까이 다가왔다.

"좋은 아침, 히토시. 혼자서 미팅 중인 건가? 지금 시간 괜찮아?"

툭하고 어깨를 친다.

말을 걸어온 것은 제1기획개발부의 와시즈카 렌타로(鷲塚廉太郎)였다.

나와 같은 업무부의 사원으로, 요컨대 와시즈카 씨 부서에서 기획, 개발한 신제품을 내가 있는 부서에서 소매업자에게 팔러 다니는 것이다.

"좋은 아침이에요, 와시즈카 씨. 앉으세요. 커피를 마시고 있었을 뿐이에요."

"그럼 잠깐 실례할게. 아, 먼저 이거. 어제 친구랑 파칭코를 해서 딴 건데 말이야."

"우와앗~! 고맙습니다. 과자가 잔뜩이네요."

와시즈카 씨는 나와 같은 시기에 입사했지만, 대학을 졸업해 나보다는 네 살 연상으로, 여성에게 인기가 높은 꽃미남 사원이다.

그 당시 나는 꽤나 필사적이었기 때문에 기억하지 못하지만, 면접 때 같은 그룹이었던 모양이다.

나와 면접관이 주고받은 대화가 상당히 인상적이었던 듯, 입사식 때 말을 걸어와 주었다. 그 이후, 부서는 다르지만 이렇게 가볍게 말을 거는 사이가 되었다.

일에 관한 상담도 들어주고, 뭔가 생기면 이렇게 동생들에게 줄 과자도 전해줘서, 동기이긴 하지만 '굉장히 기댈 수 있는 선배' 내지는 '형' 같은 느낌이다.

"보온병인가? 사실은 나도 히토시를 본받아 가지고 다니게 되었어. 사용해 보니 꽤 좋던걸. 특히 나처럼 책상에 붙어 있을 때가 많은 녀석에겐 말야."

"정말요? 그거 다행이네요. 아, 그런데 하실 말이란 게……."

"아, 그래. 바로 이거야. 지인이 알려준 건데 말야, 어때 보여? 부모님 결혼기념일이라서 좀 분발해 볼까 하는데."

와시즈카 씨는 내 옆에 앉고서는, 가방에서 전단지 하나를 꺼냈다. 밤의 긴자에 하얀 리무진. 커다란 성의 방처럼 호화롭고, 더없이 사치스러운 프렌치 코스?

"호텔 만델링 도쿄에서, 리무진으로 맞이하는 디너와 숙박세트? 굉장하네요, 이런 세트가 있다니. 좋네요. 저도 가 보고 싶을 정도예요. 가격은 비쌀지 몰라도 기념일에는 안성맞춤이니까, 이걸 선물로 받는다면 와시즈카 씨의 아버지도, 어머니도 꼭 기뻐하실 거예요."

그건 전단지를 보고 있는 것만으로도 춤추듯이 기뻐질 것 같은, 일류호텔의 기념일 플랜이었다.

2인 기준 귀빈층의 디럭스 트윈룸이 기본. 방의 등급은 옵션으로 바꿀 수 있지만, 이 경우에도 최저 설정가격이 십만 엔이라는 초호화 플랜이다.

그런 것과는 평생 인연이 없을 것 같은 나조차도 보는 것만으로 기분이 업 된다.

"그래, 그럼, 이걸로 정해야지."

'와시즈카 씨는 효자구나. 나도 어머니가 살아 계실 때 이런 선물을 했었다면……. 효도하고 싶을 때는 이미 늦었다는 말이 정말이었구나……'

이제 와서 그만… 또 다시 여러 가지 생각이 나버렸다.

아냐. 그러니까!

적어도 아버지에게만은 어머니의 몫까지 효도해야겠다라고 다시 다짐했다.

"거기 있는 건 토다인가?"

또 다시 등 뒤에서 소리가 들려왔다. 반사적으로 등골이 팟 하고 움츠러든다. 머릿속에서는 자동적으로 『인의 없는 전쟁』(후카사쿠 킨지 감독의 명작 야쿠자 영화 시리즈)의 테마곡이 흐른다.

허리에서 등 가운데로 기어 올라가듯 울리는 이 저음의 목소리는, 타카사키 부장이다!!

나는 당황해서 자리에서 일어나 뒤를 돌아봤다.

"네, 네?!"

하지만…… 어? 아니다. 나에게 말을 건 것은 본 적 없는 핸섬한 남자였다.

그것도 서른 안팎의, 어딘가의 과장… 인 것 같은……?

생김새는 꽤 단정하지만, 아버지와는 완전 다른 타입이다.

남자답고 늠름하고, 그러면서도 어딘지 매혹적인 눈빛의 소유자였다.

바느질 잘 된 슈트와 딱 어울리게 맵시 있게 입은 차림이 멋지다.

"좋은 아침. 급작스럽게 미안하지만, 오후에 있을 예정이었던 미팅이 해피 레스토랑의 본사 사정으로 오전으로 바뀌었어. 조례가 끝나면 바로 나가야 하니까, 부탁했던 서류 준비해 줘."

목소리와 말투, 대화의 내용으로 보니, 역시 이 사람은 타카사키 부장이다!!

하지만 어째서? 사채업자처럼은 보이던 모습은 어디로 가고?!

대체 평소와 뭐가 달라진 거지? 아무리 봐도 전혀 다른 사람인데?

"네…… 알겠습니다."

일단 대답은 했지만, 꽤나 당황스럽다.

재빨리 머릿속을 회전시켜 평소의 타카사키 부장을 떠올려, 빠른 걸음으로 사라져 가는 저 사람과 머릿속에서 비교했다.

'아… 그래!! 제멋대로 내버려 뒀던 수염!! 게다가 머리도 차분해. 평소에는 머리끝이 뻗쳐 있어서, 원래 그런 건지 잠버릇인지 미묘한 느낌이었는데, 오늘 아침은 단정하다. 그래서 이렇게까지 인상이 다른 거야.'

차이점은 일목요연했지만, 나는 좀처럼 납득할 수 없었다.

그도 그럴 것이 어제까지의 타카사키 부장은 어떻게 봐도 삼십대 후반의 사채업자 같은 모습이었다. 부장이라는 직함도 있어서인지 경우에 따라서는 젊게 보이는 사십대? 잘못 보면 우리 아버지보다도 연상으로 보일 인상이었는데…….

"깜짝 놀랐네. 기합이 들어가 있다고 해야 하나, 저걸. 게다가 생각보다 젊은 사람이었구나, 타카사키 부장님……."

"네. 젊고 잘생겼고…… 무엇보다도 섹시하네요."

나는 같이 놀란 와시즈카 씨에게 동의를 구하듯 말했다.

"섹시?"

와시즈카 씨는 놀랐는지 의아한 얼굴을 했지만, 나는 이 표현엔 문제가 없다고 생각하고 있었다. 왜냐면 좀 전의 부장 같은 오라나 페로몬을 내뿜는 남자를 거리나 텔레비전에서 볼 때마다, 어머니는 '어머, 섹시해!!' 라며 떠들었기 때문이었다.

그야말로 청년 실업가에서 긴자의 인기 호스트까지, 폭넓은 나이대의 연예인부터 정재계의 높은 분까지 접객해 온 어머니의 카테고리를 참고하고 있어서, 틀린 표현은 아니라 여겼다.

다만, 상사에 대한 표현으로는 어울리지 않을지도 모르

겠다.

집에서는 상당한 칭찬의 말로 쓰이지만, 다른 곳에서는 꼭 그렇진 않을지도 모르니까

"자, 그럼 가볼게요. 아침 조례 후 나가야 하면, 그 전에 해두지 않으면 안 되는 다른 주문 확인이……. 먼저 가보겠습니다."

웃으며 얼버무릴 내용은 아닌 것 같아, 나는 일을 핑계로 대고 일어섰다.

"아, 힘내. 상담, 고마웠어."

"네."

와시즈카 씨는 전단지를 한손에 든 채 웃는 얼굴로 나를 배웅했다. 아아~ 다행이다.

하지만,

"와~ 멋져."

"응. 최고야!!"

나와 와시즈카 씨가 이만큼이나 놀랐으니, 다른 사람들이 놀라지 않을 리가 없는 것이다.

부장 이하 삼십팔 명이 모인 제1영업부. 오늘 아침 조례는 전에 없을 정도로 모두가 들떠 있었다.

특히 여직원들의 눈은 완전히 변해 있었다. 그중에는 '이것 보라구, 역시 부장은 멋진 남자였어!' 라고, 원래부터 알고 있었다는 듯 말하는 사람도 있었다. 볼 줄 아는 사람은 제대로 보고 있었던 모양이다. 나처럼 처음부터 위축되

어 사람 눈을 잘 못 보는 타입만이 알아채지 못하고 있었던 것뿐이었다.

큰 키에 체격도 좋고 올곧은 자세의 타카사키 부장은, 주변을 위협하고 있던 수염이 사라진 것을 계기로, 너 나 할 것 없이 홀딱 반할 듯한 단정한 마스크의 훈남이자, 섹시가이로 인식이 바뀌었다.

이렇게 되니 신기하게도 칼을 품고 있는 것 같았던 저음의 목소리도 골반 즈음을 울리는 듯한 상쾌한 음성으로 인식된다.

베이스만큼 낮은 것도 아니고, 나처럼 테너 느낌의 목소리도 아니다. 타카사키 부장의 음색은 화려하고 색기가 있어서, 굉장히 좋은 울림의 바리톤이었다.

"뭘 멍하게 있는 거야! 사람 말을 듣고 있는 거냐, 너희들!!"

하지만 그 사용법은 굉장히 거칠어서, 역시 부장에게 어울리는 배경음은 『인의 없는 전쟁』이다.

오늘 이후로는 『다스베이더의 테마』도 어울리지도 모르겠다.

평소와는 다르게 밝은 분위기(평소가 쿨계라면 오늘은 핑크계)가 되었던 실내였지만, 부하에게 분개한 타카사키 부장의 욕하는 소리에 나는 온몸이 떨려왔다.

이만하면 오늘 아침 말을 걸어왔을 때가 몇 십 배나 기분이 좋았던 것같이 느껴진다.

이대로 단둘이서 단골거래처인 해피 레스토랑 본사에 가는 것은 엄청, 굉장히, 무지하게 불안하다.

"이만 끝. 오늘은 여기까지다. 토다, 가자."

조례가 끝나자, 내 긴장감은 절정에 다다랐다.

"넷."

어젯밤부터 공들여 체크한 자료가 든 가방을 안고, 타카사키 부장의 뒤를 쫓았다.

이런 나에게 보내는 선배들의 안쓰러운 시선이 느껴졌다.

아닌 게 아니라, 여자 선배들도 '좋겠다', '부럽다' 같은 생각은 하지 않는 것 같다.

작은 목소리나 제스처로 '힘내', '살아서 돌아와' 라는 성원을 보낸다. 일단 자신들이 타카사키 부장의 심기를 거슬렀다는 건 알고 있는 듯하다.

'그건 그렇고, 타카사키 부장님, 발걸음이 빠르네.'

나는 사무실을 나와, 앞서가는 타카사키 부장의 뒤를 쫓았다.

보폭의 차이인지, 종종걸음으로 걷지 않으면 쫓아갈 수가 없다.

하지만 이렇게 착실히 뒤를 쫓고 있자니 싫어도 알게 된다. 타카사키 부장은 화를 내고 있어도, 뒷모습만은 잡지모델이다! 만약 정말로 사채업자였다고 해도, 절대, 반드시 간부의 자리까지 올라갔을 것이다. 관록 있고, 멋있다.

역시 전신에서 뿜어져 나오는 오라가 다르다. 주위의 사람과 비교해도 특별한 존재감을 풍기고 있다. 세상 사람들의 시선에서 보면 이런 남자가 이상적인 연인이나 남편, 그리고 아버지이지 않을까?

조금 무섭지만 일처리도 완벽하고, 핸섬하고, 게다가 딱 봐도 육식계. 실제로는 어떤지 모르겠지만.

이런 생각을 하는 사이에, 타카사키 부장과 나는 지하 주차장에 도착했다.

우리 회사 빌딩의 반은 세를 놓고 있기 때문에 여기에 주차되어 있는 차 대부분은 건물의 다른 회사의 차다.

그중 몇 대가 우리 회사의 영업 차량이다. 그 앞까지 가자 타카사키 부장은 슈트의 주머니에서 키를 꺼내 나에게 건넸다.

"토다. 운전해."

"에? 죄송합니다. 저, 면허가 없습니다."

입사하고 나서 시간도 없었던 데다가, 필요한지도 몰랐었다. 나는 당황해서 고개를 숙여 보였다.

"뭐? 면허도 없는데 영업부로 왔단 말야?"

"죄송합니다."

화를 내고 있다기보단 아연해하고 있는 타카사키 부장의 말에 가슴이 아팠다.

일 이전에 가족적인 문제로도 운전면허만은 따야겠다고 생각하고 있었기 때문에, 원래라면 작년 봄방학 때 딸 예정이었다.

하지만 그러지 못했다는 것은 개인적인 변명일 뿐이다.

"아니, 이건 인사 쪽 실수다. 네 탓이 아냐. 운전은 내가 할 테니 신경 쓰지 마."

타카사키 부장은 그렇게 말하며 운전석으로 돌아갔지만, 쓴웃음 짓는 기색이었다.

확실히 이런 상황에 상사에게 운전을 시키는 부하라니. 그것도 나 같은 햇병아리가. 보통은 일어날 수 없는 일일 것이다.

'실수라니……. 내가 영업부로 온 것이 애당초 잘못되었다는 걸까.'

그렇지 않아도 지금부터 갈 해피 레스토랑 본사는, 전국적으로 영업하고 있는 해피마켓 그룹을 모회사로 가지고 있는, 현재 실적 상승 중인 패밀리레스토랑 체인점이다.

타카사키 부장이 선임 사타케(佐竹) 부장으로부터 직접 이어받은 이 건은, 제1영업부에 있어서도 이번 분기 최대의 업무라 할 수 있다.

그야말로 몇 년이나 걸려 여기까지 이야기를 이룬 교섭으로, 계약이 결정되면 전국 일흔일곱 개 점포의 레스토랑에서 사용될 제분부터 빵, 제면을 풀세트로 납품할 수 있게 되는 것이다.

다른 부서로부터의 기대나 주목도 다른 업무와는 비교도 안 될 정도로 중요한 건이다.

이동 중에 최종적으로 서류나 자료를 훑어보고 있어도 이상할 것은 없다.

다만, 알고 있으면서도 나는 타카사키 부장의 무심한 말에 움츠러든 나 자신을 어물쩡 넘길 수 없었다.

이대로 다른 부서로 이동일까. 그걸로 끝난다면 괜찮겠지만… 만약…… 이란 불안이 고개를 든다.

나는 이대로는 안 되겠다는 생각으로 입을 열었다.

"죄송합니다. 지금부터라도 시간을 만들어서, 면허를 따겠습니다."

"가능하다면 그편이 좋겠군. 오늘처럼 서류만 지참한다면 필요 없겠지만, 상품 견본을 가지고 이동할 때에는 이동 수단이 필요해. 업무 시간 조정이 필요하면 상담해 줄 테니까, 예정이 잡히면 나에게 말해. 과장이나 계장에게는 내가 전하지."

말로 사람을 들었다 놨다 하는 타카사키 부장은 건져 올리는 것도 빨랐다.

어떤 의미로는 정직하다고 할까나, 감정을 감추지 않는 타입 같다. 내 말에 기분이 나아진 건지 살짝 입술 각도가 올라갔다.

웃는 얼굴이라기보단 어른의 미소 같단 느낌이다.

그게 또 멋져 보여서, 나는 두근두근하면서도 기분 좋게 '네' 라고 대답할 수 있었다.

지금 상태로 운전면허 학원에 간다면, 합숙 같은 코스로

단기간에는 딸 수 없다.

그만큼 확실히 시간도, 돈도, 수고도 들겠지만, 이것만은 방법이 없다.

집으로 돌아가면 아버지에게도 상담하고, 빠른 코스로 학원도 알아보자.

나는 거래처로 가는 이동 중에 스케줄 수첩을 꺼내 즉시 검토를 시작했다.

열심히 앞으로의 이 개월, 삼 개월의 예정을 눈으로 쫓았다.

'수업 참관에 운동회. 아버지의 마감도 계속되니까, 이걸 내가 떠맡으면 여름방학까지 꽤 삐걱대려나. 특히 토요일 쉬는 시간은 아예 없어지겠네.'

이래저래하는 사이에, 도착을 알리는 내비게이션 음성이 나왔다.

"도착했다, 토다."

"네, 타카사키 부장님."

차가 밀리지 않아서인지 꽤 순조롭게 도착했다.

타카사키 부장이 빌딩 주차장에 차를 주차했다.

'타카사키 부장은 운전도 능숙하네. 후진 주차인데도 한 손으로 척척. 체격의 차이인가, 성격의 차이인가. 아버지라면 절대 하지 못할 일을 산뜻하게 해치워. 어깨도 팔도 튼튼하고. 뭔가…… 같은 남자로서 부럽다.'

나는 자로 잰 듯 라인 안으로 주차된 차를 보고, 다시 한

번 더 감동을 느꼈다.

그 후로는 또 타카사키 부장의 뒤를 쫓아 걸었다.

해피 레스토랑의 본사는 다이바(台場)에 최근 지어진 오피스타워로, 사십오 층짜리 고층빌딩의 십오 층에 위치해 있었다.

이곳은 레스토랑 프랜차이즈 경영과 매니지먼트가 메인이라, 사무실 자체는 건물 내의 한 층을 빌려 운영되고 있다. 하지만 그렇다고 해도, 새로운 도심지의 일등지에 꾸며진 임대 오피스다. 실적이 안정되어 있지 않으면 유지할 수 없는 것이다.

애초에 식품재료를 다루는 일에 뛰어난 간부가 새로운 섹션으로서 올린 것이 레스토랑 부문으로, 수완이 좋다는 것을 확실히 알 수 있다.

조금 럭셔리한 가정요리—그런 컨셉의 푸드 메뉴 또한 들어맞았을지도 모르지만, 포장이나 배달이 가능한 다양함도 매력 중의 하나다.

우리 집 근처에도 있는데, 싼 가격에 양도 꽤 있어서 자주 이용한다.

레스토랑과 편의점의 중간쯤이라는 이용하기 편한 느낌도 장점으로, 이대로 우리 회사와의 계약도 잘된다면 더욱더 애착을 가지게 되어 이용 빈도도 늘어날 것이다.

"토다. 자료는 바로 꺼낼 수 있도록 준비했나?"

"네."

"그럼 됐어."

나는 타카사키 부장에게 최종확인을 받으며, 오피스 타워로 발을 내디뎠다. 언제 와도, 여기는 바람이 잘 통하도록 만든 높은 구조의 출입구 덕분에 밝고 기분 좋은 느낌이다. 엘리베이터 앞까지 오자, 이제 남은 것은 매입 담당 책임자로 있는 혼고(本鄉) 상무가 기다리는 십오 층으로 올라가는 일뿐이었다.

"그러고 보니 토다 자네, 혼고 상무와는 일면식이?"

하고, 올라탄 엘리베이터에 두 사람뿐이었기 때문인지, 타카사키 부장이 별안간 질문을 던졌다.

"네. 두 번 정도 만난 적은 있습니다."

"그런가. 그럼 괜찮겠지만, 긴장 풀지 마."

"네. 아, 그런데 타카사키 부장님은?"

나는 다급히 되묻고 말았다. 설마… 라고는 생각하지만, 첫 대면이라면 어떻게 해야 하는 걸까. 물론 전임이었던 사타케 부장으로부터 인수를 받았을 테지만, 경우에 따라서는 내가 타카사키 부장을 혼고 상무에게 소개해야 하는 건가?

이쪽은 사타케 부장의 후임으로서, 이번 분기부터 담당자가 된 타카사키 씨입니다다든가?! 아아… 생각만 해도 무섭다……. 혀를 깨물지도 몰라!

"걱정 마. 입사 후 바로 신세를 졌던 사람이다."

위축된 나를 내심 간파한 것일까? 타카사키 부장이 가르쳐 주었다.

"입사 후 바로, 말입니까?"

"겁이 없다기보다는 철부지였거든. 맨바닥에 헤딩하듯 다른 회사에서 우리 회사의 물건으로 바꿔달라고 교섭했다가, 콧방귀를 당했지. 자기 회사 물건을 넣고 싶으면 우선 신용, 그리고 그 이상의 메리트를 준비하지 않으면 대화가 안 된다―라고 하시더군."

"네……. 그럼, 혹시 이 해피 레스토랑의 일은……."

"내가 오사카 본사로 전근했을 때, 당시 과장이었던 사타케 씨에게 맡겼던 것이다. 설마 포기하지 않고 교섭을 계속해 주었다니… 내가 가장 놀랐다."

타카사키 부장의 말은 너무나도 굉장한 것이어서, 나는 더더욱 움츠러들고 말았다.

그도 그럴 것이, 해피 레스토랑 건은 내가 입사하기 몇 년이나 전부터 어택해 온 것이라고 들었다. 하지만, 설마 그렇게까지 예전부터 계획한 일이라니 생각지도 못했다.

게다가 역대 부장님 두 분이 릴레이로?! 이런 중요한 상담에 나 같은 햇병아리가 끼어도 괜찮은 걸까?

뭐, 지금 말해 봤자 달라지는 건 없다. 나는 방해되지 않도록, 가능하다면 조금이라도 도움이 되도록 노력할 수밖에는 없다.

띵― 하고 벨이 울림과 동시에 엘리베이터가 정지했다.

'왔다.'

"사타케 부장님의 근성에도 보답하기 위해서다. 오늘은 결판을 내야 해."

타카사키 부장은 한층 더 험상궂은 얼굴을 하고, 문이 열린 엘리베이터에서 한 걸음 내디뎠다.

"네."

나도 각오를 다잡고 뒤를 따랐다.

"실례합니다. 사이토 제분의 타카사키입니다만, 혼고 상무님 계십니까?"

타카사키 부장이 접수처에 말을 건넸다.

엘리베이터 플로어에서 회사의 안쪽으로 이동하는 그 짧은 시간 동안, 타카사키 부장의 표정은 완벽히 평온하고 인텔리적인 것으로 바뀌어 있었다.

이것이 유능한 남자의 영업용 미소다!

쓸데없는 긴장이나 기세, 웃음 같은 것은 어디에도 없다.

그 탓인지 접수처의 아가씨의 얼굴이 빨갛게 변했다. 왠지 그 기분을 알 것 같다.

"아! 기다리고 있었어, 타카사키. 오랜만일세."

타카사키 부장의 목소리를 듣고, 안쪽에서 기다렸다는 듯이 혼고 상무가 나왔다. 혼고 상무의 이런 웃는 얼굴은 처음 본다. 정말로 기쁜 듯한 얼굴이었다.

"오랜만에 뵙습니다. 혼고 상무님."

"아냐, 아냐. 본사로 올라간 사타케의 후임으로 자네가 돌아오다니, 정말 놀랐어. 게다가 부장이라니? 내가 마지막으로 만났을 때는 사원이었는데, 대단한 출세가 아닌가? 뭐, 옛날부터 배짱도 실력도 있었던 자네니까, 당연한 결과일지도 모르지만 말야."

"혼고 상무님이 그렇게 말씀해 주시니 영광입니다."

"정말, 필시 재미있는 협상이 될 것 같군."

하지만 역시 산전수전을 겪은 혼고 상무다. 교섭은 이미 시작되고 있었다.

오십대 중반의 혼고 상무는 상냥한 인상의 얼굴과 보통의 몸집, 그리고 적당한 키의 신사다. 원래는 마켓 쪽 사람으로 생선에서 생어, 정육까지를 담당했고, 이십 년간은 직접 고객과 접촉하는 현장에서 관리직으로 근무한 분이라, 좌우간 식재료에 관해서는 엄격한 기준을 갖고 있다.

게다가 미식가이기도 해, 요리나 접객도 완벽하게 소화한다.

다만 풍부한 경험과 지식, 그것을 뒷받침해 주는 실력, 무엇보다 식품업계 관련자와의 폭넓은 연줄을 가지고 있는 만큼, 신규 참가나 신규 협상을 하게 되면 영업하는 쪽을 무참하게 울리고 만다.

사타케 부장이 '이것만큼은 밑에 맡길 수가 없어' 하고 얼버무린 것은 타카사키 부장과의 약속 때문도 있겠지만, 역시 가장 큰 이유는 혼고 상무의 대응이 까다롭기 때문일 것이다.

"잘 부탁드립니다."

타카사키 부장도 지금까지는 느낄 수 없었던 태세를 보였다.

이렇게 된 이상 나는 방해가 되지 않는 쪽으로 완전히 방향을 바꿨다. 조금이라도 도움이 되기 위해서는, 타카사키 부장의 발목을 잡지 않도록 주의해야 한다.

하지만, 혼고 상무는 이런 나에게까지 똑똑히 시선을 맞춰왔다.

"자, 토다 군도 오게. 잡아먹지 않을 테니까."

"감사합니다."

불에 모여드는 하루살이의 기분이 이럴지도 모르겠다는 생각이 들었다.

내가 느낀 한, 오늘 혼고 상무는 지금까지 이상으로 임전 태세였다. 강한 기세가 전해져 와서, 나는 이미 잡아먹힐 것 같은 기분이 되어 있었다.

\*　　　\*　　　\*

타카사키 부장과 함께 응접실로 안내된 나는, 자료가 든 가방을 껴안은 채 그저 몸을 굳히고 있었다.

"이쪽의 요청은 이미 전했네. 상당한 메리트가 없다면, 통째로 교체하는 것은 어려워. 지금의 구입처는 마켓 시절부터 교제를 해온 업체야. 어려울 때에도 꽤 거래해 주었으니까 말야."

실없는 잡담은 정말 처음뿐이었다. 혼고 상무와 타카사키 부장은 자리에 앉자마자 정면승부에 들어갔다.

"하지만, 최근 밀의 가격이 불안정한 데다가 지속적으로 상승하고 있습니다. 싫든 좋든 가격은 인상될 수밖에 없습니다. 이건 어느 회사라도 마찬가지일 겁니다. 토다, 자료를 보여 드려."

이렇게 해서, 드디어 왔다. 단 하나뿐인 나의 참여가……. 드디어 나도 이 전쟁터로……. 나는 소중히 가져온 자료를 가방에서 꺼내 타카사키 부장과 혼고 상무에게 건넸다.

"여기 있습니다."

혼고 상무와 타카사키 부장이 어리둥절한 얼굴로 쳐다보았다.

"……도립 다이바 고등학교 여름 페스티벌?"

"학생회 주최 모의기획서……?"

그들이 소리 내어 표지를 읽는 순간, 나는 비명을 지르려던 것을 겨우 참았다.

오늘 아침 후타바가 찾던 리포트가 어째서 내 가방 안에서 나온 것인지 모르겠다. 설마…… 잘못 넣은 것인가?

그 공포에 온몸이 떨려오면서도 나는 다시 한 번 더 가방 안을 뒤졌다. 아…… 아아~ 있다~!!!

"죄송합니다. 이것은 동생의……. 이쪽이 준비한 자료입니다. 정말 죄송합니다."

나는 깊게 머리를 숙이며, 실수로 꺼낸 기획서를 회사 정규 자료로 바꿨다.

심장이 터질 것 같았다.

"현대 일본의 유아부터 청년층의 초기 미각 단계가 일으키는, 근미래의 외식업계의 쇠퇴 예상과, 그 회피에 필요한 기업의 노력, 조미료 화학 및 영양학의 재검토에 관한……?"

"음. 꽤 훌륭하지만, 이건 대체 어디에 낼 논문인가?"

하지만, 다시 낭독된 표지 제목에 나는 또 한 번 '왜?', '어째서?!' 상태에 빠졌다.

내가 다시 꺼낸 그것은, 후타바의 리포트보다 고도의 논문 같은 마무리였다.

틀림없이 초등 사학년인 시로가 만든 리포트다!!

대체 뭣 때문에 썼는지는 본인만이 알겠지만, 아마도 우리 집의 식생활에 대한 불만에서 발전한 자유연구인지 뭔지 하는 것일 거다.

아침부터 단백질원이 이러쿵저러쿵 외쳐 댔으니까.

"거듭되는 실례, 부디 용서해 주십시오. 이쪽도 동생의 것입니다. 가방에 끼어서 묻어온 모양입니다. 정말 죄송합니다."

나는 당황하며 도로 집어넣었지만, 당장에라도 울 것만 같았다.

아무리 크기도, 두께도 비슷비슷한 리포트였다고는 하

지만, 그건 기업 비밀을 포함한 승부 자료다. 그것이야말로 나에게 있어서도, 사타케 부장이 처음으로 맡겨준 중요한 자료 제작(들은 그대로를 정리한 것뿐이지만)인데.

그래서 타카사키 부장도 이런 큰 자리에 나를 동석시켜 준 것인데, 그런데……!!

'엣? 없다? 분명 어젯밤에 훑어봤는데, 분명 요점도 재검토하고, 무슨 질문을 받더라도 완벽히 설명할 수 있도록 해 뒀을텐데, 가방에 확실히 넣어뒀는데……. 그게 어떻게 학원제랑 어린애의 리포트로……? 아, 아아~ 앗! 서, 설마… 설마…… 그건가?'

나는 계속 찾아도 나오지 않는 자료 대신에, 어젯밤의 사소한 일이 떠올랐다.


그건 저녁 식사 후 늘 있는 숙제 타임의 일이었다.

미츠구가 목욕을 하는 동안 차례를 기다리던 우리 여섯 명은, 거실테이블에 둘러앉아 각자 해야 할 일을 하고 있었다.

"히토시 형, 커피 마실래?"

"응."

"나도오~!!"

"밀크티 마시고 싶어!"

"주스~!"

후타바가 센스 있게 던진 한마디에, 이때가 기회라는 듯

동생들이 끼어 한마디씩 던졌다.

"아아. 나도 도울게. 후타바, 아버지한테도 가져가자."

여기까지라면 평소와 다를 게 없는 광경이다.

나는 후타바와 함께 커피에 밀크티, 그리고 나나오의 사과 주스를 준비해 테이블로 옮겼다.

"와아앗……!"

"무사시!"

무사시가 컵을 쓰러뜨려 나나오에게 밀크티가 튀었다.

"우아아아아아앙!!"

"나나오! 괜찮아?"

데운 밀크티였지만, 그걸로도 나나오에게는 큰일이다. 나는 심장이 멈추는 줄 알았다.

"괜찮아. 튀지 않았어. 놀랐을 뿐인 거 같아."

"다행이다."

옆에 있던 후타바가 재빠르게 나나오의 상태를 확인해 주어서 안심했다.

"히짜… 히짱… 아아앙!"

"괜찮아, 괜찮아. 놀랐구나, 나나오. 무사시도 화상 입지 않아서 다행이야. 다음부터는 조심해야 해?"

"우와아아앙, 미안해애~"

순간이었지만 너무 놀라 숨이 멈추는 줄 알았다.

나는 나나오와 무사시를 안아주며, 상처 없이 아이를 키우는 것이 얼마나 힘든지를 통감했다. 지금까지 우리 집에서는 단 한 명도 흉터가 남을 만한 상처는 입지 않았다. 이게 얼마나 대단한 일인지, 부모님의 노력과 걱정이 얼마나 있었는지, 다시 한 번 더 실감했다.

"리포트는?!"

하지만 두 사람이 무사했다는 걸 알자, 후타바가 다급히 말했다.

"여기. 일단 쉴 거면 책상을 치워놓는 게 낫다고 생각해서 치워놨어. 그래서 튀지 않았어. 전부 무사해."

그렇게 말하고 모두의 리포트를 정리해서 들어 보인 것은 시로였다.

"잘했어, 시로! 히토시 형의 리포트도 무사해!!"

"고마워. 다행이다."

결국 엎지른 밀크티 이외엔 피해가 없어서, 우리들은 안심하고 티타임을 가졌다.

이런저런 사이에 목욕탕에서 미츠구가 나와, 그 후는 서로 연달아 교대해 가며 목욕탕으로 들어갔다.

그래서, 나도 확인하지 않고 자료를 가방에 넣은 뒤 나나오와 무사시를 목욕탕으로 들여보냈는데, 그때 허둥지둥하는 바람에 리포트의 묶음을 잘못해서 바꿔 버린 것이다.

'아아…… 큰일이다……. 두 사람의 리포트가 내 가방에 있다는 건, 내 자료는 지금 어디에 있단 거지? 설마 후타바나 시로가 학교에 갖고 간 것은 아니겠지?

이건 어느 누구의 잘못도 아니다. 마지막까지 확실히 확인하지 않은 내 잘못이다.

아침에라도 내용을 확인할 시간쯤은 있었는데, 타카사키 부장의 수염이나 주위의 웅성거림에 정신을 뺏겨서……. 나는 단숨에 얼굴이 노랗게 얼어붙었다.

"정말 죄송합니다. 보여 드려야 할 자료를 잊어버리고 왔습니다. 곧바로 회사로 돌아가 가지고 오겠습니다. 시간을 조금만 주시지 않겠습니까? 부탁드립니다!"

나는 그 자리에서 일어나 허리를 반으로 굽혔다.

"……죄송합니다. 제 책임입니다."

잠자코 있던 타카사키 부장의 욕설이 들릴 것만 같았는데, 타카사키 부장도 이곳에서만은 혼고 상무에게의 사좌가 우선이었다.

그가 함께 일어나 고개를 숙였다. 그건 내 가슴까지도 아파 오는 듯한 사과였다.

"음…… 어쩔 수 없지. 그렇다면 아까 그것을 주게. 그것을 다 읽기 전까지라면 기다려 주지."

그러자, 혼고 상무는 실소하는 기색이면서도, 나에게 교환 조건을 제시했다.

"네? 이것 말입니까?"

"응. 학교 축제의 기획서와 외식 산업 쇠락 예상 논문. 지금의 고교생의 시선을 알 수 있는 좋은 기회일 거 같아 흥미롭군. 그것을 보여준다면, 오늘만은 특별히 기다려 주지."

아니, 한쪽은 초등학생의 신통찮은 시시한 글인데……
라고는 이미 말할 수가 없다.

혼고 상무는 원래 호기심이 왕성하다. 아니, 오히려 이런
유연한 점이 일에서 발휘되어, 출세로도 연결된 사람이다.

게다가 무엇을 방패로 삼더라도, 지금은 시간을 벌 필요
가 있다.

타카사키 부장도 아무 말 않고는 있지만 '냉큼 좀 전의
그것을 내드려라' 하는 흉악한 시선을 나에게 보내고 있었
다.

"나중에 돌려주시겠습니까? 일단은 동생의 것이라
서……."

나는 단두대에 세워진 기분으로 후타바와 시로의 리포트
를 꺼냈다.

아무리 도내 학생 중에서 제일가는 두뇌를 자랑해도, 초
등학생은 초등학생이다.

표제만 훌륭하지, 안의 내용은 미츠구에게 반찬을 빼앗
긴 푸념이 끝없이 적혀 있을 것이다!! 어쩌면 만담 같은 것
이 적혀 있을 수도 있다.

상상만으로도 등골이 얼어버릴 것 같았다.

"그건 당연하지."

"그럼… 시시한 내용이지만……."

그래도 나는 동생들의 리포트를 건네주어, 혼고 상무에
게서 시간을 벌 수밖에 없었다.

"정말 죄송합니다. 최대한 빨리 돌아오겠습니다. 실례하겠습니다."

도보와 전철을 왕복해 회사로 가는 건 차로 이동하는 것보다도 시간이 걸린다. 그렇다고 해서 면허도 없이 혼자서 회사로 차를 몰고 돌아가는 것도 불가능하다.

따라서 나는 이동해 온 이래 최고조의 분노를 찍은 타카사키 부장과 함께 잠시 그 자리를 뒤로할 수밖에 없었다.

# 3장

　이 세상에 태어난 지 이십삼 년. 오늘이 생의 가장 최악의 날이라고는 말하지 않겠지만, 두 번째라고는 말할 수 있을지도 모르겠다.

　그 정도로 내가 저지른 실수는 파괴력이 있었다.

　이대로 해고되지 않을까 할 정도다. '실수였습니다' 라는 한마디로 끝날 내용이 아니다. 어째서 전철 정기권이 배틀 카드로 바뀌어 있는 것을 알았으면서도, 가방 안을 확인해 보지 않았을까? 후회엔 끝이 없다. 제멋대로 자라 험악했던 수염이 없어도, 타카사키 부장은 이미 완전히 사채업자 같은 흉악모드가 되어 있었다.

　"대체 뭘 한 거야, 너는? 어제도 오늘 아침에도 확실히 확인했는데!"

"죄송합니다. 최종 확인을 하려고 집으로 가져간 것이……"

"변명은 됐어… 뭐, 잠깐. 집? 회사가 아니야? 설마 집까지 가지 않으면 안 되는 건가? 그럼 집은 어디야?"

핸들을 잡은 손에서도 분노가 흘러넘쳐, 운전도 사람이 변한 것처럼 거칠어졌다.

이건 자동차 추격전일까 하는 생각이 들 정도로 무조건 달리는 식으로 액셀을 밟는다.

경찰의 눈에라도 띄는 날에는, 공무집행방해까지도 저지를 기세다.

"아뇨, 그건 괜찮습니다. 데이터는 회사 컴퓨터 안에 있으니까, 회사로 돌아가서 프린트하면 됩니다."

"그럼, 됐어! 아니, 된 게 아니지! 지금 당장 전화해서 아무라도 상관없으니 프린트 해놓으라고 해! 그 정도는 말하지 않아도 스스로 생각해서 행동하라고!"

"예, 예엣……!"

나는 타카사키 부장에게 호통을 맞고 나서 회사로 전화했다.

반쯤은 울며 데이터의 프린터를 부탁했다. 당연한 말이지만 내 전화를 받은 상대방도 비명을 질렀다.

그쪽이야말로 '뭘 하는 거야?!' 라고 내게 화를 내는 것조차 잊고 발칵 뒤집어졌다.

어떻게든 회사에 도착했다.

"이걸로 됐어? 확인해 봐."

이 와중에 프린터 실수까지 생긴다면 모든 일이 무너진다. 내가 부탁한 리포트의 프린트만으로, 이미 선배 세 명이 달라붙어 있었다.

게다가 내가 확인하는 것을 마지막까지 지켜보고 있는 사람은 무려 과장과 계장 두 사람. 이것만으로도 이미 내가 얼마나 큰 실수를 했는지 충분히 알 수 있을 것이다.

"네. 감사합니다. 이걸로 됐습니다. 타카사키 부장님! 기다리셨습니다!"

거기다 더해, 내가 리포트를 받는 동안 타카사키 부장이 부르러 간 것은 전무이사였다. 내 뇌리에 해고란 두 글자가 스쳐 지나갔다.

"내놔. 너는 오지 않아도 돼. 지금부터는 전무께서 동행한다."

"네, 알겠습니다. 죄송합니다. 아… 그런데……."

그런데 나는 이런 상황에서도, 동생들의 리포트가, 특히 시로의 논문이 머릿속을 떠나지 않았다.

지금 당장 타카사키 부장에게 전해두는 편이 나을까? 그건 우리 집의 약육강식에 관한 리포트입니다. 그걸 읽은 혼고 상무는 화가 나 있을지도 모릅니다! ―라고…….

하지만, 지금의 나에게는 거기까지 말을 꺼낼 용기도, 시간도 없었다.

"동생들의 기획서와 논문은 내가 책임을 지고 가져올 테니까 안심해."

"수고를 끼쳐서 죄송합니다."

타카사키 부장은 그 자리에서 리포트의 내용을 확인하고, 전무이사와 함께 서둘러 떠났다.

'끝이다……. 우리 집의 식량도 생활도 여기까지다…….'

나는 어떻게 하면 좋을지 모르는 채로, 옆에 서 있던 과장의 얼굴을 봤다. 과장은 '할 수 있는만큼 최대한 보조는 할 테니까' 라고 말해주었지만, 척 봐도 난처한 듯했다. 그렇게 생각해서인지, 위가 아파와 나도 모르게 손이 그 주변을 만지고 있었다.

과장이 이러니 다른 누군가가 나를 대신해 변명하거나 위로해 줄 수 있을 리가 없다.

그래도 함께 낙담해 주고 있는 것만으로 고마웠다.

원래라면 사방팔방에서 비난받아도 이상하지 않을 정도다.

이제 와서 하는 말이지만, 모두 굉장히 좋은 사람들이다. 이 이상의 폐는 죽어도 끼칠 수가 없다.

'짐을 정리하는 게 좋을까…….'

나는 그 자리에서 '죄송합니다' 라고 사죄를 하고, 책상으로 돌아갔다.

적어도 깨끗이 물러나기 위해, 스스로 업무 인계의 준비를 시작했다.

타카사키 부장이 사무실로 돌아온 것은 그때부터 두 시간 후의 일이었다.

　"다녀왔다."

　"어서 오세요, 타카사키 부장님. 상담은 어떻게 되셨어요?"

　"다음으로 보류되었습니까? 그렇지 않으면—"

　그를 보자마자 달려간 것은 과장과 계장, 그리고 근처에 있던 선배들이었다.

　나는 자리에서 일어나 달려가기는커녕, 타카사키 부장 쪽을 쳐다보는 것조차도 할 수 없었다.

　"아니, 계약했다. 우선은 오 년 계약이다."

　"축하드립니다!!"

　"역시 가격 인하는 해도, 인상은 절대 하지 않겠다는 조건이 작용을 한 건가요?"

　"그거야 당연하지. 지금부터 어떻게 변동할지 모르는 점에서, 가격 인상은 없다는 건 최고의 조건이야. 그쪽에서도 역시 이런 걸 거절하기에는 용기가 필요했을 거야. 그죠, 부장님?"

　계약이 성립되었다는 걸 알고 나니 갑자기 눈가가 뜨거워졌다.

　'다행이다…….'

　옆에 있던 선배 두 명이 말없이 내 등을 쓰다듬어 주었다.

다행이다. 세이프다, 세이프!!

그런 감격의 목소리가 들려오는 것 같았다.

그게 고마워서, 나는 울음을 터뜨렸다. 이걸로 걱정 없이 해고될 수 있을 것 같았다.

후회 없이—이 생각만이 머릿속을 가득 채웠다.

"토다."

정색한 목소리로 타카사키 부장이 나를 불렀지만, 나는 반사적으로 자리에서 일어나면서도 '네' 라는 대답은 할 수 없었다.

목소리도 몸도 떨려서, 어떻게 할 수도 없을 정도였다. 재빨리 눈물은 닦았지만, 머릿속은 새하얗다. 타카사키 부장은 일부러 내 자리까지 와서 동생들의 리포트를 건넸다.

"자, 받아 왔다."

그걸 보니 더더욱 죄송한 마음이 치밀어 올라, 또 다시 굵은 눈물방울이 떨어졌다.

이제 멈출 수가 없다. 마치 혼이 날 때의 무사시처럼 흐느껴 울어버렸다.

'감사합니다' 라는 말조차 만족스럽게 나오지 않았다. 사무실의 시선이 내게 집중되어, 부끄럽기보단 오히려 비참했다.

그러자 타카사키 부장이 상의의 주머니에서 손수건을 꺼내 울고 있는 내 얼굴로 밀어 넣었다.

"울지 마. 네가 실수로 가져간 그것이 사실은 큰 도움이 되었다. 가격 설정과 비슷할 정도로 결정적인 역할을 했다고 말해도 과언이 아냐."

나는 귀를 의심하면서, 겨우 타카사키 부장의 얼굴을 볼 수 있었다. 눈물이 스며든 손수건을 움켜쥐었다.

믿을 수 없는 기분이다.

"학생회의 기획서가…… 말입니까?"

"아니, 외식 산업 쇠퇴 예상에 관한 논문이다. 현대인의, 특히 어린이의 초기 미각 발달 현상으로 예상할 수 있는 일식 요리 문화의 장래성에 대한 불안과 위기감, 방부제나 화학조미료의 남용에 대해 호된 비판이 들어간 내용이었다. 혼고 상무는 현재 일본의 식탁과 식생활을 만들어온 세대니까, 지금 세대의 많은 아이들이 둔한 미각을 가지게 된 것은 생산성만을 우선해 온 어른들의 탓이라며 스스로를 질타하고, 꽤 낙담한 듯했다."

타카사키 부장에게서 결정적인 역할을 한 것이 시로의 논문이라는 것을 듣자, 등골에서 식은땀이 주르륵 흘렀다.

"혼고 상무님이?! 죄송합니다!"

무슨 말을 들었는지 사실은 절반 정도밖에는 이해할 수가 없어서, 나는 우선 사과를 하고 보았다.

시로 녀석, 이제 와서 가정 내의 불만을 세상의 탓으로 돌린 건가! 라고 생각했다.

하지만, 아무래도 그런 건 아닌 모양이었다.

"아니, 나쁜 의미가 아니니까 안심해. 그 정도로 그 논문의 데이터 채용이 정확하고, 비판도 적절했다. 내가 도착했을 때에는 상무 쪽 간부 전원이 머리를 나란히 하고 감탄하고 있었다. 이게 고등학생의 논문이라면 반드시 채용하고 싶다고."

타카사키 부장은 '우수한 동생을 두었군'이라고 말해주었다. 지금까지 본 적 없는 상냥한 눈으로, 웃어주었다.

"그래서, 서둘러 메뉴의 개선을 검토하자는 흐름이 되었다. 그쪽도 반성만 하고 실행이 뒤따르지 않는 것은 의미가 없으니까. 외식 산업을 짊어지는 회사 중 하나로서, 지금부터라도 아이들의 섬세한 미각을 지켜 나가자, 오히려 제대로 키워 가자라는 방침으로, 식재료부터 다시 생각하자는 쪽으로 진행되었다. 우선은 견본으로 짠 시작이 되겠지만, 덕분에 이쪽이 제안한 것 중에도 무농약을 고집한 일등급의 고품질품질까지 포함한 계약이 되었어. 불행 중 다행이랄까, 전화위복이라는 결과다. 곁에 있던 전무도 크게 기뻐했어."

나는 계속해서 믿기 어려운 말들을 들으며, 이번에는 기쁨으로 눈가가 뜨거워졌다.

그러니까, 실제로 무슨 내용이 적혀 있었는지는 모르겠지만, 초등학교 사학년의 푸념이 대기업의 방침을 바꾸는 계기가 되었다니…… 굉장해! 게다가 그 일이 회사의 실제 판매로 연결되었다니, 기적이다!

'대단해, 시로. 아니, 정말 굉장해! 내가 하루에 한 끼를

먹더라도 반드시 너는 원하는 대학으로 보내줄게. 이렇게 된 이상 유학이라도 시켜줄 테다!!'

나는 만약 이 자리에서 해고가 된대도 시로만은 반드시 좋은 대학에 보내겠다고 다시 한 번 더 맹세했다.

더 이상 '어떻게 하지?' 같은 말을 하고 있을 때가 아니다. 연애를 하다 헤어지면 다른 사람을 찾으면 되지만, 잘렸으면 이력서에 한 줄 추가가 될 뿐이다. 돌아가는 길에라도 내일부터 할 일자리를 찾아야지. 나는 완전히 패기를 되찾았다.

그런 나에게 타카사키 부장이 주머니에서 봉투를 건넸다.

"이건 혼고 상무님께서 네게 보낸 것이다."

"뭐죠……?"

"멋대로 논문을 참고하고, 또 읽어버린 것이 미안하다고, 동생에게 실례가 아닐까 물으시더군."

일부러 이럴 것까지는…… 이라고 생각하며 건네받은 봉투의 안을 확인했다.

"우와앗!! 주주 우대용 할인 패스포트?! 그것도 오늘부터 일 년 동안 유효! 전 메뉴 삼십 퍼센트 할인?! 엄청난 혜택이다!!"

소문으로만 듣던 패스포트를 눈으로 직접 보다니, 나는 지옥에서 천국으로 떠오르는 듯한 기분이 되었다.

외식 같은 건 한 달에 한 번이나 두 번 정도 부릴 수 있는 사치인데, 그게 삼십 퍼센트 할인이 된다면 엄청난 것이 아니가! 두 번 갈 비용으로 세 번은 갈 수 있다!!

그에 더해 나의 행복은 계속되었다.

"아, 그리고 다음 기회에라도 좋으니까, 널 만나고 싶다고 하셨다."

"네? 저 말입니까??"

잘못 들은 게 아닐까? 나는 혹시, 해고가 아닌 건가??

"서류를 가지고 다시 돌아갔을 때, 상사에게 동행을 부탁하는 건 좋은 판단이지만, 실수한 당사자를 두고 온 것은 잘못되었다고 지적받았다. 그럼 밑의 부하가 성장하지 않는다, 마지막까지 제대로 책임을 지게 해야지만 멍청한 실수도 성공으로의 포석이 될 수 있다고 말씀하셨다."

아직 여기 있어도 괜찮은 건가? 이대로 일해도 좋은 건가??

"죄송합니다."

"아니, 이것도 내 실수다. 어쨌든 계약은 성공했다. 혼고 상무와는 오랫동안 알아 온 사이이기도 하고, 정식으로 너를 해피 레스토랑의 담당자로 할 테니까, 오늘의 실수는 앞으로 일하면서 만회해. 나도 노력할 테니까."

나는 꿈이 아닐까 생각해 버릴 정도의 말들을 들어, 또 다시 눈물이 났다.

"네……."

대답을 하면서도, 감격으로 떨리는 몸을 멈출 수가 없

었다.

혼고 상무나 타카사키 부장에게 앞으로 어떻게 보답을 하면 좋을까?

어서 일로 돌아가, 하루라도 빨리 제대로 된 한 사람 몫을 할 수 있도록 해야 한다. 하지만 그것은 당연한 것이고, 그 이상의 무언가로 보답하고 싶었다. 아마도 그런 게 인정일 것이다. 그 정도로 나는 감동하고, 감사하고 있다. 손에 꽉 쥐어진 손수건이 눈물로 흠뻑 젖었다.

"그리고, 토다."

"네."

이야기 도중에 다른 부서의 입구에서 사람이 타카사키 부장을 불렀다.

"아니, 나중에 얘기하지."

"네."

타카사키 부장은 아직 나에게 하고 싶은 말이 있는 듯 보였지만, 뒤로 미루고 자리를 떠났다.

'뭐지? 나중에라니…… 역시 주의나 설교 같은… 그런 것일까.'

짐작 가는 거라곤 온통 그런 것밖에 없다.

나는 또 다시 불안이 밀려왔다.

손에는 손수건을 쥔 채, 이번엔 타카사키 부장이 말한 '나중에'의 '나중'이 올 때까지 심장이 덜컥 내려앉을 것들만이 떠오르던 그때.

'하지만, 해고가 되지 않은 것만으로도 다행이니까 무슨 말을 듣더라도 힘내야지. 으으… 응……??!'

나는 아무 생각 없이 손에 있던 손수건으로 시선을 떨어뜨렸다…….

이, 이건…… 엄청난 물건이다.

'성전천사 냥냥 엔젤스??'

내가 눈물을 닦은 그것은, 하얀 면에 귀여운 고양이 귀를 붙인 성전천사가 프린트되어 들어간 것이었다. 사실 지금 우리 집의 가계를 대부분 지탱하고 있는, 인기 급상승 중인 아버지 원작의 마법소녀계 애니메이션이다.

여러 가지 종류의 고양이귀를 한 성전천사들이, 지구침략을 꾸미는 마족과 매일매일 싸우는 내용이다.

아버지 외에도 작화나 다른 제작 측으로 관계된 동료들이 있기 때문에 아버지 혼자서 만든 것은 아니지만, 그래도 방송 3회 중 1회는 시나리오도 담당하고 있다. 영화화도 노리고 있다는 말도 나오는 걸 보니 인기작은 인기작이었다.

시작은 심야 방송이었지만, 지금은 일요일 아침에 방송되고 있고, 스폰서로 거대 장난감 회사가 붙었을 정도였다.

손수건 위, 이 하얀 귀의 '냥짱'은 주인공으로, 특히 어린 여자아이들에게 인기가 많다.

함께 보는 어머니들의 버닝 포인트는, 악마족의 왕 마왕님과 그의 종이 된 대천사 미카엘님의 뭔가 사정이 있는 주종관계 같다(이 부분은 심야 방송의 흔적인가?).

무사시도 유치원에서 화제를 놓치지 않기 위해서라고 변명하면서, 실은 꽤나 좋아하며 보고 있다.

무사시의 경우에는 무엇보다도 전투신에서 나오는 캐릭터들의 팬티가 좋다는 남자아이다운 이유에서지만 말이다.

'타카사키 부장에게 아이가 있었나? 아니, 그런 질문을 할 사이도 아닌 데다, 결혼반지도 없어. 그럼 설마…… 이게 취미는 아니겠지? 그보다는 오히려, 여자친구가 귀여운 걸 좋아한다던가? 실은 나이 차이가 나는 커플이라든가 하는 편이 차라리 부자연스럽지 않아. 역시… 로리타…… 아니, 절대 그것만은 아닐 거다. 아니라고… 생각하고 싶다.'

일순간 굳어진 나를 이상하게 생각했는지, 가까이서 지켜보던 선배들이 '무슨 일이야?' 라며 말을 걸었다.

"아뇨, 아무것도 아니에요."

나는 당황해서 타카사키 부장에게 받은 손수건을 슈트 주머니에 넣고, 얼버무리듯 컴퓨터로 향했다.

'그나저나, 냥냥 엔젤스라…….'

좀 전까지의 비장함은 대체 어디로 간 것일까. 어느새 내 머리 속은 일요일마다 듣는 냥냥 엔젤스의 오프닝테마로 가득했다. 차라리 『인의 없는 전쟁 테마』가 어느 정도 긴장감도 있고 좋을지 모르겠다.

'타카사키 부장은 어떻게 봐도 마왕 사탄 같은 느낌인데…….'

내 심장은 그 후에도 두근두근할 뿐이었다. 빌린 손수건을 빨아서 돌려주려 해도, 타카사키 부장이 그것을 건네받는 상상만으로도 매우 어색해질 상황이 눈에 떠오르기 때문이었다.

*　　　*　　　*

생각지도 못한 소동이 일어났던 하루가 끝나려 하고 있다.

오후부터는 특별히 급한 일도 들어오지 않아서 나는 정시에 퇴근할 수가 있었다. 그런데, 정작 집으로 돌아가려 하자 타카사키 부장이 다가왔다.

"토다. 좀 전에 못한 말 때문인데 말야."

'아, 어떻게 하지. 손수건 때문에 타카사키 부장에게서 흐르는 테마곡이, 완전히 『인의 없는 전쟁』에서 『냥냥 엔젤스』로 되어버렸어.'

이런 걸 생각하고 있을 때가 아닌데, 제멋대로 시작된 망상은 멈추지 않았다.

타카사키 부장도 일요일 아침마다 보는 걸까? 실제로 좋아하는 캐릭터는 뭘까? 역시 주인공 캐릭터? 하지만 미케라든가 아메쇼라든가, 쿠로네코 등 잔뜩 모여 있으니… 라고 그만 망상이 폭주해서, 점점 얼굴에서 긴장이 사라져 간다.

"이 이후의 시간은 비어 있나? 괜찮다면 잠깐 같이 가지 않겠나?"

"지금…… 말입니까?"

하지만, 일순간 풀어졌던 마음은 곧바로 긴장되었다.

"뭐야, 선약이 있나?"

집으로 돌아가서 동생들을 돌봐야 하기 때문에 조금의 시간도 비어 있지 않습니다—라고 말할 수 있는 상태도, 입장도 아니다.

운 좋게 계약이 체결된 것과, 나 자신이 실수한 것은 별개의 일이다. 새삼스레 설교를 듣는다 해도 당연한 일이다. 충분한 각오도 되어 있다.

"아니요, 아무 일도 없습니다. 꼭 가겠습니다."

"그래? 그럼, 준비해서 와."

"네."

타카사키 부장의 권유를 받고 나서 나는 주머니에서 스마트폰을 꺼냈다.

귀가가 늦어진다는 내용의 메일을 먼저 아버지에게 보냈다.

사실 지금부터 몇 시간 동안의 설교일지 가늠할 수가 없는 데다가, 그렇다고 해서 '빨리 끝나는 겁니까?' 라고 물을 수도 없다.

그래서 '오늘 밤은 미안. 일 때문에 귀가가 몇 시가 될지 모르니까, 그렇게 알고 있어줘. 대신 돌아가면 저녁 뒷정리와 내일 아침밥 준비는 해둘 테니, 오늘만 눈감아줘' 라고 보냈다.

그러자, 아버지로부터 재빨리 알았다는 메일이 돌아왔다.

'이쪽은 걱정할 필요 없어. 괜찮아. 게다가 이제 회사원이니까 집의 일보다 회사 일을 우선하는 건 당연한 거야. 히토시가 조심해야 할 것은 귀가 중의 밤길만으로 충분하니까, 안심하고 일도 사람들과의 교제도 하고 와' —라는 내용이었다.

'이렇게 말하면서, 오늘 있었던 일이라며 엘리자베스와 나나오의 동영상을 첨부해 보내다니.'

"에이자베~ 푹신푹신해~"

멍멍!

"까아~"

'이런 귀여운 동영상을 보면, 당장에라도 돌아가서 부비부비를 하고 싶어지잖아. 아, 그러고 보니 후타바와 시로에게 리포트도 전해주지 않으면…….'

나는 아버지에게 감사하면서, 계속해서 후타바에게 메일을 보냈다. 미츠구를 기준으로 그 위로만 스마트폰을 가지고 있었기 때문에, 리포트에 대해서는 시로에게도 전해주라고.

그러던 중에, 타카사키 부장이 돌아왔다.

"기다리게 했군. 가자, 토다"

원래라면 부장에게 단독으로 애프터 권유를 받다니, 흥

미와 질투의 대상일 것이다.

하지만 오늘에 한해서는 모두 나에게 동정적이다. 앞으로 얼마나 야단을 맞을 것인지, 말하지 않아도 알 수 있을 정도니까 말이다.

"네."

나는 먼저 사무실을 나선 타카사키 부장의 뒤를, 쿵쾅거리는 심장을 붙잡으며 빠른 걸음으로 쫓았다.

왠지 오전의 외근이 되풀이되는 듯한 광경이었다.

설마 지금부터 가는 곳에 혼고 상무가 있다는, 그런 진행은 아니겠지? 등등의 별별 불안한 생각들이 다 밀려왔다.

"저어…… 어디로 가시는 거예요?"

"괜찮으니까 조용히 하고 따라와."

견디다 못해 확인하려 했지만, 타카사키 부장은 아무것도 가르쳐 주지 않았다.

"네……."

이렇게 되면, 오늘 아침 이상으로 결의를 굳히고 따라가는 수밖에 없다.

하지만 당장에라도 심장이 입으로 튀어나올 것 같은 긴장감 속에서, 타카사키 부장이 나를 데리고 간 장소는 신주쿠역 서쪽 출구 앞이었다.

'새하얀 롤스로이스. 게다가 이건 리무진?'

망설임 없이 힘차게 나아가는 타카사키 부장의 앞에는, 운전수가 붙은 새하얀 리무진이 멈춰 있었다.

"타카사키님이십니까?"

"네."

"기다리고 있었습니다. 지금부터 한 시간 정도 드라이브를 즐기신 후, 호텔 만델링 도쿄까지 안내해 드리겠습니다. 자, 그럼."

검은 옷에 눈부신 흰 장갑을 낀 운전수가 정중히 인사를 하고는 뒷좌석의 문을 열었다.

언제 어디선가 본 것만 같은 광경이 내 눈앞에서 펼쳐지고 있다.

'어? 이거 혹시… 오늘 아침 와시즈카 씨가 보여준 전단지의 그것? 그래, 틀림없어. 만델링 도쿄의 기념일 플랜이야!'

나는 여우에 홀린 것 같은 기분으로 호화찬란한 리무진을 바라보았다.

'이렇게나 길다니……. 오 미터는 되겠는데? 미니카로는 맛볼 수 없는 감동이야. 한창 차에 열광 중인 무사시에게도 보여주고 싶은데!'

"토다. 먼저 타."

"아, 네, 넷!"

그런데, 대체 무슨 일이 일어나고 있는 걸까? 나는 타카사키 부장에게 등을 떠밀려 쭈뼛쭈뼛 차 안으로 들어갔다.

창에는 뿌연 선팅지가 붙어 차 안은 어두컴컴했고, 간접 조명이 장식되어 있었다.

긴 차 안의 운전석과 뒷자리는 완전히 분리되어, 대화는 마이크로만 이루어지도록 되어 있었다. 뒷자리에 ㄷ 자 모양으로 만들어진 좌석은, 마치 긴자 클럽의 독실 같았다.

어른 여섯 명에서 여덟 명은 넉넉하게 앉을 수 있는 소파에 테이블이 세팅되어 있다.

게다가 내가 밀어 넣어진 좌석의 중앙에는 아름다운 장미 다발이 놓여 있고…… 으응?

"아, 그건 이리 줘. 방해돼."

타카사키 부장은 두 팔로 안을 정도의 큰 꽃다발을 가져가서는, 아무렇게나 발밑에 뒀다.

'타카사키 부장님……?'

그리고 뒤는 시내를 한 시간 정도 도는 드라이브, 딱히 타카사키 부장으로부터의 잔소리도 없었다. 나는 시종일관 긴장한 채로 창밖으로 시선을 향하고 굳어 있었을 뿐이었다.

이 상태에선 이 플랜의 모든 것이 무섭기만 해, 나에게는 이 상황이 납득이 가질 않는다.

차 안에는 로맨틱한 팝이 흘러나오고 있다.

만약 이 분위기에 눈과 눈이 마주친다면 그땐 정말 심장이 얼어버릴 것 같아서, 내 시선은 창밖에 고정되었다.

'그나저나… 정말 굉장하네…….'

하지만 결국은 터져 나오는 호기심을 이기지 못해, 나는 흘끗거리며 타카사키 부장 쪽을 쳐다봤다.

타카사키 부장은 맨 뒷좌석에서 긴 다리를 꼬고 있었다.

나처럼 쭉 창밖에 시선을 두고 있었다.

하지만 이런 그림을 보자, 이제 와서지만 묘하게 납득했다. 깔끔하게 정리된 머리카락과 말끔하게 면도된 수염은, 분명 이 플랜에 맞춘 것이다.

오랜만에 만나는 혼고 상무에 대한 예의나 미팅에 대한 기합도 있었을지도 모르겠지만, 그래도 역시 오늘의 타카사키 부장은 '이것'에 표준을 맞춰온 게 아닐까 생각되었다.

마치 지금부터 프러포즈라도 할 것.같은 시추에이션의 연속이다.

'나, 여기에 있어도 괜찮은 건가?'

여러 가지 추측을 해보지만, 역시 직접 물어볼 용기는 없다.

내 마음의 동요는 시시각각 커지기만 할 뿐 작아질 것 같지는 않았다.

그럼에도 불구하고 계속 달려간 리무진은, 이윽고 긴자에 있는 고급호텔 만델링 도쿄에 도착했다. 긴자의 노른자 땅에 솟아 있는 호텔. 입지 조건만으로도 대단하다!

"대단히 수고하셨습니다. 타카사키님. 여기서부터는 제가 안내를 해드리겠습니다."

일류를 넘어 고급의 이름을 향하는 호텔답게, 입구부터 리무진 안보다 몇 백 배는 더 화려했다.

높은 천장구조에 매달린 샹들리에는 올려다보는 것만으로도 현기증이 날 것 같았다.

아무리 슈트 차림이라 하지만, 내 옷차림은 괜찮은지, 넥타이를 메는 게 낫지 않을지 하는 걱정조차 어느새 자연스러운 것이 되어 있었다.

하지만 동행하고 있는 타카사키 부장은 그런 불안은 먼지만큼도 없는 것 같았다.

리무진에서 입구로, 일 층 로비로 향하는 걸음걸이는 스타 그 자체였다.

이런 꿈같은 일이 역시 꿈일거라고 생각되는 것도, 너무나도 완벽한 타카사키 부장의 존재감 때문일지도 모른다. 나에게는 천장의 샹들리에보다 타카사키 부장 쪽이 더 반짝반짝 빛나 보일 정도였다.

"저, 타카사키 부장님. 꽃은······?"

"처분할 테니 신경 쓰지 마."

"그럼··· 저에게 주시겠습니까? 저, 어머니가 좋아하시는 거라······."

나로서는 상당히 용기를 낸 뻔뻔한 발언이었지만, 처분을 의식하여 안절부절못하고 있기는 마찬가지였다.

"아, 별로 상관은 없는데."

"고맙습니다!"

나는 운전수에게서 꽃다발을 받아, 안심하며 껴안았다.

"다행이다. 집에 둬야지."

역시나 불단에 장식할 거란 말은 할 수 없었지만, 집으로 가져가면 분명 어머니도 꽃도 행복할 것이다. 게다가 얼마나 거실이 화려해질까 상상하니, 그것만으로도 기분이 밝아지는 것 같았다.

"토다. 가자."

또 다시 이름을 불러 융단이 깔린 플로어를 걸을 때에는, 이미 난 완전히 들떠 있었다.

이 다음 무엇이 어떻게 될지는 여전히 상상되지 않는다. 그래도 갑자기 '자, 그럼 이걸로 끝'이라는 말을 듣는다 하더라도, 나는 얼굴 가득 미소를 머금고 '네'라고 대답할 수 있을 것 같다.

물론 엄청나게 혼난다고 해도, 고분고분히 들어줄 수 있다.

그렇게 타카사키 부장과 함께 벨보이에게 안내 받은 곳은, 호텔 안에서도 귀빈층에 위치한 스위트룸의 방이었다.

'우와아. 호텔의 방 한 칸이 우리 집 거실보다 크다. 텔레비전도 엄청 크다아.'

나는 설마 기념일 플랜에 사용되는 방 안까지 볼 수 있을 거라고는 생각지 못했기 때문에, 그저 감동해 버리고 말았다.

"기다리셨습니다. 이쪽으로."

방으로 들어가자, 또 다른 검은 복장의 웨이터가 기다리고 있었다.

입구부터 넓게 구성된 거실 창가에는 식사를 할 수 있도록 이미 테이블이 세팅되어 있었다.

둘이서 마주 보도록 의자가 놓인 원탁에는 새하얀 십자가와, 유리 용기에 들어간 양초가 밝게 켜져 있었다. 반짝반짝 빛나는 유리잔, 그리고 은으로 된 나이프와 포크, 샴페인 쿨러까지 있어서, 슬슬 해도 지기 시작해 무드도 만점이다!!

게다가, 자리로 안내해 주고 있는 웨이터가 타카사키 부장에게 식사 진행이나 냉장고에 들어 있는 마실 것들의 설명을 하고 있다.

아무래도 이 플랜에 세팅된 식사는 대화가 메인으로, 차례대로 코스 요리가 나오는 것은 아닌 것 같다. 그 증거로, 내가 보고 있는 앞에서 웨이터는 오르되브르(수프 전에 나오는 가벼운 요리)와 수프, 생선 요리까지 탁상에 진열하고 있었다.

그리고 사이드테이블은 그 자체가 워머(커피포트나 그릇, 냄비를 적정 온도로 유지하는 기구)로 되어 있어서, 메인디쉬 이후에는 원하는 때 먹게 배려된 듯했다.

완전히 온천여관 방에서 식사하는 것과 같은 느낌이다. 보는 것만으로도 배가 꼬르륵거릴 것 같다.

"그럼, 천천히 좋은 시간 보내십시오."

"고맙습니다."

내가 요리에 온 정신이 뺏겨 있는 사이, 어느덧 방에는 타카사키 부장과 나 두 사람만이 남아 있었다.

'어, 이대로 괜찮을까?'

다른 누군가가 오는 건 아닐까 이제야 두리번두리번거렸다. ―아니 그 전에, 어째서 내가 여기에 있는 거지?

"토다. 우선 짐은 그 부근에 두고 앉아. 이건 오늘의 사과라고 생각하고, 마음껏 먹고 마셔."

곤혹스러워하던 나에게 타카사키 부장은 더욱더 혼란을 가중시켰다.

"무슨 일로……? 저는 타카사키 부장님께 사과받을 만한 일을 한 기억이 없습니다만……."

"오늘 일방적으로 화를 내서 미안했다. 그건 회사를 나오기 전 내가 한번 확인했으면 되었을 일이었다. 그것을 태만히 한 것은 내 책임이다. 너만의 실수가 아냐. 정말 미안했다."

사과와 함께 타카사키 부장이 고개를 숙였다.

나는 당황해서 양손과 얼굴을 좌우로 흔들었다.

"그런!! 그만두세요. 그건 부장님이 화내시는 게 당연한 일입니다. 사과라니, 당치도 않습니다!"

"당연한 게 아냐. 모든 상황을 고려하고, 최종 확인을 하는 것이 상사의 의무다. 그것을 위해서 급여를 받는 것일 텐데도, 나는 세세하게 주의를 기울이지 못했다. 관리직에는 적합하지 않은 거다, 분명. 정말, 이런 직함은 필요 없으니, 현장으로 돌아가고 싶군."

자세를 원대대로 돌린 타카사키 부장이 별안간 쓴웃음을 띠었다.

'부장님……?'

왠지 가슴이 아프다. 그런데… 지금 이 말, 내가 들어도 괜찮은 건가?

"아니, 이것도 변명이다. 적성 이전에 오늘은 아침부터 최악의 일이 계속되어 저기압이었다. 일에 집중을 못한 것은, 완전히 개인적인 일이 원인이었으니까."

혹시 지금…… 타카사키 부장은 자학 중인 건가?

걱정이 되어, 그만 더 이상 참지 못하고 질문을 던지고 말았다.

"무슨 일이…… 있었던 건가요? 아, 말하고 싶지 않으시다면 묻지 않겠습니다만……."

이런 건 쓸데없는 참견일지도 모른다. 나같은 햇병아리가, 그것도 아직 서로 안면도 그리 없는 사람이 참견해도 괜찮은 일이 아니다. 그걸 바로 눈치채고는 고개를 숙였지만…….

타카사키 부장은 '아니, 큰일은 아냐'라고 말하고는,

"아침에 너에게 미팅 건으로 말을 걸었었지. 그 후 바로 전화로 급한 일이 들어왔다. 그래서 오늘 밤 예정을 취소하자고 그녀에게 전화를 했더니, 역시 이렇게 될 줄 알았다고, 이미 너에게는 아무것도 기대하고 있지 않은 데다 새로운 남자도 생겼으니까, 나는 머릿속에서 지워줘—라는 말을 들었다."

타카사키 부장은 내가 놀랄 수밖에 없는 고백을 해왔다.

'에? 그건…… 여자가 양다리를 걸친 끝에 거절했단 건가? 타카사키 부장 정도의 사람이 이런 세팅까지 하고, 오늘 밤 만날 약속을 한 상대에게? 아마도 프러포즈를 한다든가, 그런 마음을 가졌던 상대에게? 정말?!'

믿지 못하겠지만, 본인이 말하고 있으니 거짓말은 아닐 것이다.

이런 곳에서 이런 말은 농담으로라도 하지 않을 것이고, 만우절에라도 지어낼 수 없는 내용이다.

"그런데 그 후 또 곧바로 전화가 와서, 급히 들어갔어야 할 용무도 취소됐다. '뭐야, 이건?' 이라고 생각했지. 그런 때에 아침 조례까지 모두가 우왕좌왕하는 듯했고… 거기에 네가 리포트로 실수를 해버려 완전히 이성이 끊어졌었다. 하지만, 그건 명백한 화풀이였다. 너만 비난할 일이 아니다."

타카사키 부장은 오늘 하루 종일 고였던 기분을 토로했다.

때때로 시선이 내게서 멀어지는 게 묘하게 가슴이 아팠다.

"일이 좋게 풀리고, 혼고 상무에게 질타받았을 때는 꽤 기분이 안정되었어. 하지만… 그리고 나니 나 자신이 개인적인 사정으로 조바심을 냈다는 것을 깨닫게 되었다. 너만 비난하고 울게 만든 것은 잘못이었어. 반성하고 있다."

나는 내가 실수한 것은 사실이니, 내게 화를 내고 기분을 푸는 것도 괜찮다고 생각했다.

이런 식으로 반성하거나 사과를 하면, 반대로 어떻게 해야 할지 모르겠다.

지금의 내가, 거의 멘붕 단계의 타카사키 부장에게 해줄 수 있는 일이 있을까?

이런 이야기까지 들은 이상, 오히려 뭔가 해줄 수 있는 일이 없는지 찾고 싶었다.

"실은 오늘 밤의 이 계획도 취소할 생각이었다. 다만 무슨 우연인지, 오늘 아침 네가 전단지를 보면서 가보고 싶다고 한 것이 생각나서……. 그래서 밑져야 본전이란 생각으로 권해볼까 생각했다. 뭐, 밥은 죄가 없으니까. 사정은 나쁘지만, 술도 준비되어 있고, 또 대금도 이미 지불을 마쳤고 말이야. 좀 전의 꽃처럼 네가 받아준다면 쓸데없는 일은 안 될 테니까 말야."

그리고, 타카사키 부장은 지금 내가 할 수 있는 일을 알려주었다.

나는 오늘만큼 사월생이라 다행이라고 여긴 적이 없었다.

이곳에서 함께 술을 마실 수 있는 나이라 다행이다. 어머니가 돌아가셨을 때는, 아버지와 함께 술을 마시며 위로할 수가 없었으니 더욱더 그렇게 느낀 것인지도 모르겠다. 나는 어쨌든 오늘 밤은 타카사키 부장의 호의를 받아들여서, 맛있는 것은 맛있다고 말하며, 감사히 받기로 결심했다.

"그렇습니까, 그런 사정이시라면 감사하게 받겠습니다. 사과 같은 게 아니라, 단순히 아까웠기 때문이라고 말해주시는 편이 저로서는 오히려 기쁩니다. 아, 꽃만 물에 넣고 오겠습니다."

"그래."

눈앞에 있는 것을 먹고 마시는 것으로도 두 시간에서 세 시간은 걸릴 것이다. 그래서 받은 꽃은 세면대로 가 물에 담가두었다.

그리고 나서 타카사키 부장과 마주 보고 자리에 앉았다.

"저, 리무진 같은 건 태어나서 처음 타봤습니다. 주신 꽃도 아름답고, 눈앞의 요리와 술도 굉장히 비싸 보이고, 게다가 이런 굉장한 방에 들어와 본 적이 없어서 모든 게 꿈 같아요. 저 스스로는 이렇게 사치스러운 일은 할 수가 없으니, 굉장히 좋은 경험이 되었습니다. 정말 감사합니다."

이 자리는 본래대로라면 타카사키 부장에게 있어서 제일 중요했을 여성이 앉아야 할 자리다.

하지만, 이제 와서는 단지 타카사키 부장에게 심한 일을 한 여성의 자리일 뿐이니까, 나는 사양하지 않았다.

아니, 오히려 내가 당신의 몫까지 즐기겠습니다. 언젠가 후회해도 책임지지 않겠습니다—라는 마음으로 자리에 앉았다.

타카사키 부장이 코르크 마개를 열고 따라 준 삼페인으로 건배를 했다.

가격도 가치도 잘 모르겠지만, 목을 넘어가는 느낌이 굉장히 부드럽고 맛있다.

"그런데, 타카사키 부장님. 오늘은 저도 당연히 혼나야 할 실수를 했으니, 그것에 대해 확실히 말씀해 주시지 않으면 마음이 무겁습니다. 오늘 밤은 혼날 각오로 왔는데, 오히려 사과의 말을 들으니 어떻게 해야 좋을지 모르겠습니다."

내가 이런 말을 한다 해서 타카사키 부장이 받은 충격이나 마음의 상처가 어떻게 되진 않을 것이다. 그것은 잘 알고 있다.

적어도 기분전환 정도만 되어도 좋겠지만, 만약 내가 타카사키 부장의 입장이었다면…… 역시 그것조차도 어려울 것 같다.

"그런가. 그렇다면 이제부터는 조심해. 이번에는 다행히 동생들의 도움으로 구해졌지만, 몇 번이나 같은 행운이 오진 않아. 가방 안은 지겨울 만큼 확인하고 집을 나와. 그렇지 않으면 다음에는 뭐가 함께 딸려올지 모르니까 말야. 나도 조심할 테니. 서로 조심하자고."

"네."

타카사키 부장은 자신이 그런 상황인데도 나를 염려하며 꾸중해 주었다.

어조가 꽤 부자연스러워서 도중에 웃음을 터뜨릴 뻔했지만, 그런 점이 내 눈에는 새로운 매력으로 보였다.

지금이라면 엉망으로 방치한 수염이 있대도 그다지 무서운 느낌은 없을 것이다. 무서움까지도 또 다른 감동으로 변한 듯했다.

"자, 오늘은 좋은 일이 없었던 사람들끼리 먹고 마시고 떠들자."

"네. 잘 먹겠습니다."

그때부터 나와 타카사키 부장은 눈앞에 진열된 요리를 만족스레 먹으며 두서없는 잡담을 했다.

이런 때에는 같은 직장이라는 것이 고맙다. 만난 지 얼마 되지 않아도 화제가 끊이지 않는다.

식당 메뉴가 바뀐 것이 언제였더라—라든가, 휴게실 자동판매기의 가격 인상은 언제부터였더라—라든가, 정말 다른 사람이 듣는다면 어찌 되어도 상관없는 이야기뿐이었다.

하지만, 신기할 정도로 그 대화가 나에게는 즐겁고 신선하게 다가왔다.

지금까지 부서 내의 사람들과 마실 때엔 꼭 정하기라도 한 듯이 누군가의 소문으로 떠들거나 음담패설로 진행되는 일이 많았기 때문이다.

좀 거북하고 어려웠지만, 나는 술자리라는 건 그런 것이라 생각했다. 하지만 실제는 그렇지 않았다. 타카사키 부장의 말에는 속된 말 같은 건 아무것도 없다. 그렇다고 해서 지루하지도 않았고, 잔이 비워진 채 시간이 흐르는 일도 없었다.

나는 타카사키 부장과 함께 있는 것만으로 굉장히 뿌듯한 기분이 들었다.

아아, 접대란 이렇게 하는 거구나―라는 기분까지 들었다.

아니, 내가 접대를 받아서 어쩌자는 거야―라는 기분이기도 하지만 말이다…….

"그나저나, 정말 이기적이라니까. 무슨 일이 있어도 평생 따라갈게라고 해놓고, 현실은 이렇지. 게다가 새로운 남자라니, 믿을 수가 없어. 그럼 좀 더 빨리 말하라고. 적어도 전근을 계기로라거나, 얼마든지 이별의 말을 꺼낼 타이밍은 있었을 텐데."

그래도 종반에 가까워지자 역시 타카사키 부장도 과음을 한 것일까, 푸념이 흘러나오기 시작했다. 아니, 단지 지금까지 참고 있었던 것인지도 모르겠지만, 납득이 가는 내용이라서 나는 그저 귀를 기울였다.

연애 경험도 없는 내가 '그렇군요' 하고 맞장구칠 수도 없는 데다가, '저도 잘 알아요' 같은 말은 더더욱 능력 밖의 일이다. 그렇게 생각했더니 내가 할 수 있는 일이라고는 가만히 듣고 있는 것뿐이었다.

"뭐, 화는 나지만, 질투조차 안 나는 내가 할 말은 아니지. 결국 서로 속고 속이며 만나왔던 걸지도. 이렇게 될 것 같은 예감이 전혀 없었다고 한다면, 그것도 거짓말이겠지. 또… 이제 여자는 지긋지긋해. 큰 일도, 작은 일도, 사람이 말하는 건 좀 들으라구."

'큰 일도, 작은 일도?'

곳곳에 고개를 갸웃거리게 만드는 말도 나왔지만, 그래도 나는 열심히 들었다.

나는 타카사키 부장이 한 마디라도 더 많은 말을 토해내서 편한 상태가 되길 바랐다.

이런 식으로 어깨를 떨어뜨린 모습을 보고 있자니, 사무실에서 윽박지르는 무서운 모습이 차라리 몇 배는 더 안심이 되었다.

"으음……."

이런저런 사이에 몇 시간이 지났을까. 도중부터 자작을 시작한 타카사키 부장은 이윽고 완전히 취해 버리고 말았다.

옆방에 침실도 있으니, 자택 같은 느낌으로 마음도 느슨해진 것 같다. 지금은 아예 턱을 괴고 꾸벅꾸벅 졸고 있었다. 하지만 이건 이것대로 미소를 짓게 만든다.

상사에 대한 비유로는 나쁠지도 모르겠지만 마치 아침 시간의 무사시를 보는 듯해서, 난 그 모습이 맘에 들었다.

"부장님, 타카사키 부장님. 슬슬 자리에 누우시는 편이 좋지 않을까요?"

"그래~ 아, 너도 자고 갈 건가?"

내가 말을 걸자, 타카사키 부장이 자리에서 일어나 비틀거렸다.

"아뇨, 저는…… 괜찮으세요?"

그림을 그리는 듯한 걸음걸이에 당황한 나는 옆으로 가서 도왔다.

"이 정도는 아무렇지도 않다고. 취하지 않았으니까 괜찮아."

타카사키 부장은 내 어깨에 기대고는 술 취한 사람의 단골대사를 읊었다.

뭔가 이렇게 되면 상사라고 하기보단 평범한 인간이다. 평소에는 똑 부러지고 어려운 사람이니까, 더욱더 그렇게 느껴지는 걸지도 모르겠다.

나는 완전히 아버지나 동생들을 돌보는 것 같은 기분이 되었다.

타카사키 부장을 침대까지 유도해서 앉히곤, 구김이 가지 않도록 슈트 재킷을 벗겼다.

습관처럼 바지에도 손이 갔지만, 고가의 브랜드 벨트 금속 부분에 아무렇지도 않게 손이 닿은 다음에야 망설임이 생겼다.

왠지 모르게 가슴이 덜컥거렸다.

나는 재킷만 들고는 타카사키 부장의 곁을 떠났다.

"이거, 여기 소파에 두겠습니다."

"그런 건 됐으니까 이쪽으로 와."

"네?"

타카사키 부장은 그것이 마음에 들지 않는지 내 등 뒤에서 양팔로 끌어안았다.

나는 끌어안긴 채로 그의 무릎 위에 앉아버렸다. 으으응?!

"나만 벗기지 마, 너도 벗어."

"아뇨, 전 돌아가야 해서……."

"그런 냉정한 말은 하지 마. 오늘 밤은 이대로… 괜찮겠지?"

타카사키 부장은, 지금 다른 누군가와 나를 착각하고 있는 것일까?

갑자기 내 몸을 더듬으며 귀에서 볼까지 입술을 대온다.

그렇지 않아도 등줄기를 떨게 하는 바리톤이, 취기까지 더해져서 감미롭게 울린다.

내 쪽이 만취되어 한 방에 취할 것만 같다. 지금 한 것만으로도 체온이 일 도는 올라갔을 것이다.

'설마 부장, 나에게 작업이라도 걸고 있는 건가?'

상대가 취했다는 건 알고 있다. 그래서 나는 분별력을 잃은 부장에게 위기감을 느꼈다.

"좋고 싫고가 아니라 저는 남자예요."

"딱히…… 나는 이제 아무래도 상관없어."

하지만, 뭐랄까, 왠지 울컥 화가 치민다, 저 대사에.

3장 103

"아무래도 상관없다면 딴 사람이랑 하세요."

"너까지 매정하게 굴지 말라고."

감정대로 소리치고, 나는 타카사키 부장을 밀어 젖히고 일어섰다.

하지만 그것을 저지한 타카사키 부장의 강한 힘에 '꺅' 이란 소리가 입 밖으로 나왔을 때에는 이미 침대 위에 쓰러 진 후였다.

귀신같은 솜씨다. 이렇게 해서 타카사키 부장은 완전히 육식계라는, 게다가 손까지 빠르다는 사실도 증명되었다.

"우와앗! 으아앗! 안 돼요, 부장님!!"

나는 순식간에 침대 중앙까지 굴려져, 그의 밑에 깔렸다.

키스가 밀고 들어와도 고개를 돌려 피하며 필사적으로 저항했다.

목소리도 나오지 않는 비명이 높이 올라만 갔다.

'도와줘요! 어머니!!'

한심한 말이지만, 지금만은 이 상황을 천국에서 보고 있을지도 모르는 어머니에게 매달렸다. 아들의 정조와 상식의 위험을 회피하기 위해 무언가 기적을 일으켜 달라고 간절히 빌었다.

"괜찮지 않아? 토다. 오늘 밤 정도는… 이렇게……."

그러다가, 타카사키 부장이 갑자기 내 위에서 탈진했다.

눈에는 보이지 않는 힘이 움직인 것일까? 아니면 본인의 건전지가 끊어진 상태?

어쨌든 내 위에서 몸을 겹친 채로 '쿠우—' 하고 자는 소리를 내기 시작한다. 정말… 동생들이 하는 행동과 큰 차이가 없다.

이상한 위기감마저 없어지니, 자연히 '어쩔 수가 없네'라는 말이 흘러나왔다.

실연의 충격으로 술에 취한 끝에 이렇게 된 사람을 버리고 돌아갈 수는 없다.

어쩐지 혼자 내버려 둘 수 없는 기분이었다.

"오늘 밤 정도라……. 여러 가지 이유로 한계가 왔던 걸까……. 하지만 부장이라면 곧 좋은 상대가 생길 거예요. 이런 갭에 약한 여성이 꽤 있을 테니까요. 그리고 타카사키 부장이 진심으로 쫓는다면, 남자라도 나가떨어질 거예요. 술기운이라도 상관없는 사람이라면, 부서 내엔 산처럼 쌓여 있으니까요."

나는 왠지 모르게 정에 이끌려 타카사키 부장의 이마를 쓰다듬었다. 그러자 자는 얼굴에 약간 안도감이 감도는 것이 보였다. 나는 잠시 동안 계속 이마를 쓰다듬었다.

"그러고 보니 아버지도 이렇게 몇 번이나 위로했었지."

문득 생각이 나서 눈물이 나왔다. 아마도 부장에게만 온 신경을 써버려, 나 자신의 취기는 까먹고 있었던 탓이리라.

나도 나 나름대로 취기가 돌고 있었을 것이다.

나는 복받치는 감정을 누르지 못해 결국은 뚝뚝 눈물이 떨어졌다.

"흐윽……"

최근 일 년간… 집에서는 울고 싶어도 울 수 없는 상황이 계속되었다.

마음으로만 울어야 하는 일이 대부분이었기 때문에, 그 반동도 있었을지도 모르겠다.

하지만 아무리 그렇다고 하더라도, 오늘의 나는 이렇게 바보같이 울고 있었다.

그것도 타카사키 부장의 앞에서만…….

# 4장

인생에는 일 년분의 사건이나 감동이 단번에 농축된 것 같은 날이 이따금 있는데, 나에게 있어서 타카사키 부장 앞에서 두 번이나 펑펑 운 날이 바로 그런 하루였다.

게다가 이 농축의 상태는 하루만으로는 끝나지 않았다. 사실은 다음 날도 몹시 힘든 날이었다.

아침 일찍, 나는 타카사키 부장에게 깨워져 눈을 떴다.

하지만 잠에서 깬 타카사키 부장의 얼굴은 정말 하얗게 질려 있었다.

취했기 때문에 중간부터는 기억이 날아가 있는 데다, 내가 울면서 잠이 들어버린 것이 큰 오해를 부른 것 같았다.

"내가 혹시…… 너에게 최악의 짓을 한 건가?"

내가 '네'라고 대답한다면, 바닥에 이마를 대고 무릎을 꿇을 기세였다.

그래서 당황하며 '그런 일 없었습니다. 어젯밤은 최고였어요'라고 대답했는데, 그게 오히려 이상한 전개로 이어졌다. 기분 탓인지 타카사키 부장은 뺨이 붉게 물들며 '그래, 그럼 다행이지만. 책임은 제대로 질 테니까 안심해'라고 이야기했다.

어라? 더 까다로운 착각이 된 게 아닌가? 나는 더욱더 당황해서 '아무 일도 없었습니다. 취해서 함께 누워버린 것뿐입니다'—라고, 설명 같기도 하고 변명 같기도 한 말을 했다.

그랬더니 서로 부끄러워져서 결국엔 둘이서 웃어버렸다.

그래서 지금은 그냥 웃고 없었던 일로 된 듯한 상태다.

다만, 타카사키 부장이 '이렇게 데였으니 이제 과음은 그만둬야겠군'이라며 거듭 반성을 해서, 나는 그렇게 말하는 것이 왠지 섭섭해 그만 입을 열고 말았다.

"제 앞에서라면 괜찮습니다. 이제 부장님의 술버릇은 마스터했으니까요."

타카사키 부장은 굉장히 쑥스러워했지만,

"그래. 그럼, 취하고 싶을 때는 너에게 부탁할까."

"네."

나는 내 말이 순수한 호의로 받아들여진 것이 굉장히 기뺐다. 그래서 어젯밤의 그 일이 실제로 일어났다는 생각이 들지 않을 정도였다. 타카사키 부장이 내 앞에서 만취하다니.

분명 두 번 다시는 일어나지 않을 일이란 건 물론 잘 알고 있기도 하고…….

그렇게 대화를 끝내고, 우리는 준비를 갖추고 일단 각자의 집으로 돌아갔다.


타카사키 부장은 원래 유급휴가를 가지고 있어서 여유가 있었지만, 나는 아무것도 없었기 때문에 타카사키 부장이 과장에게 연락을 해서 오전 중으로 반차를 받을 수 있게 되었다.

이유는 '어젯밤의 설교 때문' 으로 처리되었다. 타카사키 부장은 의외로 장난꾸러기였던 건가…….

하지만, 이때 지구 뒤편에서는 시즌 전의 허리케인이 맹위를 떨치고 있었다. 그 때문에 우리 회사와 계약한 농장에도 적잖이 피해가 나온 것으로 추정되어, 타카사키 부장은 급히 출근하게 되었다.

나도 집에서 뉴스를 보고, 일 초라도 빨리 출근해야겠다고 생각했다.

뭔가 할 수 있는 일이 없다는 것은 알고 있었지만, '여기서 오 년간은 가격을 인상하지 않습니다' 라는 계약을 해피 레스토랑과 교환한 직후이다.

상황이 신경 쓰여 반차든 뭐든 아쉬워할 때가 아니었다.

그러나, 그러던 참에 타카사키 부장에게서 돌연 SOS 전화가 왔다.

그것도 나에게는 허리케인 이상으로 충격적인 내용이었다.

"네? 딸아이인 키라라가 유치원에서 열이 나서 조퇴를? 데리러 가지 않으면 안 되는데, 꼼짝도 못하겠으니 저에게 부탁하고 싶으시다구요?"

확실히는 이해할 수 없었지만 타카사키 부장이 전한 내용은 이랬다.

오사카에서 이쪽으로 돌아온 지 얼마 되지 않았기 때문에 아직 주변에 부탁할 수 있는 사람이 없다. 더구나 유치원에도 안면이 있는 보호자가 없다.

유치원 측도 평소 일손이 부족해서 더 이상의 폐는 끼칠 수가 없다. 그렇지 않아도 어제 이런저런 예정이 있어서 처음으로 숙박 보육도 이용해 보았는데, 그만큼 불안해져 있을 딸아이도 걱정된다.

그런데 지사장이 임원 전원에게 '살아 있는 녀석은 지금 당장 와!!' 라고, 소름끼칠 정도로 무서운 기세로 소집을 걸었다. 어제의 여파로 죽은 척 따위 가능할 리가 없다―라는 사정이었다.

"알겠습니다. 제가 대신 데리러 가서, 병원에도 데려가겠습니다. 저희 집 단골 병원이 근처에 있으니, 아주 친절한 소아과 선생님께 진찰 받겠습니다."

나는 망설이지 않고 타카사키 부장의 의뢰를 받아들였다.

유치원의 위치와 연락처를 듣고, 좌우간 '키라라는 내가 책임지고 보살필 테니 부디 바로 회사로 출근하세요' 라는 말도 전했다.

이상한 말이지만, 내가 회사에 가더라도 타카사키 부장의 백 분의 일만큼도 도움되지 않는다.

하지만 아이를 돌보는 일이라면 내 쪽이 훨씬 경험이 풍부할 것이다.

만일 무사시와 동갑인 키라라가 몇 번째 아이라 하더라도—역시 타카사키 부장의 나이로 보아 미츠구보다 큰 아이는 없을 것이라 생각되지만—확실히 이러한 대응은 내 쪽이 더 익숙해져 있을 테니까!

'그건 그렇고 타카사키 부장이 싱글대디였다니……. 그렇다는 건 역시 이 냥냥 엔젤스 손수건은 따님의……?'

나는 준비를 갖추고, 아버지에게 사정을 설명한 뒤 키라라를 데리러 가기로 했다.

"히짱, 히짜앙~"

"우왓, 미안해, 나나오. 다녀오면 잔뜩 놀아줄게. 지금은 미안해."

"우와아아아아앙!"

어젯밤에 돌아오지 않았던 탓에 나나오가 뒤를 쫓아오며

매달렸지만, 어쩔 수 없이 아버지에게 맡기고 집을 나왔다.

"엘리자베스! 미안하지만 오늘도 나나오를 부탁해!"

왈!

일단 엘리자베스에게도 부탁을 해두었다. 그리고 다시 시내로 이동해, 나는 스마트폰 어플에 의지해 키라라가 기다리고 있을 유치원으로 향했다.

그곳은 타카사키 부장이 주로 이용하는 가장 가까운 역(우와아, 아자부(麻布) 주민!)에서 조금 걸어가 주택가 안에 있는, 좋은 설비를 갖춘 유치원이었다.

간판에는 '이른 아침 연장 보육시설의 완비 및 숙박 보육 가능'이라고 써 있었다.

이런 시간에 일을 해야 하는 어머니들에게 꽤 인기가 있을 것 같단 사실은 금방 알 수 있었다.

다른 것보다도, 싱글대디인 타카사키 부장에게는 없어서는 안 될 곳일 것이다. 다소 비싸다고 하더라도 어쩔 수 없음은, 일에 집중하고 싶을 때의 아버지를 보고 있으면 알 수 있다.

나는 아무쪼록 실례가 되지 않도록 주의를 기울여 원내로 들어갔다.

"실례합니다. 좀 전에 전화 드렸던 토다입니다만, 타카사키 키라라 양을 데리러 왔습니다."

"아, 기다리고 있었어요. 타카사키 씨로부터도 연락을 받았습니다. 정말, 급하게 죄송합니다. 좀 전부터는 안정이 돼서 걱정은 없을 거라 생각하지만… 역시 마음이 놓이지가 않아서……."

날 맞아준 것은, 상냥하고 품위 있어 보이는 중년의 원장이었다.

타카사키 부장이 미리 내 사원증 사본을 메일로 보낸 터라, 이상하게 의심을 받거나 수상히 여겨지지는 않았다. 하지만 반대로 말하자면 보호자 이외의 사람이 데리러 오려면 그 정도의 확인은 필요한 유치원이라는 것이다.

보안적인 면에서도 굉장히 확실하다.

"아뇨. 컨디션이 안정되었다니 다행입니다. 안심입니다."

나는 인사가 끝나고, 원장선생님의 다리 쪽으로 시선을 돌렸다.

숨으려 하고 있지만, 키라라일 것이다. 이미 돌아갈 준비를 끝낸 상태다.

'우와앗. 귀여워—'

타카사키 부장의 딸답게 굉장한 미소녀. 등을 덮는 검은머리는 보들보들하고, 커다란 눈도, 희미하게 물든 입술도 사랑스럽다. 피부는 하카타 인형(점토인형)만큼 하얗고 투명하다. 남동생들과 자란 나에게는 마치 파손주의라고 써 있는 귀한 물건처럼 보였다.

분명 부인도 상당한 미인이었을 것이다.

나는 그 자리에서 웅크려 앉아 눈을 맞추었다.

우선은 겁을 먹지 않도록—

"안녕? 키라라의 아버지와 같은 회사에서 일하고 있는 토다 히토시라고 해. 아버지가 급한 일이 생겨서 데리러 오지 못했지만, 오빠라도 괜찮지?"

"우, 우리엘님~! 선생님, 우리엘님이에요~!"

내가 인사한 직후, 키라라는 갑자기 목소리를 높이며 나에게 안겨왔다.

아무래도 그 손수건은, 틀림없이 키라라의 손수건이었던 모양이다.

우리엘님이 누구냐면—『성전천사 냥냥 엔젤스』의 천사 측 캐릭터다. 얼굴은 잘 기억나지 않지만… 헤어스타일이라도 닮은 걸까나? 어찌 됐든 내가 마음에 든 것 같아 다행이다.

"잘됐네요, 키라라. 그럼, 토다 씨. 잘 부탁드립니다."

"네. 책임지고 맡겠습니다."

나는 그 후, 키라라를 집 근처 병원에 데려가기도 해야 하고, 밤까지 돌보기도 해야 하니 일단 집으로 데리고 돌아왔다.

처음에는 집까지 거리가 있으니 어떻게 할지 걱정되었지만, 키라라가 생각보다 건강해서 전철을 타는 것도 즐겁다고 말해주었다.

아마도 유치원에서 타카사키 부장에게 마중을 요청한 것은, 몸보다도 심리적인 보호가 필요해서였나 보다.

그뿐 아니라 오사카에서부터 이쪽으로 와서 그동안 틈이 없었던 것은, 타카사키 부장뿐만 아니라 키라라도 마찬가지였을 것이다. 거기다 처음으로 겪은 숙박 보육에, 데리러 오길 기다리고 있었던 부장이 갑자기 오지 못한다 하니, 그 불안이나 긴장이 발열로 연결되었다 하더라도 이상한 것은 아니다.

게다가 아이들은 감이 좋으니, 어쩌면 어젯밤 숙박 보육의 의미를 헤아렸을지도 모른다.

혹시나 새어머니가 생길까, 생기지 않을까, 그런 걱정까지 껴안고 있었다면—

'만약 그 양다리의 여자가 키라라의 친엄마였다면, 어떻게 하지?'

나는 나를 잘 따르는 키라라를 보면서 굉장한 불안감에 휩싸였다.

쓸데없는 참견이란 것은 잘 알지만… 역시…….

하지만, 바로 그 본인인 키라라와 이야기를 해보니, 다행히도 키라라는 기쁠 정도로 생기발랄했다.

"다녀왔습니다. 키라라를 데리고 왔어요."

"어서 와. 어서 와요, 키라라 양."

"어쏴아~"

"꺄아악!! 미카엘님에 엔젤짱까지 있어!! 아빠 회사 사람들은, 모두 성전천사의 천사님인 거야? 굉장해~!!"

키라라는 아버지와 나나오를 보더니 더 크게 흥분했다.

일단 만약을 위해 근처 소아과에 진찰을 받으러 데려갔더니,

"어린아이 특유의 지혜열입니다. 상당히 긴장이 높아졌으니, 흥분이 가라앉으면 열도 내려갈 겁니다. 감기에 대한 걱정은 없어 보이고, 오늘은 상태도 좋군요."

키라라는 그 말을 듣고 꽤 부끄러워하는 듯한 얼굴을 했지만, 나는 안도가 되어 타카사키 부장에게도 좋은 보고 메일을 보낼 수 있었다.

"아무 일도 아니어서 다행이네, 키라라."

"응!"

그 후 밤까지 키라라를 돌보고, 타카사키 부장의 일이 끝나는 타이밍에 맞춰 신주쿠역 서쪽 출구까지 데려갔다. 약속 장소는 어젯밤 리무진이 대기해 있던 그곳이었다.

본래는 '차로 데리러 가지'라는 말을 들었지만, 이 이상 또 집까지 왕복을 한다면 타카사키 부장이 힘들어질 것이다. 그리고 그런 판단이 틀리지 않았다는 것은 기진맥진한 타카사키 부장의 얼굴이 가르쳐 주었다.

"덕분에 살았어. 고마워. 이 녀석, 낯가림이 심해서 힘들었을 거야. 조금 더 붙임성이 있다면 좋으려만."

"아뇨, 전혀요. 만날 때부터 잘 따라줘서, 저도 기분이 좋았습니다."

"에~ 그런가? 조금은 개선된 건가?"

이런 상태라, 그래서 회사 쪽 일은 어땠느냐는 질문은 할

수 없었다.

　그래서 결국 다른 부서지만 친한 와시즈카 씨에게 메일로 물어보기로 했다. 내일이 되면 자연스레 알게 되겠지만, 역시 신경이 쓰인다.

　그렇게 키라라를 보내야 할 시간이 왔다.

　"자, 키라라. 안녕."

　"싫어～ 키라라, 우리엘님과 있을래! 우리엘님의 집은 성전천사의 천계야. 키라라, 계속 천계에 있고 싶어～!"

　"뭐? 무슨 이상한 얘길 하는 거야? 자, 돌아가자."

　그건 그렇고 키라라는 대체 뭘 기준으로 우리 집을 애니메이션과 혼동하는 걸까?

　마지막에는 굉장한 떼를 써버려, 결국 타카사키 부장이 키라라를 어깨에 멨다.

　"싫어어～!! 아빠는 심술쟁이야! 그러니까 마왕이라고 하는 거라구～!!"

　양팔, 양다리를 동동거리며 강제 송환. 이래선 타카사키 부장도 힘들 것이다.

　우리 아버지는 자신이 관련된 작품이니, 키라라가 꺄악꺄악하는 모습에 상당한 의욕을 받은 것 같지만…….

　"또 와."

　"우와앙～! 우리엘님～!!"

　내가 손을 흔들며 배웅하자, 키라라는 마지막까지 이별을 아쉬워해 주었다.

귀엽네. 문득 여동생도 좋겠다… 라는 생각이 들었다.

'아빠는 심술쟁이라……. 타카사키 부장님, 정말로 아빠구나.'

이렇게 해서, 어쨌든, 이틀 연속된 파란만장한 전개도 막을 내렸다.

덕분에 타카사키 부장과는 꽤 친해졌다고 생각하지만, 대신 나에게는 지금까지 없었던 걱정이 늘었다.

'그건 그렇다 치더라도, 키라라의 엄마는? 타카사키 부장의 부인은……?'

이건 호기심이나 구경꾼 근성 같은 거겠지?

빨아서 말렸지만 돌려주지 못한 손수건을 보면서, 나는 타카사키 부장의 개인적인 일이 매우 신경 쓰였다. 타인이 간섭해도 괜찮은 일이 아니란 건 알고 있지만, 어째서인지… 굉장히…….

\*          \*          \*

남 말 할 입장은 아니지만, 그렇다고 해도 소문의 빠르기를 실감한 것은 그 후 일주일도 채 지나지 않아서였다.

"쇼크~!! 타카사키 부장님이 돌아와 줬다고 생각했는데, 유부남이 되어 있다니! 회사에 오는 즐거움이 단숨에 사라졌어."

"아냐. 타카사키 부장에게 처자식 같은 건 없어. 역에서

함께 있는 게 목격된 건 조카딸이래."

"조카?"

낮 시간엔 드물게 자리가 비어 있는 휴게실에 앉자, 등 뒤에서 타부서 여직원들의 대화가 들려왔다.

"이건 오사카 본사의 친구에게서 들은 거니까 틀림없어. 확실히는 모르겠지만 이번 봄에 형 부부가 사고로 돌아가 셨대. 그래서 타카사키 부장님이 유복자가 된 조카를 맡기 위해서 도쿄로 온 거래. 아직 어린 조카딸을 오래 살아서 정든 땅이나 부모의 추억에서 떨어뜨려 놓고 싶지 않아서, 그렇다면 내가 맡지 하고 결심을 한 것 같아. 형이 임대했 던 맨션까지 사버렸다던가?"

"음……."

"하지만, 영업 성적은 저쪽에서도 항상 탑. 과장까지야 손쉽게 올라갈 거고, 언젠가는 중요한 간부 자리까지 가지 않을까 하는 소문도 있었으니, 회사 측에서도 상당히 고민 한 모양이야. 가능하다면 본사에서 실적을 쌓게 하고 싶었 던 것 같은데, 타카사키 부장이 재빨리 자신의 맨션을 내놓 고, 도쿄지사에 갈 수 없다면 퇴직하겠다는 주장을 굽히지 않아서, 결국은 꺾을 수가 없었나 봐."

이것이야말로 OL들의 네트워크?! 그 덕분에 나는 키라 라가 타카사키 부장의 조카라는 것을 알 수 있었다. 타카사 키 부장님, 상당한 사정이 있었구나…….

"그런가. 그래서 이쪽으로……. 하지만 그렇다는 건 아이가 있는 걸 각오한다면 찬스가 있다는 건가? 오히려 기회를 잘 타면 파고들 틈은 많다는 거지?"

"정말로 그런 각오가 있다면야. 하지만 타카사키 씨 쪽이 어떨까? 이번 일이 원인이 되어, 결혼 직전이었던 여자친구와도 헤어진 것 같으니까 말야."

"깨졌다고??"

"상대 여자, 타카사키 부장님이 오사카를 떠나자마자 다른 남자로 갈아탔대. 게다가 그 여자는 거래처 사장 비서에 새로운 남자는 사장 아들이니까, 타카사키 부장님을 연모하던 애들은 원래 양다리를 걸친 거 아니냐고 대격분해서, 잘못하면 거래에도 상당한 영향이 있을지도 모르겠다더라고."

하지만 이야기가 거기까지 파고 들어가자, 나는 귀를 막고 싶어졌다.

정말로 타카사키 부장님을 생각한다면, 그냥 가슴속에 담아줬으면 좋겠다.

여기서 화제로 삼지 않아도 되지 않나? 적어도 여자 화장실 같은 곳에서 몰래 얘기하면 안 되는 건가?

"우와~ 비참하달까, 그 여자도 굉장하네."

"그렇지. 하지만 결혼까지 생각했으니, 거꾸로 이렇게 되어도 달리 방도가 없는 걸지도 모르지. 부모가 딸려 있으면 각오를 해보겠지만, 아이가 딸려 있으면 그건 다시 생각할 수도 있는 문제잖아. 게다가 진짜 아이도 아니고. 아내랑 사별해서 남은 아이라면 또 문제가 다르지만, 조카아이라는 점이 오히려 걸림돌이 되지 않아? 말로는 뭘 못 하겠어? 어려운 선택이라 생각해. 아버지가 되는 것도, 어머니가 되는 것도."

"그렇게 말하면 그렇지만. 멋대로 화를 내고 떠들 수 있는 건 타인의 일이니까 가능한 거지, 당사자의 입장이라면 또 다른 문제니까."

"누구에게 무슨 말을 듣는대도, 아름다운 이야기라고 해서 곧 행복한 삶이라는 건 아니니까."

내가 이런저런 고민에 빠져 있을 때, 이 이야기는 다른 사람들의 귀에도 들어갔다.

이번에는 그것을 들은 타부서의 남직원들이 한숨을 내쉬었다.

"대단한 사람이네, 여러 가지 의미로. 같은 남자, 같은 샐러리맨으로서 큰 결심을 하고 도쿄로 돌아온 것은 알겠지만, 존경이란 말만으로는 표현할 수가 없어. 그러니까, 그런 상황 속에서 지금까지와 마찬가지로 일을 했다는 거 아냐? 나라면 무리일 거야."

"이야… 적어도 아이를 봐줄 부인이 있다면 모를까, 맡길 수 있는 다른 친척 같은 건 없었던 걸까? 뭐, 있었다면 이렇게 되지도 않았을 테지만."

같은 말일 텐데, 남자와 여자는 시점도 의견도 달랐다.

남자는 사물을 중심으로 보고 있으니, 타카사키 부장이

취한 행동이 예사롭지 않다고 실감하는 것이다.

나는 보온병을 손에 쥐고 한숨을 내쉬었다.

'지금까지와 마찬가지로 일을······. 뭔가 내가 해줄 수 있는 일이 있을까? 육아의 어려움만이라면 나도 알 수 있어. 일은 발목 잡히지 않도록 하는 것이 고작이지만, 최소한 그 부분에서라도 협력할 수 있다면······ 이라고 생각하는 건 내 지나친 참견일까? 역시 괜한 민폐?

사정을 알면 알수록 마음이 시끄러워졌다. 차라리 그냥 대놓고 본인에게 물어보는 편이 나으려나?

"토다. 잠시 괜찮나?"

"네?"

내 개운치 못한 감정이 전해졌는지, 타카사키 부장이 나는 길에 말을 걸어왔다.

타카사키 부장은 최근 며칠 동안, 완전히 원래의 수염으로 돌아가 있었다.

하지만 지금이라면 그 이유를 알 수 있을 것도 같다.

타카사키 부장은 회사와 키라라의 일만으로도 벅차, 자신을 관리할 여유가 없는 것이다.

그렇지 않아도 조그마한 아이가 있는 가정의 아침은 전쟁이다. 키라라를 유치원에 보내고 나서 출근하게 되면 결국 자신은 뒷전일 것이다.

나조차도 만약에 아버지 없이 아침을 혼자서 해내야 한다 생각하면 식은땀이 흐른다.

무사시 하나로도, 두 손 두 발 다 들 것이다. 음, 말하고 보니 어째 타카사키 부장의 사생활에 정신을 팔릴 때가 아닌 것 같네.

"해피 레스토랑 건인데, 다음 주에라도 혼고 상무에게 가서 첫 회 납품수의 최종 확인을 하고 와줘. 가는 건 너 혼자니까, 조심해서 갔다 와."

"네? 타카사키 부장님은 함께 가시지 않습니까?"

"나는 잠시 구입 쪽으로 협력할 일이 있어서 그쪽에 신경 써야 해. 그러니까 혼고 상무에게는 네 입으로 확실히 전달해. 계약 내용은 반드시 지킬 테니까, 안심하라고. 알겠나? 절대 상대에게 불안을 느끼게 하면 안 돼. 거꾸로 말하면, 이런 때야말로 신용을 높일 수 있는 좋은 기회야."

"알겠습니다."

나는 뜻밖에도 큰 역할을 맡게 되었다.

"부탁한다."

"네."

기쁨과 중대한 책임감에 심장이 막막하다. 하지만 어차피 막막한 거라면 지금 타이밍에 말을 꺼내는 것도 좋지 않을까……?

나는 자리를 떠나려는 타카사키 부장을 붙잡고 이야기했다.

"아, 타카사키 부장님!"

"뭔가?"

"저… 그때부터 제대로 쉬고 계신가요? 회사도 이런 상태에다가, 얼굴색도 나빠 보이시고……. 혹시 싫지 않으시다면, 이번 주말에 키라라를 저희 집에서 같이 놀도록 보내시는 게 어떠세요? 저희 집에는 키라라와 함께 놀 동생들도 있고, 제가 책임지고 돌보겠습니다."

내가 이런 말을 한 것은 항상 아버지와 어머니를 봐왔기 때문이다.

아무리 아이가 귀여워도 매일 돌봐야 한다면, 가끔은 혼자만의 시간을 가지고 싶은 것이 인간이다. 그 시간이 있는가 없는가에서, 스트레스가 쌓이는 방식도 바뀐다.

혼자만의 시간에 무엇을 하든, 아이에게 신경 쓰지 않고 마음 내키는 대로 할 수 있는 시간이 있는 것만으로도, 마음이 개운해진다.

밤낮 아이를 보고 있는 사람이야말로 이런 시간이 필요하기 때문에, 어머니도 아버지도 한 달에 한 번은 반드시 서로가 혼자가 될 수 있는 시간을 만들어주었다.

가끔은 영화라도 보고 오라고 말하며 내보낸다거나, 가끔은 아이들 모두를 집에서 데리고 나가주기도 하면서.

그리고 이러한 '자신만의 시간'을 얻은 아버지와 어머니는, 그 뒤에 더욱더 우리들을 사랑해 주었다. 역시 떨어지면 떨어지는 대로 외롭다면서…….

그러니, 타카사키 부장에게도 이런 시간은 필요하다는 생각이 들었다.

특히 지금은 키라라를 맡은 직후라, 가장 무리를 할 때일 것이다.

하지만 내 말에 타카사키 부장은 뭔가 변변치 않다는 듯한 얼굴로 답했다.

"나는 놀러 오라고 말해주지 않는 건가?"

"네?"

"아니, 아무것도 아냐. 키라라만으로도 충분히 고마운 일이야. 그때부터 천계인지 뭔지, 네 집에 가고 싶다고 졸라대서 꽤 시끄러웠거든. 다만 굉장히 소란을 피울 테니까, 오히려 다시는 부탁할 수 없을 거라 생각했었는데… 정말로 괜찮겠나?"

처음에는 잘못 들은 게 아닐까 생각했지만, 그건 아닌 것 같다.

타카사키 부장은 변함없이 호의는 호의로 받아들였다.

결코 내 제안을 쓸데없는 참견이라 여기지 않았다. 사실은 어쩌면 그 이상으로 자신도 돌봐달란 거였나? 설마 '나도' 라고 말할 줄이야!!

물론 지금은 혼자 있을 수 있는 시간보다, 이후에도 안심하고 맡길 수 있는 장소 확보가 우선이라는 판단을 했을지도 모른다.

애초에 타카사키 부장 자신이 우리 집에 와본다면, 이후에도 안심하고 키라라를 맡길 수 있을 것이다. 내 쪽에서도 '또 언제든 부탁하세요' 라고 말을 걸기도 쉬울 것이다.

우리 집이라면 아이가 한두 명 정도 늘어나도 별다를 게 없다는 것을 보면 알 수 있을 것이다.

"물론입니다. 아니, 부장님이야말로 폐가 되지 않으시면 키라라와 함께 놀러 오세요. 저희 집은 언제라도 환영입니다. 키라라는 제가 돌볼 테니, 그대로 쉬셔도 상관없습니다. 대접할 건 많지 않습니다만, 기분전환 하시는 겸."

나는 왠지 행복해졌다.

바로 그 자리에서 타카사키 부장에게 이번 주말 집으로 오겠다는 약속을 받아냈다.

"자, 그럼, 자세한 건 나중에 이야기하지."

대강 이야기가 끝나자 등 뒤에서 '히토시!' 라고 내 이름을 부르는 소리가 났다.

이 회사에서 내 이름을 부르는 사람은 와시즈카 씨뿐이라, 누구인지는 바로 알 수 있었다.

"아, 죄송합니다. 그럼, 저는 이만 가보겠습니다."

"아, 그래."

타카사키 부장에게 인사하고, 나는 가벼운 발걸음으로 와시즈카 씨에게 달려갔다.

"아직 뭔가 남았던 건가?"

혹시 오해를 한 건지 와시즈카 씨가 걱정스러운 듯 물었다.

"아뇨, 일 이야기입니다. 정식으로 해피 레스토랑 담당자가 되어서, 다음 번에는 혼자서 갔다 오라는 말을……."

"에~ 그건 대단하네. 아, 이거. 시험 삼아 만든 건데, 괜찮다면 집에서 시식해 봐. 그리고 하는 김에 언제나처럼 호된 감상과 의견도 부탁해."

아무것도 아니었다는 걸 알게 되자, 와시즈카 씨는 종이봉투 가득 담긴 핫케이크 믹스 가루의 견본을 건넸다. 한 봉투에 일 킬로씩 다섯 종류나 있었다.

역시, 앞으로도 함께 가야 할 사람은 우리 집 사정을 잘 알고 있는 동기다. 주말은 키라라도 오기로 했으니, 핫케이크 파티도 할 수 있겠다.

"우와!! 고맙습니다. 정말 도움이 돼요. 근데, 항상 이렇게 받아도 괜찮을까요?"

"전혀 걱정하지 마. 이쪽이야말로 상사의 허락을 받았어. 히토시의 집에 부탁하면 한 번에 여러 가지의 다양한 연령별 의견을 받을 수 있으니까. 그런데, 혹시 이번 주말 시간 좀 있어?"

"죄송해요. 방금 타카사키 부장님과 약속을 해버려서."

"에? 주말에 회사 밖에서 상사를? 개인적으로?"

나는 감출 필요는 없는 듯해서 사실대로 말했다. 하지만 와시즈카 씨는 내 말에 조금 동요하는 듯 보였다. 어? 잘못된 건가?

"네. 아이를 저희 집에 놀러 오게 했어요. 우리 집에는 놀 상대가 산처럼 있으니까, 부장님을 조금이라도 쉬게 하는 게 어떨까 생각해서…… 허리케인 이후 일만 하시는 것 같아서요.”

“아아, 그런 거였어? 확실히 녹초가 됐을 거라 생각해. 일만으로도 힘든데, 거기에 익숙하지 않은 육아까지 해야 하니. 본래라면 사랑도 일도 지금이 가장 한창일 텐데, 그냥 봐도 피곤한 것 같으시더라고. 안타까운 말이지만 말야.”

와시즈카 씨는 전말을 이해하자, 타카사키 부장에 대해 매우 동정적인 얼굴이 되었다. 하지만 왜일까, 나는 그것을 보고는 괜히 불쾌감이 들었다.

와시즈카 씨가 표현한 것은 꽤 일반적인 감정이다. 타카사키 부장의 사정을 듣는다면, 누구나 그와 같은 반응을 할 것이다.

특히 지난주의 배짱 있고 남성적인 모습과 비교하면, 오늘은 매우 피곤해 보이는 것도 사실인 데다가—

친근감이 들게 된 만큼, 이제 부장에 대한 나쁜 말은 조금도 허용할 수 없게 된 건가?

나는 그만 정색하며 되받아치고 말았다.

“그래요? 타카사키 부장님은 언제 봐도 멋져요. 남자답고, 섹시하고, 어느 누구에게나 상냥하고 배려도 있고. 충분히 매력적인 분이라고 생각되는데요.”

“아, 아니, 그게, 타카사키 부장님이 원래 좋은 사람이란 건 알고 있어. 자신을 돌볼 시간도 없는 것처럼 보여서 그게 안타깝다고 말한 것뿐이야. 근데… 좀 이상한데? 혹시 히토시, 타카사키 부장님 좋아해?"

와시즈카 씨는 당황하며 변명하면서도 동시에 엄청난 돌직구도 날렸다.

"그, 그야 좋아하죠. 인품도 능력도 존경스럽고, 저같이 딱 봐도 초식계인 타입에서 보면 외모만으로도 동경할 수 있을 것 같은 남자잖아요. 게다가 사람들이 말하는 이상적인 아버지라는 게 꼭 저런 느낌일 거라는 생각도 들고……."

나는 대답하며 두근두근거리기 시작했다. 이렇게 정색하며 '좋아합니다'라고 말하는 건 굉장히 부끄러운 일인 것 같다.

하지만, 좋아해? 라는 말을 듣고 나서야 깨달았다. 역시 나는 타카사키 부장이 좋다. 거짓말이라도 '싫습니다'라는 말은 나오지 않았다.

"아, 그런 거야? 뭐야, 깜짝 놀랐잖아. 하지만 그렇게 들으니 또 그렇네. 독신으로 보기에는 힘들고, 한 아이의 아버지라고 보면 굉장히 젊고 멋지고. 저런 아버지가 유치원이나 학교에 나타나면 그땐 정말 난리가 날 것 같은데."

"그렇죠?"

내 의견을 듣고 와시즈카 씨는 곧바로 동의를 해주었다. 타카사키 부장에 대한 시각도 바꾸고, 칭찬도 해주었다. 그러자 단순하기 그지없는 난 곧바로 기분이 좋아졌다.

역시 이건 그의 존재가 매우 친근해져서일지도 모르겠

다. 반나절을 키라라와 함께 보낸 일도 있어서, 이미 내 안에서 타카사키 부장은 단순한 상사가 아니게 된 것이다. 그래서 이렇게 민감하게 반응해 버린 것이다.

"자, 좀 전 이야기로 돌아가서, 다음 주 주말이라면 시간 돼?"

"그게… 다음 주부터는 동생들의 수업 참관 및 운동회가 가득 차 있어서……. 무슨 일이라도 있는 건가요?"

"아니, 가끔은 남자 친구와 태양 아래서 놀면 어떨까 하고 생각했을 뿐이야. 시간 나면 좋겠네."

타카사키 부장에 대한 호감을 납득한 데다, 와시즈카 씨로부터 아무것도 아닌 듯 '남자 친구'라는 말을 들어서 기분이 한층 더 좋아졌다.

동기나 동료도 기쁘지만, 역시 '친구'와는 거리감이 다르다.

회사 이외에서도 같이 어울려도 좋다는 느낌이 있다.

"고맙습니다. 그럼, 일이 없는 날엔 꼭 놀아주세요. 저도 최근엔 그런 식으로 논 적이 없어요."

"난 약속 같은 거 별로 없으니까, 시간 나면 연락해."

"네."

나는 와시즈카 씨와 한가해지면 놀러 가기로 약속을 하고, 오늘의 점심시간을 마쳤다. 뭔가 좋은 의미로 새로운 충실감을 느꼈다.

그날 가족을 모아놓고 상담을 한 결과, 타카사키 부장과 키라라는 주말에 일박이일로 놀러 오게 되었다.

그렇지 않으면, 가장 큰 목적인 타카사키 부장의 휴양에 시간을 낼 수 없다. 오히려 사람 때문에 피로할 수도 있고, 저녁 반주조차 할 수 없을 테니까, 그래선 의미가 없다.

나에게 그런 사정을 들은 아버지가 숙박을 제안했다.

그게 통했는지, 타카사키 부장도 죄송해하면서도 승낙해 주었다.

두 사람을 맞이할 집에서는, 토요일 낮부터 열심히 준비하여 바비큐 파티를 하기로 했다.

물론 강변이나 야영장에서 하는 것처럼 거창한 것은 아니다. 좁지만 정원의 한편에 내화 벽돌을 짜서 만든 간이 바비큐 코너에서 조리, 완성되면 그 자리에서 왁자지껄하게 먹는 홈 파티다.

하지만 우리 집처럼 가족이 많으면, 그것만으로도 일대 이벤트처럼 된다.

남아 있는 식재료에 평소보다 조금 좋은 고기를 사서 채웠을 뿐인데, 그것만으로도 보기에 만족스럽다. 때문에 손님을 초대할 때에는 대게 이 이벤트다. 비가 올 때에는 핫플레이트 냄비에 조리하게 되지만 말이다.

"이제 남은 건 마실 것과 과자인가?"

내가 이것저것 확인하고 있자, 부엌에서 준비하고 있던 후타바의 목소리가 들렸다.

"히토시 형. 오코노미야키 준비도 다 됐는데, 주먹밥이랑 샌드위치도 만들까? 어차피 저녁밥까지 먹고 놀 거지?"

"고마워. 가능하다면 부탁해. 아, 야채도 많이 잘라놔."

"알았어."

이럴 때에는 사람손이 많다는 것이 고맙다.

그러고 보니 후타바가 학원제용으로 기획한 간이식당은, 이렇게 집에서 겪은—실전에서 도입한—아이디어가 가득해서 제안한 직후 바로 채택이었던 것 같다.

물론 고기 이상으로 탄수화물과 야채가 많아지는 것은, 우리 집이라서 그런 것이지만……. 그만큼 비용이 낮아지고, 여러 가지 메뉴로도 즐길 수 있다.

메뉴가 그렇게 정식으로 결정되고 나면, 구입은 후타바의 몫. 밀가루 같은 경우엔 내가 회사와 담판을 지어 조금이라도 싸게 구입할 수 있도록 해놓았다. 이렇게 의외로 빈틈없이 계획을 꾸미는 것은 역시 가정환경 덕택일 것이다.

다만 그것을 회사의 담당자에게 미리 타진했더니, '아, 그 해피 레스토랑 논문의 동생? 좋아좋아. 싸게 줄 테니까, 학교에서 우리 회사 광고 잘 부탁해'라고 얼굴 가득 웃음을 지어서 괜히 좀 찔렸다.

그러니까, 아직까지도 그 논문은 후타바가 작성한 것으로 되어 있다.

아마도 이 착각은 평생 풀리지 않을 것이다—라고 생각한 순간, 논문 저자이신 시로가 다가왔다.

손에는 전날 와시즈카 씨에게 받은 견본품 한 봉지가 들려 있었다.

"저기, 이 핫케이크 믹스, 리포트 쓸 거면 내일 아침에 먹고 비교하는 게 좋겠지? 키라라도 있을 테니까."

"그렇구나. 시식인 데다, 바비큐와 섞이면 알 수가 없으니까."

"OK. 그럼 시식용 앙케트를 만들어둘게. 근데, 매번 생각하지만 와시즈카 씨가 가져오는 앙케트에 제대로 답할 수 있는 건 중학생 이상이야. 가장 수요가 많을 초등학생부터 유아까지는 제대로 대답할 수 없을 텐데, 그건 의미가 없지 않아?"

뭔가 파고드는 게 보통과는 다른 초등학교 사학년. 과연 혼고 상무를 감탄하게 만든 착안점이다. 나조차도 거기까지는 신경을 쓰지 못했다.

"고르는 것도 조리하는 것도 어른이니까, 거기에 표준을 맞춘다면 상관없지만 말야. 하지만, 그런 기준으로 보니까 최근 아이들의 미각이 제대로 자라지 않고 있는 거잖아? 어른이 보는 것은 성분과 영양가뿐. 맛 그 자체를 아이들에게 맞추지 못하면, 자극적인 맛에 길들여진 혀는 결국 쓸모가 없어질 뿐인데."

날카로운 이야기다. 면전에 대고 말했다면 기획개발부

의 부장조차도 어깨를 떨어뜨릴 만한 이야기다.

나도 그만 걱정이 되어 묻고 말았다.

"그래, 그건 귀중한 의견으로 내가 회사에 말해둘게. 그런데, 우리 집 밥도 자극적인 맛이야?"

"우리 집은 비교적 순한 맛이야. 기본이 식재료의 본래 맛이나 국물 베이스인 데다, 가계 사정이라고는 하지만 조미료를 사용하지 않는 쪽으로 만들어왔으니까. 그래서 급식이나 외식 같은 바깥 음식들은 맛이 꽤 자극적이구나 하고 눈치챌 수 있었던 거야."

"그런가……. 나, 아무것도 신경 쓰지 않고 먹고 있었구나. 입으로 들어오는 것만으로 감사한 일이라 생각해서……."

"최종적으로는 그게 가장 중요한 일이니까. 자, 나는 이걸 하고 있을 테니까, 키라라가 오면 말해줘."

"응."

나는 시로의 뒷모습을 보면서, 그 논문을 봤을 때의 혼고 상무의 기분을 왠지 모르게 알 수 있을 것만 같았다.

시로의 미각이 섬세하다는 것에는 새로운 발견과 놀라움이 있었지만, 그 이상으로 사실은 나 자신이 본능대로 음식을 먹어왔단 것을 알게 되어 조금 기운이 빠졌다. 시로가 태어났을 쯤, 우리 집은 완전히 약육강식체제로 돌입했었다. 나는 '형이니까'라는 생각으로 후타바나 미츠구를 우선했기 때문에, 몇 번은 밥을 먹지 못한 적도 있었다.

우리 집의 반찬이 대형접시에서 개인접시로 바뀐 것도, 아버지가 내 성장을 걱정한 결과다.

그렇게 생각하니 본능이 이긴 것은 당연하다고 생각되지만, 그건 그렇다 치더라도 '가계 사정으로 비교적 순한 맛'이란 말을 들으니 슬프다. 나는 아픈 가슴에 손을 대고, 거실에서 정원을 보았다.

기분이 침울하더라도 바로 일어나지 않으면 일이 진행되지 않는다. 그것이 우리 집이다.

"미츠구, 이츠키. 불 상태는 어때?"

"괜찮지 않아? 언제라도 시작할 수 있어."

"그래, 불은 조심해서 다뤄."

"오케이."

"알았어."

미츠구는 처음엔 '에~ 히토시의 상사가 온다고? 그거 상사의 신종 괴롭힘이야? 가정방문?' 같은 싫은 소리를 했다.

하지만 막상 당일이 되니, 깨우지도 않았는데 누구보다도 빨리 일어난 사랑스런 녀석이다. 마치 소풍날만은 잠에서 일찍 깨는 타입의 전형 같다.

게다가 이럴 때 무엇을 해야 할지 막막해하는 이츠키를 자연스레 어시스턴트로 지명하고, 숯불을 일으키는 방법을 가르치며 제대로 도움을 주고 있다. 내 동생이지만 저런 모습은 형이다.

나는 안심하고, 다음을 확인하러 갔다.

"그런데, 어? 무사시와 나나오는 어디 갔어?"

좀 전까지 거실에서 놀고 있던 두 녀석이 없다. 나는 헤매지 않고 테이블 밑을 들여다보았다.

"히짱, 히짜앙~ 냥냥."

그러자 그때 나나오와 무사시를 거느린 아버지가 이 층에서 내려왔다. 저건 무슨 코스프레지? 혹시, 성전천사??

나나오는 천사의 날개가 달린 흰 고양이 의상을, 그리고 무사시는 검은 날개가 달린 턱시도 같은 옷을 입고 있다.

"우와앗?! 어떻게 된 거야, 이 모습은!"

"요전번에 미팅에 갔을 때, 키라라가 자꾸만 나나오를 엔젤짱이라고 부르던 걸 말했거든. 그랬더니 제작하는 아이가 키라라의 몫까지 포함해서 보내왔어. 그래서 사진을 찍어서 감사 인사 겸 보내려고."

"우와아~ 귀여워. 키라라도 기뻐할 거야. 아, 무사시는 멋져."

역시 업계 사람은 다른 건가. 가공할 만한 행동력이다. 잠깐 말한 것만으로 이런 걸 보내오다니. 대단하다고밖에는 말할 수가 없다.

하지만, 성전천사는 어디까지나 여아용 애니메이션이다.

무사시는 말려들었다는 눈으로 나에게 구조를 요청해 왔다.

"하지만 더러워지면 안 되니까, 사진 찍고 다른 옷으로 갈아입혀요. 바비큐에 그 날개는 위험하니까."

"응!"

안심시킬 말로 '삼십 분 정도니까 참아'라고 전하자, 무사시는 눈물을 글썽이며 크게 머리를 흔들었다. 유아지만 어지간히 부끄러운 것 같다. 고양이나 곰 인형 옷을 입고 즐거워하는 것은 역시 연초까지였을까. 몇 달 지나지 않았는데도 이렇게 부끄러움을 느끼게 된 모양이다. 뭐, 이게 남아용 애니메이션이었다면 또 다르겠지만.

"히짱."

"응응."

나나오는 마음에 들었는지 기분이 좋아 보였다. 원래부터 폭신폭신한 것을 좋아하는 데다, 천사날개는 흔한 게 아니니까. 내 팔 안에서 등을 흔들며 싱글벙글하고 있다. 왠지 나까지 누군가에게 자랑하고 싶어졌다. 이 사랑스러움은 평소와는 또 색다르다.

'하지만, 사진 찍고 나면 갈아입혀야겠다. 오늘은 따듯한 날씨라 이대로는 땀이 날 거야.'

이런저런 사이에, 시계바늘이 열두 시를 지났다.

멍! 멍멍!

"어, 엘리자베스가 짖는다는 건, 키라라와 부장님이 온 걸지도?"

나는 나나오를 안고, 집 밖까지 확인하러 갔다.

문패를 확인하며 현관 앞에 있는 것은, 페어레이디Z 버전 ST. 바이블런트 레드의 유선형 바디가 요염한 국산 스포츠카다. 한 폭의 그림처럼 핸들을 돌리는 타카사키 부장의 모습은 이미 섹시도가 이백 퍼센트 상승해 있었다.

하지만, 뒷좌석에는 차일드 시트가 단단히 세팅되어 있었다.

이것만 봐도 타카사키 부장의 생활이 얼마나 급변했는지 알 수가 있다.

차 안에서는 나와 나나오를 발견한 키라라가 창문을 두드리며 난리였다.

"까아! 우리엘님과 엔젤짱의 투샷이다앗!!"

"왓따~"

무심코 차안을 들여다보니, 아아… 장난감이랑 책으로 가득이다. 천하의 페어레이디Z도, 키라라에게 걸리면 이렇게 엉망이 되는구나. 타카사키 부장님…… 이래서는 헌팅도 못하겠는데…….

오늘은 모처럼 수염도 깎고, 제대로 준비도 했는데…….

나는 차에서 내리는 타카사키 부장에게 인사했다.

"어서 오세요, 타카사키 부장님. 먼 곳까지 오시느라 고생하셨습니다."

"가르쳐 준 대로 왔어. 생각보다 먼지는 잘 모르겠는데…… 토다, 그 아이는?"

"동생입니다."

"아, 동생…… 뭐? 동생?"

순간 나나오와의 나이차가 머리를 스쳤다. 그렇다고 '제 아들입니다'라고 말할 수도 없다. 그건 그것대로 놀라운 일 이겠지만.

집 안에서 아버지와 무사시가 나왔다.

"어서 오세요. 항상 히토시가 신세를 지고 있습니다."

"미카엘님~ 아? 무사시도 오늘은 데빌의 모습을 하고 있어!!!"

"시끄러."

같은 나이여서인지 키라라는 이미 친근하게 무사시를 부르고 있었다.

그나저나, 제대로 구별은 되고 있을까?

아버지와 무사시를 보고 있던 타카사키 부장이 나에게 물어왔다.

"형님과 동생?"

"아뇨. 아버지와 동생입니다."

내가 대답하자 정말 놀란 얼굴을 한다. 이건 처음 아버지 와 대면한 사람이라면 반드시 보이는 반응 중 하나다.

"아버지는 올해 서른아홉이세요. 열여덟에 결혼, 제가 장남이고, 이 둘은 나이 차이가 꽤 나는 동생입니다."

"젊으신 데다 사이가 아주 좋으시구나. 부모님은."

"덕분에요."

아이가 많다는 건 부부 사이가 좋다는 말이다. 나도 처음

성교육을 받을 쯤에는 조금 부끄럽다고 생각했던 적이 있었다. 하지만 그 이상으로 귀여운 아기가 없는 생활을 보낸 적이 없으니, 막상 아이가 늘어나면 부끄러움보다 기쁨이 더 컸다.

지금에 와서는, 나나오로 끝이라고 생각하면 오히려 섭섭하다는 기분도 든다.

미츠구는 '다음은 히토시 형의 아이야. 분명 우리 집은 평생 베이비붐이 계속될걸'이라고 말했지만 말이다. 뭐, 내 일이야 일단 접어두고.

진짜로 내 아버지란 걸 확인하자 타카사키 부장은 가볍게 고개를 숙여 인사를 하곤, 조수석에 쌓아뒀던 맥주와 주스 상자를 꺼냈다.

이건 미리 내가 타카사키 부장에게 주문해 두었던 것이다. '빈손으로 갈 수는 없으니까 필요한 걸 말해줘'라고 부탁해 와서, 그렇다면 '타카사키 부장님이 좋아하는 술과 키라라가 좋아하는 주스를 지참해 주세요'라고 대답했었다.

가장 간단하고 필요한 것이었다고는 하지만, 역시 상자째 사오는 건 타카하시 부장의 호쾌한 이미지 그대로다.

차 안에는 다른 종류의 주스가 두 상자 더 있었다. 게다가 과자 같은 것도 있어서, 무사시와 나나오는 크게 떠들어댔다.

—하지만, 장미 꽃다발까지 쌓여 있는 건 어째서일까?

"저번엔 딸아이가 신세를 졌습니다. 정말 감사합니다.

이거, 별것 아니지만……."

"이쪽이야말로 신경 써주셔서 감사합니다. 자, 좁지만 들어오세요."

타카사키 부장은 아버지가 물건을 받아 들려 했음에도, 자신이 옮기겠다며 직접 들어 날랐다. 남아 있는 두 상자를 포함해 총 네 상자를 한 번에 현관까지 옮겼다.

왠지 이것만으로도 넋을 잃고 말았다.

역시 타카사키 부장은 우리 집 남자들과는 속성이 다르다. 아버지도 나도 아이를 겨드랑이에 안는 것까지는 괜찮지만, 저런 식으로 물건을 옮기는 건 안 될지도……. 아마 세 상자도 무리일 것이다.

타카사키 부장은 큰 물건을 다 옮긴 뒤, 우리 집 주차장에 차를 주차했다.

하지만 놀라운 것은 그다음이었다.

타카사키 부장은 과자가 가득 찬 큰 봉투와 장미꽃 다발을 손에 들고,

"이건 사모님에게. 좋아하신다고 들었습니다."

라고 말하며 아버지에게로 건넸다.

"아, 정말 고맙습니다. 여러 가지 신경 써주셔서 고맙습니다."

아버지는 당황한 듯한 얼굴을 했지만, 가장 놀란 것은 나였다.

그러니까, 그때 이런저런 일도 있었고, 취해서 기억도 날

아갔다고 했었는데도, 타카사키 부장은 내가 어머니에게 줄 꽃다발을 받아서 돌아간 것은 제대로 기억하고 있었던 것이다.

게다가 그것을 오늘 선물로 가져오다니—

'굉장한 사람이다…… 뭐든 척척 시원하게 해내는 게 역시 대단해. 이상하게 거들먹거리는 것처럼 보이지도 않고, 무엇보다도 우리 가족 전부를 신경 써주고 있잖아. 이것이 바로 영업의 모범 같은 거겠지?

나는 감탄만 할 뿐이었다.

이런 서프라이즈 선물을 스마트하게 해낸 타카사키 부장은, 거실로 발을 내디딘 순간, 또 다시 '어?' 라고 놀라며 나를 쳐다봤다.

"아, 손님 도착했어?"

"우와아! 상상 밖의 꽃미남이다!"

"응. 우리 집에서도, 이 부근에서도 보지 못한 타입이네. 하이레벨의 나이스 가이다!"

"키라라의 아버지, 잘생겼다아~!"

눈 깜짝할 사이에 후타바, 미츠구, 시로루, 이츠키에게 사방으로 둘러싸여 '이건 무슨 일?' 이라는 시선만을 보내 온다.

"죄송해요. 저희 집 일곱 형제에요. 저를 시작으로 삼 년 주기로, 가장 어린 아이가 지금 한 살이에요."

젊은 아버지의 존재도 물론이거니와, 지금 타카사키 부

장의 머릿속에는 '삼 년 주기로 일곱 명'이란 글자가 춤을 추고 있을 것이다.

우리 집에 온 사람에게 소감을 물으면 대개 같은 대답이 나온다. '계획적인 건지, 무계획적인 건지 판단을 못하겠어'라고.

같은 반응의 얼굴로, 타카사키 부장이 우리들을 둘러보았다.

"반짝반짝 빛나는 천계가 무슨 말인가 했더니 이런 거였군. 정말 형부터 동생까지 모두 훌륭할 정도로 닮은 미인들뿐이야. 토다를 봤을 때 꽤 아름다운 얼굴을 한 남자라고 생각했는데, 이건 정말 압권이군. 키라라가 놀란 만해."

'타카사키 부장님……'

바로 앞에서 용모를 칭찬받자, 나는 기쁘기보다도 가슴이 덜컹거렸다.

연약하다든가 초식계라든가 하는 말이 아니라, 미인이란 말을 들은 것은 처음이었다.

"그래서 말했잖아! 나나오의 집은 반짝반짝 빛나는 천계라고. 미카엘님부터 우리엘님까지 전부 있다고. 여긴 성전 천사들의 집이야!"

키라라는 타카사키 부장의 목에 얽히듯 매달려 있었다.

역시 어리다고 하지만 여자아이다. 무사시보다 상당히 말솜씨가 좋다.

"그런 설명으론 아무도 몰라. 게다가 네가 말한 것 중에 형제가 많다는 말은 한마디도 없었어."

"유치원에서는 모두 알아듣는다고. 모르는 건 아빠뿐이
야."

"윽!"

"자, 그만그만. 그래, 키라라에게 줄 냥짱 옷이 있어. 위
층에서 갈아입고, 나나오와 무사시랑 같이 사진 찍자."

"정말?! 키라라 옷도 있어? 입고 올게!"

이대로 가다간 완전히타카사키 부장이 난처해지는 대화
가 될 것 같아, 나는 재빨리 화제를 바꾸어 아버지에게 눈
짓했다.

"자, 이리 따라와."

"네―"

재빨리 의도를 알아챈 아버지는 일단 키라라를 이 층으
로 데려갔다.

"부장님. 이쪽으로."

내가 타카사키 부장을 편하게 쉴 수 있도록 하려 하자,
이번에는 나나오가 불단을 향해 손을 들었다. 큰일이다! 말
해두는 걸 깜빡했다.

끌리듯 시선을 향한 타카사키 부장이 굳었다.

"저건?"

"어머니에요. 작년 봄에 사고로……."

"그렇군……. 절을 드려도 괜찮을까?"

"네. 고맙습니다. 후타바, 불을."

나는 후타바에게 말하고, 초에 불을 붙였다. 타카사키 부장은 어머니 앞에 정좌를 하고, 익숙한 솜씨로 향을 꼽고 종을 울렸다. 그 후에는 잠시 합장했다. 형님 부부의 일까지 생각난 것일까?

"토다의 어머니도 젊고 미인이시네."

"고맙습니다. 아버지보다 연상이었어요."

이런 점을 보면 역시 어른이다. 타카사키 부장은 그 이상의 일은 묻지 않고, 그 후는 실없는 이야기를 이어갔다.

사진을 다 찍은 키라라가 아버지와 돌아왔을 때는,

"대단해! 정말 오사카에서 배운 거?"

"솜씨가 달라. 뭔가 프로야."

본고장에서 습득해 온 오코노미야키를 구워, 후타바나 미츠구 녀석들을 감동의 소용돌이로 밀어넣었다.

# 5장

마당으로 이어진 거실유리창을 활짝 열고, 바깥과 안을
모두 이용해서 개시된 바비큐 파티는 활기차고 즐거웠다.

처음에 어느 정도 만들어 먹고 나면, 그 후는 자연과의
담화나 오락 시간.

불 당번은 연속해서 미츠구가 해주어서, 나는 후타바와
함께 꼬마아이들을 돌봤다.

"히짱."

"응응."

나나오는 오랜만에 제사 이외의 곳에서 손님과 만나 기
분이 좋은 듯 큰 소리로 떠들었다. 내 팔 안에서 선 채로 폴
짝폴짝 날며 대흥분이다. 오늘 밤 지혜열이 나지 않으면 좋

으련만……. 그리고 보니 무사시와 키라라도 위태로울 참이다.

"아아. 나나오는 히토시 형만 있으면 기분이 좋네. 아, 미츠구. 불은 항상 신경 써."

"네~ 네."

키라라는 비슷한 나이대의 무사시나 이츠키와 놀면서도, 역시 아빠가 신경 쓰였는지 가끔은 타카사키 부장의 옆으로 갔다.

"하하하. 키라라도 그러네. 하지만, 마왕은 가여워. 이렇게 멋진 아빠인데."

"그럼 아빠는 미카엘님에게 줄게."

"받아버렸습니다만."

"하아, 죄송합니다."

처음부터 타카사키 부장과 맥주를 주고받은 것은 아버지다.

서로 아버지인 공통점도 있고, 의외로 마음이 맞았다.

하지만, 지금 타카사키 부장이 꽤나 신경을 쓰고 있다는 건 확실하다. 본래라면 이쯤에서 중단하고 쉬어야 하는데……. 슬슬 정리하지 않으면 주객전도가 된다.

나는 이따금 타카사키 부장의 상태를 살피며 말을 걸 타이밍을 노리고 있었다.

"그건 그렇고, 일곱 명이라니 대단하시네요. 저는 키라라만으로도 두 손 들었는데."

"지금으로서는 둘도 없이 소중한, 아내의 유물 같은 존재들이죠. 타카사키 씨도 그렇게 느낀 적이 있습니까?"

"네. 형 부부에게 많이 신세를 졌습니다. 저희 집은 일찍 부모님이 돌아가셔서, 열두 살 차이였던 형이 부모님 대신이었지요. 제가 대학까지 나올 수 있었던 것도 형 덕분이었습니다. 그런데 설마 이렇게 되어버리다니……. 대신할 수만 있다면 제가 대신하고 싶습니다. 오히려 키라라를 위해서라면 그쪽이 더……."

"자, 오늘은 마시죠. 키라라는 그냥 둬도 전혀 걱정할 필요가 없으니까요. 여기에 있을 때만큼은요."

"고맙습니다."

이야기의 흐름으로 보아하니, 두 사람은 본격적으로 술자리에 돌입한 것 같다.

'타카사키 부장님도 어릴 때부터 고생이었구나.'

나는 완전히 말을 걸 타이밍을 놓치고 말았다.

하지만 지난번 기념일 플랜의 경험에서 알 수 있었듯이, 타카사키 부장은 그다지 주당이 아니다. 나는 시선을 아이들에게로 돌렸다. 일이 이렇게 된 이상, 차라리 한시라도 빨리 취해 쓰러지는 편이 나을 것 같기도 하다.

그 편이 일찍 누울 수 있는 데다, 아침까지 푹 주무실 수 있을 텐데라는 생각이 들었다.

타카사키 부장과 아버지를 보고 있던 후타바가 무심한 듯 웃었다.

"그런데 말야, 저렇게 있는 타카사키 부장님을 보니 히토시 형의 상사라기보단 아버지 친구처럼 보여. 같은 부모니까 그렇겠지만, 친해지는 것도 빠르고, 좋은 느낌이야."

동의를 구하는 듯한 그 말을 듣자 왠지 나는 화가 났다.

"그래. 하지만, 타카사키 부장님은 내 상사라구."

"응?"

이례적으로 과격한 내 반응에 후타바가 멍하게 쳐다봤다.

"아니, 그러니까, 실례하지 않도록 부탁하는 거야."

"그건… 응, 알았어."

나는 순간적으로 얼버무려 넘어갔다. 후타바는 고개를 갸웃거리며 납득했지만, 얼버무리고 말았다는 자각이 있는 내 가슴은 개운치 않고 떨떠름했다.

이 의미를 알 수 없는 화…… 라고 할지 조바심은 예전에도 맛본 것 같다.

'대체 언제였더라?'

기억을 더듬는데, 현관 앞에서 '실례합니다' 라는 소리가 들려왔다.

"어라? 저 목소리는 와시즈카 씨잖아?"

후타바에게 듣고 나는 깜짝 놀랐다.

이 갑작스레 일어난 불쾌함은, 요전 날 와시즈카 씨가 '타카사키 부장님, 왠지 후줄근해 보이네' 라고 말했을 때에 느낀 것과 닮아 있었다.

하지만, 이건 뭔가 이상하다. 후타바는 타카사키 부장님을 딱히 그렇게는 말하지 않았다.

단지 내 상사라기보다는 아버지의 친구로 보인다고 말했을 뿐이다.

'뭘까… 잘 모르겠는데…….'

나는 자신의 감정인데도 대답을 찾지 못한 채, 나나오를 후타바에게 맡기고 현관으로 향했다. 무사시와 키라라가 즐거운 듯 깡충깡충 뛰면서 나를 따라왔다.

내가 '네'라고 대답하며 문을 열자, 방문한 것은 역시 와시즈카 씨였다.

손에는 커다란 아이스박스를 들고 있다. 아무래도 낚시를 갔다 온 것 같았다.

"갑자기 들러서 미안. 꽤 많이 잡아서 나눠주려고 말야. 다 함께 먹어."

요전 날의 권유가 이거였구나 이해하면서, 나는 와시즈카 씨가 보여준 아이스박스의 내용물에 눈이 고정되었다.

"우왓, 고맙습니다. 진짜 엄청난 양이네요! 감사합니다!!"

"생선이 한가득! 대단해~!"

"굉장해~ 굉장해! 생선이야!"

생선의 종류는 잘 모르지만, 어쨌든 이십 센티 대의 것이 스무 마리 정도 있었다.

무사시와 키라라는 만세를 부르며 환희하고 있있다. 이

걸로 저녁 반찬은 결정된 것이나 마찬가지다.

"아, 괜찮으시면 들어오세요. 오늘 바비큐 파티 중이라, 이것도 같이 구워 먹어요."

"아니, 괜찮아. 오늘 타카사키 부장님이 오는 날이지?"

"네. 이미 오셨어요. 하지만 완전 개인적인 자리니까 신경 쓰지 않으셔도……."

"그럴 수는 없지. 나도 다른 데 갈 곳도 있고. 다른 날 들를게. 아, 그때까지 아이스박스만 맡아줘."

평소라면 '자, 그럼 잠시 실례'라며 들어왔을 와시즈카 씨인데, 오늘은 정말 들렀을 뿐인 듯했다.

평소 다른 부서의 사람에게도 가볍게 말을 거는 와시즈카 씨다. 그러니 만큼 타카사키 부장만을 멀리할 이유는 없다.

나는 오래 붙들면 오히려 방해가 될까 봐 감사의 인사는 다음으로 미루기로 했다.

특별한 인사는 아니다. 받은 생선을 조리해서 도시락으로 돌려줄 뿐이다.

"알겠습니다. 일부러 여기까지 오시고, 정말 고맙습니다."

"잘 먹어. 무사시, 다음에 또 보자."

"으응!"

와시즈카 씨는 불과 몇 분도 있지 않고 돌아가 버렸다. 하지만 남기고 간 임팩트는 무시무시했다. 나는 무사시와 키라라와 함께 아이스박스를 가지고 마당으로 돌아갔다.

"물고기! 물고기!!"

"봐요, 아버지. 와시즈카 씨가 이걸 줬어요."

"우와, 엄청나네. 아, 히토시 여기 앉아. 그건 내가 정리할게."

"고마워요. 월요일에 도시락으로 만들어서 돌려줄 거니까, 몇 마리는 따로 놔둬주세요."

"알았어."

아버지는 타카사키 부장과 앉았던 벤치에서 일어나, 나에게서 아이스박스를 받아 들고는 부엌으로 향했다. 그 뒤를 떠들며 따라가는 건 역시나 무사시와 키라라다. 이번엔 이츠키도 함께다.

내가 자리에 앉자. 타카사키 부장이 캔맥주를 내밀어온다. 역시 오늘도 스무 살을 넘어서 다행이라는 생각이 들었다.

"와시즈카 씨라면 기획개발부의?"

"네. 동기입니다. 우리 집의 대가족 사정을 알고 있어서, 뭔가 생기면 항상 이렇게 나눠주세요. 굉장히 마음을 써주는 분이에요."

나는 차가운 캔맥주의 따개에 손가락을 걸고, 달칵 하고 열었다. 초여름의 햇살과 바람이 적당하게 다가와 기분 좋다. 자연스레 웃음이 새어나온다. 그것을 본 타카사키 부장이 조금 쓴웃음을 지었다. 뭘까? 내 반응을 아이 같다고 생각하는 걸까? 설마 아버지와 비교되고 있는 건가?

"마음을 쓴다기보다는 기합이 느껴지는데."

"기합…… 이요?"

"이름은 자세히 모르겠지만, 그건 민물고기가 아니라 바닷고기지? 그렇다는 건 바다에서 여기까지 가지고 왔다는 의미야. 꽤 먼 거리지. 기름 값과 수고를 생각하면 간단하게 택배로 보내는 편이 편하고 싸."

내 예상은 빗나갔다. 타카사키 부장은 와시즈카 씨의 성실함에 감탄하고 있었을 뿐이었다.

확실히 여긴 도쿄를 벗어난 외곽이긴 하지만, 산이나 강은 있어도 바다는 없다.

도쿄에서 오더라도, 카나가와(神奈川)에서 온다고 하더라도 그건 상당한 거리다. 주말에는 길도 혼잡하니……. 그렇게 생각하니 엄청난 수고였다.

"그렇게 들으니 그렇네요. 달리 어딘가 걸 곳이 있다고 해서, 단지 중간에 들르는 길이었다고 생각했는데……. 월요일에 제대로 감사 인사를 해야겠네요."

"도시락을 두 배로라도 할 건가?"

"차라리 찬합 정도로 하는 게 감사의 크기도 전해질까요? 부서 내의 모두와 먹게 될지도 모르는 데다, 항상 개발품을 맛보게 해주시고, 또 여러 가지를 나눠주시니, 그렇게 하는 게 맞을지도요."

이렇게 되면 '언제나의 답례도 겸하자' 라고 깍쟁이 같은 생각을 해버리고 만다.

타카사키 부장은 '그러면 또 배가 되어 돌아올지도……' 라고 말하며, 남은 맥주를 단숨에 마시곤 웃었다.

그러고 나서 뭔가 생각난 듯이,

"아, 그래. 본사의 전무가 도쿄의 면접관으로 파견 나왔을 때, 무릎을 치면서 즉각 합격을 결정했다던 신입사원의 이야기, 혹시 너였나?"

"에? 어떻게 그 이야기를 알고 계세요?"

"전무가 한 달이나 그때를 생각하며 웃었으니까. 덕분에 본사에서는 사원뿐 아니라 단골 업자까지도 알고 있는 이야기야. 도쿄지사에 리얼 대가족의 장남이 입사해 왔다고."

"부끄러울 뿐입니다."

타카사키 부장은 즐거운 듯 말했지만, 나는 그 이외의 말은 생각나지 않았다.

설마 본사로 돌아가서까지, 그때의 간부가 나에 대한 일을 기억하고 있었을 것이라고는 생각지도 못했다.

그러나 타카사키 부장은 옆에 있던 새 맥주를 손에 들고는 '그런 의미가 아냐'라고 운을 뗐다.

"전무는 즐거워했어. 오랜만에 '일에 대한 원점을 보여주었다'라고 말했었지. 그 나이부터 가족을 먹여야 하는 것은 힘든 거야. 하지만 일하는 것은 결국 살아가는 것과 같다 생각하면, 돈을 버는 것의 기본은 의식주를 위해서, 그중에서도 첫 번째로 먹고살기 위해서잖아. 생각해 보면 사이토의 창업자도, 가난한 시절의 굶주림을 채우고 싶어서 창업했었어. 악착같이 일해서 지금의 회사의 기반을 만든 거야. 그런 말을 태어났을 때부터 지겹게 들어왔었는데도, 최근에는 잊어버리고 있었는데 반성하는 계기가 되었다고 말야."

나는 부끄러움 때문인지 기쁨 때문인지 말라오는 목을 맥주로 축였다.

"다만, 무리는 하지 마. 너와 네 가족의 인품이라면 협력을 아끼는 사람은 거의 없을 거야. 나도 가능한 한 도울 테니, 그러니 의지하고 싶을 땐 얼마든지 의지해. 그러지 않으면 건강을 해친 후엔 늦어. 결국 슬퍼하게 되는 건 네가 가장 소중하게 생각하는 가족이니까."

"네."

지금만큼은 차가운 맥주보다도 타카사키 부장의 상냥한 말이 가슴에 와 닿는다.

눈과 눈이 마주쳤다면 더욱더 몸이 달아올랐을 것이다. 지금은 몸을 식히고 싶어서 맥주를 마시지만, 당연히 역효과다. 내 체온은 점점 더 오르고 있다.

저쪽에서 아버지가 접시 한장을 들고 왔다.

"히토시. 다 되면 먼저 타카사키 씨에게 드려라."

"고마워."

신선한 생선이 깔끔한 토막이 되어 무 장식과 함께 담겨

져 있다. 역시 아버지다. 배웠다기보다는 익숙해져 습득한 요리 솜씨는 상당한 것이다.

"고맙습니다. 대단한 솜씨네요. 본업은 아니시지요?"

"보고 흉내 낸 것일 뿐입니다. 살림을 꾸려 나가는 사이에 몸에 밴 것이라……."

—하지만, 어라? 어떻게 된 거지? 아버지가 칭찬을 받으면 언제나 기뻤는데, 오늘은 뭔가 다르다. 타카사키 부장의 시선이 나에게서 벗어난 순간 기분이 강하게 가라앉는다.

좀 전도 좋고 지금도 좋았는데. 뭔가 이상하다.

"그렇다면 더욱 대단합니다. 저는 주로 받아 먹기만 해 와서 앞으로가 걱정됩니다만……. 키라라의 도시락도 지금은 유치원에 부탁하고 있는데, 슬슬 직접 만들어주지 않으면 스트레스가 될 거라 들었거든요."

"아, 그건 알 것 같네요. 저희 집도 아내를 막 잃었을 때, 무사시의 도시락까지는 신경을 쓰지 못해서 유치원에 부탁한 적이 있어요. 하지만 일주일 뒤 도시락 시간에 무사시가 울기 시작했어요. 처음엔 유치원이 만들어준 게 신기했지만, 역시 집에서 가져오는 자신의 도시락통이 가장 좋다고. 뭐, 아내와 사러 갔었던 것이라 아이 나름의 깊은 생각도 강했다고 생각합니다."

"그렇군요."

타카사키 부장과 아버지가 친해져 주는 편이 양쪽 집안에 있어서도 플러스일 것이다. 그런데도 이제 와서 나는,

이럴 거라면 차라리 내가 타카사키 부장의 집으로 가서 키라라를 돌보는 게 나았을지도—라고 생각하기 시작하고 있었다.

게다가 깨달았을때는, 그만 두 사람의 대화에 끼어들어 버렸다…….

"그거라면, 저희 집에서 만든 반찬을 사용하면 어떠세요?"

"토다 집의 반찬을?"

"네, 간단한 메뉴뿐이지만, 저희 집도 아침은 바쁘기 때문에 반찬 종류는 정기적으로 만들어 나누어서 냉동보관하고 있어요. 그러니까 한 달에 몇 번 그걸 부장님 집으로 가져가서, 렌지로 데워서 도시락에 채우는 것 만이라면 어떻게든 되지 않을까요? 아마 데우는 것까지만 끝내면, 그 후 도시락을 채우는 건 키라라도 할 수 있을 거라 생각해요."

그렇게 나는 타카사키 부장의 시선을 되찾았다.

하지만 평소라면 결코 하지 않았을 무리라는 생각이 듦과 동시에 자기혐오도 느꼈다.

나쁜 말을 했다고는 생각하지 않지만, 어떻게 된 것일까? 이 죄책감은…….

하지만, 이야기를 들은 키라라의 눈이 반짝이고 있었다. 이제 와서 뒤로 물러설 수는 없었다.

"정말?! 그럼 지금부터 매일 천계의 음식을 먹을 수 있다는 거야? 마계의 마왕 밥이나 편의점, 패밀리 레스토랑은 안녕인 거야? 멋져어어!!!"

"키라라!!"

타카사키 부장이 안색을 바꾸고 키라라의 입을 막으러 일어섰다.

'마계의 마왕 밥'이라니, 대체 어떤 밥일까.

나는 한순간 새로이 발견한 사실로 흥미를 옮겼다.

"아니, 마음은 고맙지만, 그렇게까지 폐를 끼칠 순 없어. 무엇보다도 육아는 장기전이니, 내가 직접 몸에 익히지 않으면 의미가 없어."

타카사키 부장은 날뛰는 키라라를 막고는 정중히 거절했다. 그럼에도 불구하고, 나는 그 거절을 거절했다.

"그렇다면 임시적으로 저희 집에 오셔서 배우면 어떨까요? 요리는 기본과 요령만 알면, 뒤는 응용뿐이에요. 아니면 제가 부장님 집에 가 반찬을 만들면서, 설명해 드려도 되고요."

오늘의 나는 좀 이상하다. 이런 건 거의 친절의 강매 수준이다.

평소라면 생각하고 조심스럽게 묻는 정도에서 끝냈을 텐데.

"토다가?"

"네, 일반적인 가정요리 정도라면 만들 수 있으니까요."

"완전 좋아~ 그럼 우리엘님의 요리 교실까지 따라오는 거잖아! 아빠, 여기서 싫다고 말하면, 키라라 평생 원망할 거야!"

"……."

결과만을 보자면, 키라라의 협박이 타카사키 부장을 꺾었다.

"그런데, 정말 괜찮은 건가? 물론 시간이 있을 때만으로도 상관없지만, 네가 피곤해지지 않겠어?"

"의지할 수 있는 것은 얼마든지 의지해 주세요. 그렇지 않으면 건강을 해치고 난 뒤에는 늦어요. 타카사키 부장님이 쓰러진다면 가장 슬퍼하게 되는 사람은 키라라입니다."

"난감하군. 그렇게 되돌려 받으니 속이 쓰리군. 지금의 내 현실로는 받아들이는 것 외엔 방법이 없는 것 같은데……."

대환영이라기보단 꽤 미안해하는 것 같았다.

역시 내용이 내용인 만큼이기 때문이겠지.

지금까지 호의는 호의로서 흔쾌히 받아들여 주었었는데, 나는 개인적인 사정에 지나치게 간섭해 버린 것일까. 억지로 밀어붙인 주제에 뒤늦게 후회가 밀려오기 시작했다.

그러자, 타카사키 부장이 안고 있던 키라라를 내려놓곤 내 어깨를 탁 하고 두드려 왔다.

마치 은밀한 이야기라도 하려는 듯 얼굴을 내 귓가로 가져온다.

"하지만, 본심을 말한다면 럭키다. 키라라를 핑계삼은

것 같아 죄책감이 들지만, 슬슬 나도 한계였어. 외식에도
나 자신의 요리에도 질렸거든. 사실은 오늘 여기 온 것도,
혹시나 가정요리를 먹을 수도 있지 않을까 하는 약아빠진
기대가 있어서였어."

진짠지 거짓말인지, 타카사키 부장은 나도 속셈이 있었
어—라며 고백해 왔다.

그리고, '가능한 한 빨리 배우도록 할 테니까, 당분간 부
탁해' 라고 말하곤, 쑥스러운 듯이 웃었다.

나, 너무 마음을 썼나? 하지만 기뻤다. 갑자기 마음이 가
벼워졌다.

나는 '예' 라고 고개를 끄덕이면서도, 점점 타카사키 부
장이 좋아졌다.

오히려 신경을 쓰게 한 것 같아서 죄송하지만, 그래도 그
로부터 타카사키 부장의 인품과 상냥함을 느낄 수 있었다.
그리고 그게 또 기뻐서, 나는 '맡겨주세요' 라고 편하게 웃
을 수 있었다.


가정식 이야기가 계기가 되어, 일부터 개인적인 사정까
지 이것저것 말을 나눈 나와 타카사키 부장은 그러는 동안
꽤 많은 양의 맥주를 마셨다.

실제로는 기분이 좋아지는 사이, 나만 마셔 버렸는지도
모르겠다.

해가 떨어질 쯤에는 완전히 취해서, 마당의 벤치에 축 늘

어져 버렸다.

타카사키 부장의 팔에 기대어 당장에라도 곯아떨어질 것만 같다. 보다 못한 후타바가 타카사키 부장에게 '죄송합니다'라고 사과까지 했다.

"아아~ 완전히 취해서 곯아떨어졌군. 드문 일이네. 미츠구, 시로, 도와줘."

"응."

"알았어."

후타바가 밑의 두 녀석을 불러왔다. 그러자 타카사키 부장이 '내가 옮길까? 어디에 눕히면 되지?'라고 물으며 내 어깨를 안았다.

'그건 안 돼. 손님을 내버려 두고, 잘 수는 없어.'

바로 일어나야 한다고 생각은 했지만, 몸이 말을 듣지 않는다. 의식만이 흐릿흐릿하게 있는 가운데, 그 이외의 부분이 완전히 넉 다운이다.

"고맙습니다. 하지만 저희들끼리 그럭저럭……."

"형, 나 쉬— 그리고 나나오 기저귀도—"

"키라라도 화장실에 가고 싶어—"

후타바가 죄송한 듯 거절했지만, 거실에서 무사시와 키라라의 목소리가 들려왔다.

"역시나… 부탁드려도 될까요? 키라라는 제가 맡을 테니, 히토시 형을 저쪽 다다미방으로."

"오히려 미안하군."

"아뇨. 자, 미츠구. 시로와 둘이서 무사시와 키라라의 화장실을 부탁해. 나는 위에서 나나오의 기저귀를 갈 테니까."

화장실을 도와주는 것보다 나를 운반하는 편이 더 편할 거라고 판단했는지, 후타바는 나를 타카사키 부장에게 맡기고는 나나오에게로 달려갔다.

'어라? 뜬다.'

갑자기 몸이 두둥실거린다고 생각했더니, 일정한 리듬으로 이동한다.

'나, 타카사키 부장님 손으로 운반되는 건가? 공주님 안기란 게, 이런 거?'

부엌에서 '죄송합니다' 라는 아버지의 목소리가 들렸다.

머리 아래 언저리에서 '이 안으로' 라고 장지문을 연 것은 이츠키일까. 인터폰이 울리자, 바로 대답하고 현관으로 향해 사라졌다.

그렇게 나는, 오늘 밤 타카사키 부장과 키라라가 사용하도록 하려던 두 장의 이불 한쪽에 눕혀졌다.

'후우' 하고 한숨을 내쉰 것은 나를 눕힌 타카사키 부장이었다. 누운 나에게 얇은 이불을 덮어준다.

"매일 이런 건가? 이래서야 리포트 한두 개 엇갈려 넣었다 해도 이상한 일은 아니군. 네가 맡고 있는 가사, 육아는 절반도 안 된다며 웃었지만, 이 집의 절반이란 세 명의 형제를 둔 싱글대디 정도의 몫이야. 나는 키라라 한 명으로도 두 손 들어버렸는데, 빨리 자리를 잡지 못하면 벌 받겠군."

그런 식으로 생각해 주었구나. 그걸 알았을 뿐인데, 나는 순간 가슴이 뭉클해졌다.

"애당초 피곤한 건 너일 텐데 나에게만 신경을 쓰고."

갑자기 머리를 쓰다듬어졌다.

그 손이 크고 단단해서, 굉장히 안심이 되었다.

나는 기분이 좋아져서, 더 해달라고 조르듯 몸을 타카사키 부장의 곁으로 붙였다.

이래선 무사시나 나나오는커녕, 옆집의 엘리자베스나 마찬가지다. 당장에라도 응석을 부리고 싶은 기분이다.

"타카사키 씨."

다시 거실에서 아버지의 목소리가 들렸다. 타카사키 부장이 걱정되어 부르고 있다.

"싫어……."

타카사키 부장의 의식이 아버지를 향한 순간, 나는 그것을 되찾고 싶어져 팔을 붙잡았다.

"조금만 더……."

아아아… 안 돼. 오늘의 나는 어째서 이렇게나 제멋대로인 걸까. 애초에 내가 타카사키 부장에게 응석을 부려서 어쩌겠다는 거냐. 이래선 키라라보다 감당하기 어렵지 않은가.

"곤란한 녀석이군."

목소리가 들렸다고 생각하자, 다시 한 번 더 이마나 머리

를 쓰다듬어졌다. 왠지 행복해졌다. 기분이 좋아서, 가뜩이나 무거워서 어쩔 수 없는 눈꺼풀이 완전히 감긴다.

"토다."

부드럽게 부르고는, 부장의 기척이 얼굴로 다가왔다.

'에?'

그대로 입술이 막혔다.

갑작스런 일로 내 가슴은 덜컹 뛰어올랐다. 혹시 타카사키 부장 쪽이 먼저 취해 있었던 걸까?

막상 입술이 닿자 키스는 굉장히 기분이 좋았다.

'타카사키 부장님.'

같은 남자끼리인데, 상사와 부하인데, 전혀 싫지 않다.

아아… 그래, 이건 꿈이구나.

전부 꿈이라서, 분명 나는 억지로 졸라서 산 장난감을 손에 넣은 것 같은 기분이 되어 있는 것이다. 타카사키 부장을 손에 넣은 것 같은 착각에 빠져들었다.

"으응……."

나는 기분이 좋아져 한층 더 깊은 잠으로 빠져들었다. 이것이 얼마나 죄스런 꿈인지, 그것조차 알아차리지 못한 채─

\*　　　\*　　　\*

해질녘에 쓰러진 나는, 대체 몇 시간이나 계속 잔 걸까.

몸으로 느껴지는 이상한 무게에 눈을 뜨자, 이미 밤은 밝아 있었다.

"냐~ 냐~"

"이젠 안 돼. 못 먹겠어, 우리엘님~"

내 배 위에는 나나오와 키라라와 타카사키 부장의 한쪽 팔이 올라와 있었다.

"아이스크림~"

"쓰읍."

발밑에는 무사시가 나뒹굴고 있고, 웬일인지 옆에는 이츠키까지 자고 있다.

"이게 뭐야?"

나중에 들어본 바로는, 나를 제외하고 저녁식사부터 잘 시간이 될 때까지 별탈 없이 보낸 뒤, 내 옆 이불에 타카사키 부장과 키라라가 누웠다.

그리고 내 양 사이드로 무사시와 나나오가 멋대로 들어오고, 아침이 되자 이츠키까지 합류했다고 한다.

그러고 보니, 모두들 대단한 잠버릇이다. 우리 가족뿐만 아니라 키라라와 타카사키 부장까지 제자리에서 가만히 자고 있지 않는 게 또 내 웃음 포인트에 들어맞았다.

아침부터 유쾌해져서, 일요일은 핫케이크 비교 시식 대회부터 타카사키 부장을 위한 요리 교실까지, 시종일관 웃음이 끊이지 않았다.

밤이 되어 타카사키 부장과 키라라가 돌아갈 때에는 키

라라도 아니고 '좀 더 같이 있고 싶어'라는 생각에, 울고 싶어졌다.

키라라는 다음 주말에 또, 타카사키 부장은 내일이면 다시 만날 수 있을 텐데—

잘 알고 있지만, 섭섭한 건 어쩔 수가 없다. 나는 타카사키 부장의 차를 배웅했다.

'그건 그렇다 치고, 그건 뭐였던 걸까.'

또 다시 이불에 누웠을 때에는 어젯밤의 꿈에서의 키스가 생각나 버려서 나는 태어나서 처음으로 나쁜 망상에 사로잡혔다.


"왜 키스 같은 걸 한 거예요?"

"널 사랑하니까."

"저는 남자인데요."

"뭐가 문제야? 나는 널 좋아하는 거지, 네 성별에 반한 게 아냐."

"타카사키 부장님—"


누구도 멈추어 주지 않고, 부정도 해주지 않는, 그야말로 대폭주였다.

잠시 생각해 보니, 상사를 도착적 상상의 상대로 삼다니, 이건 망상으로 결혼까지 하는 OL보다 더 큰 죄다. 이런 망상을 했단 걸 들킨다면 타카사키 부장에게 어떤 얼굴을 해야 할지 모르겠다.

'우와아아아앗! 안 돼! 상대는 그래도 상사다! 아니, 그 이전에 남자에다가, 키라라의 아버지고, 나이차… 는 관계 없지만… 어쨌든 무슨 일이 있어도 안 돼!'

나는 이불 속에서 하이킥을 해버렸다. 이런 일은 초등학교 수영장이 열리기 전날, 그것도 저학년 때 이후 처음이다. 나는 베개를 껴안았다.

'하지만 호텔에서는 책임을 질 테니 괜찮다고 말했었지? 그럼, 타카사키 부장은 예상외로 나라도 OK였던 걸까? 이제 여자는 지긋지긋하다고 했었고, 그때 최저든 최고든 일을 저질러 버렸다면, 나는 지금 타카사키 부장과 사귀고 있을까?'

상상하니 멋대로 얼굴이 달아오른다. 안 돼! 이 정도면 완전 중증이잖아?!

타카사키 부장에 관한 일이 되면 나도 모르게 일희일비해 버렸던 일들이 결국은 이런 의미였던 건가? 하지만 그리 생각하니, 번번이 느꼈던 짜증과 개운치 않던 기분의 이유도 납득이 된다.

'아냐, 그러니까, 그런 게 아냐! 정신 차려, 히토시!'

나는 식은땀인지 비지땀인지 모를 것을 온몸으로 흘리며 잠 못 이루는 밤을 보냈다.

그리고 어느 순간 견딜 수 없게 되어, 자는 것을 포기하고 거실로 나갔다.

'어머니, 어떻게 하면 좋을까요? 저, 타카사키 부장님을 좋아하는 것 같아요. 그런 건 안 된다고, 머리맡에라도 설교하러 내려와 줘요. 정신 차리라고 화를 내줘요.'

이런 기분으로 어머니의 영정에 손을 모아 합장한 단계에서, 나는 이미 끝나 있었다.

어머니는 '그런 거 몰라!' 라고 할 것이다. 지금 살아 계시다면 삼 초 정도는 침묵할지도 모르겠다. '이상하네. 나는 아들을 낳았을 텐데, 게다가 저래 보여도 여자들이 좋아할 만한 늠름한 장남인데!' 라고.

나는 다른 의미로, 주말 요리 약속을 해버린 것을 후회하기 시작했다. 이대로라면 점점 더 좋아하게 될 것이다. 함께 있으면 함께 있는 만큼, 이 마음은 가속될 것이다—

내가 잠을 자든 안 자든, 월요일 아침은 찾아왔다.

아침 일찍부터 우리 집 식탁에는 호화찬란이라고까지는 할 수 없어도 그 정도로는 보일 만한 도시락이 놓여 있었다.

"후우. 결국 철야로 만들어 버렸어……. 그것도 운동회용 도시락 삼 단으로 가득."

누가 보면 대체 이게 무슨 일인가 하고 의아할 정도의 양이다. 게다가 타카사키 부장에게도 먹이고 싶어서 우리 부서몫까지……. 아아, 우리 집 이틀치 식재료 대방출.

아니, 여기서 그쪽으로 머리 굴린 건 말하지 말자. 그것보다도 이건 갖고 가는 것만으로도 상당한 고생이겠다.

어느 세상에 이렇게 큰 도시락 통을 들고 출근하는 샐러리맨이 있을까. 스스로도 어이가 없어 말이 안 나온다. 하지만 그대로 잠들었다면 더 어처구니없는 꿈이나 망상을 꿀 거 같아, 나는 그 에너지를 도시락 만들기로 돌렸다. 그것이 상당한 에너지양이었던 건 한눈에 봐도 알 수 있었다.

"빨리 가자."

나는 우선 찬합 두 개를 보자기에 싸서, 거실 테이블에 두었다.

그리고, 도시락과 함께 만든 아침 식사 분의 주먹밥과 반찬을 비워둔 다이닝 테이블에 놓고, 아버지를 깨우러 갔다. 오늘은 일찍 나가야 하기 때문에, 뒤는 후타바와 함께 부탁한다고 전하기 위해서였다.

일어난 아버지는 완성된 대량의 밥을 보고 실소했다.

"이건 추석과 설이 한꺼번에 온 것 같구나."

라고 말하며, 내 부탁을 흔쾌히 허락해 주었다.

"아무쪼록 도시락에 신경이 팔려 다치지 않도록 해. 아, 다른 사람에게도 부딪히지 않게 주의하고."

"네."

도시락도 크기와 무게에 따라선 흉기이므로, 나는 상당한 주의를 기울이며 이른 출근을 하게 되었다.

그리고—

"이렇게나 싸오다니. 받아도 돼?"

"네. 와시즈카 씨와 다른 분들에게 항상 신세를 지고 있는 것에 대한 작은 마음입니다. 아, 그리고 이건 핫케이크 믹스에 대한 앙케트입니다."

"히토시… 고마워."

"아뇨, 기뻐해 주신다면 저는 그걸로 만족해요."

그날, 기획개발부의 점심은 어느 누구 하나 외식을 가지 않고, 부족한 부분만을 사서 채우는 피크닉 분위기가 되었다. 물론 우리 부서에서도 똑같은 현상이 일어났다.

"우와아!! 정말 괜찮아? 토다, 이건 귀중한 생활비의 일부잖아. 내일 먹을 건 있는 거야?"

"맛있어! 정말 가정에서 만든 도시락이란 느낌이야."

"주먹밥이 마침 다이어트 사이즈로군. 이건 어린아이가 있으니까 자연스러운 건가? 반찬도 아담하고, 조금씩 여러 가지를 먹을 수 있게 되어 있는 건가. 우와아!! 맛있어! 이 계란말이는 달고, 그리운 맛이야! 토다 군. 사위로 삼고 싶네!!"

"서투르고 아무것도 못하는 여자를 잡는 것보다, 토다를 잡는 게 나을 거 같아."

"뭐라고?!"

"아니, 그러니까― 하하하!"

많다고는 해도 사람 수대로 나누면, 살짝 맛을 볼 정도밖엔 되지 않는다. 하지만 모두들 기뻐하며 먹어주었다.

이건 이거대로 굉장히 행복하다.

하지만 정작 타카사키 부장은 급한 호출로 회의실로 가

버려, 내 가장 큰 목적은 달성하지 못했다. 타카사키 부장이 돌아왔을 때에는 모든 찬합은 비워진 채, 누군가가 깨끗이 씻어준 뒤였다.

"뭐야. 벌써 끝난 건가?"

"아, 타카사키 부장님. 제 도시락이라도 괜찮으시다면……."

"제 걸 잡수세요."

이래선 뭘 위해서 철야를 하며 만들어왔는지 모르겠다.

타카사키 부장의 주변에는 내 도시락으로 배를 채운 여직원 몇 명이 모여 있었다.

앞 다투어 귀여운 도시락을 내밀고는, 자연스럽게 현모양처임을 어필한다.

타카사키 부장에게 키라라가 있다는 것은 모두들 알고 있으니, 여기서 움직인 여직원들은 분명 그런 각오를 하고 어택하고 있는 것이리라.

모두 타카사키 부장과 그리 나이 차이 나지 않는 결혼 적령기의 여성들이다. 나는 어금니를 한 번 꽉 깨물며, 기분을 바꿔 타카사키 부장을 향해 외쳤다.

"해피 레스토랑에 다녀오겠습니다!"

돌아온 것은 '열심히 해'라는 기분 좋은 여직원들의 목소리로, 타카사키 부장의 '응'이란 대답은 거의 묻혀 있었다.

'혹시 지금부터는 매일 이런 기분을 맛보는 게 되는 걸

까……. 이럴 바에야 차라리 깨닫지 않은 편이 좋았을 텐데…….'

나는 조금 무거운 발걸음으로 사무실을 나와, 해피 레스토랑으로 향했다.

좋아하는 의미가 조금 바뀌었을 뿐인데, 나는 이제 와서 월요병에라도 걸린 것일까…….


혼자서 외근을 나갈 때는, 당연한 말이지만 보도와 전철이 메인이다. 장소에 따라서는 차를 타는 쪽이 빠르다. 그걸 알고 있으니 반드시 시간에 여유를 두고 출발한다.

하지만 나는 이동 중에 큰 사실을 떠올렸다.

기세를 타 '주말의 반찬 조리와 요리 교실' 같은 수단을 생각해 냈지만, 그 전에 나에게는 운전면허 취득이라는 목표가 있었다.

그렇지 않아도 어떻게 운전면허장까지 다닐 시간을 만들까 궁리하고 있었는데, 대체 뭘 하고 있는 걸까, 난.

어느 쪽이고 타카사키 부장과의 약속이다. 절대로 깨고 싶지 않은 데다가, 꼭 달성하고 싶다.

하지만 지금 이런 기분으로, 아니, 이런 감정으로 계속 개인적으로 친해지고, 또 마주하면 마주할수록 점점 더 애타는 심정이 될 바에야, 조금 식을 때까지 면허 취득에 집중하는 편이 나을지도 모르겠다.

타카사키 부장은 실제로 부장이고 나의 상사다. 스케줄

적으로 공과 사 어느 한쪽밖에 해낼 수 없다면, 망설이지 않고 '면허가 우선이다' 라고 말할 것이다.

하지만, 그렇게 되면 키라라의 도시락은?

키라라에게는 아무 죄도 없는데, 분명 실망할 것이다. 반찬만을 보내도 되지만, 그래서는 타카사키 부장에겐 의미가 없다. 일단은 거절했던 일이기도 하고.

게다가 혹시 내가 할 수 없다고 말한다면, 나 대신에 타카사키 부장의 요리 교실을 하게 되는 사람은… 역시 아버지? 그런 건 더더욱 싫다!!

물론 아버지에게는 어머니 한 명뿐임을 잘 알고 있고, 역시 타카사키 부장이 아버지에게 넘어갈 일은 없다고 생각한다. 하지만 그건 내가 그렇게 믿고 싶은 것일 뿐, 그렇게 되지 않을 거란 보증도 없다.

타카사키 부장은 취해서 '뭐라도 상관없어' 같은 말을 하며 나에게 다가올 정도였으니.

만약 산처럼 쌓인 문제점을 빼고 본다면, 둘 다 매력적인 사람이란 것은 사실이다. 객관적으로 봐도 끌릴 만한 요소는 많이 있다. 끌리지 않으리라는 확증이 없는 것이다.

나는 점점 더 머리를 움켜쥐었다.

'사방이 막혔다는 게 이런 건가.'

해피 레스토랑 사무실과 가까운 역에 도착하자, 역시 긴장이 되었다.

역에서 타워 빌딩까지 걸어가며 기분을 전환했다.

'이 이상 실수를 할 수는 없어. 우선은 성심성의껏 일에 집중해야 해.'

나는 요전에 저지른 통한의 실수를 상기하고, 분발하라고 자신에게 되뇌었다.

그러고 나서 건물로 들어갔다.

"실례합니다. 사이토 제분 영업부의 토다입니다. 혼고 상무님 계십니까?"

오늘의 약속은 이미 전화로 요전 날의 사과를 한 후에 잡은 것이었다. 때문에 나는 우리 회사의 간부나 타카사키 부장만큼 허리케인 피해와 그 영향을 자세히 알고 있을 혼고 상무를 만나, 평소와 같은 상담을 하면 되었다.

분명 괜히 마음을 쓰는 것보다, 그쪽이 평소대로 영업하고 있다는 점을 어필할 수 있을 것이다.

"토다 군. 기다리고 있었네. 자, 이쪽으로."

"네."

안에서 나온 혼고 상무의 안내를 받아, 나는 이전과 같은 응접실로 안내되었다.

혼고 상무 쪽에선 이미 첫 주문표를 준비해 두고 있어서, 다음은 우리 회사에서 발주하기만 하면 된다.

다만 문제인 것은, 지금까지 이야기를 주고받은 연수는 있어도, 실제 거래 수는 대강으로밖에 말해오지 않았다는 점이다.

따라서 오늘이 되어서야 명확해진 실제 주문량이, 우리

가 가정했던 양에 얼마나 가까운가 여부에 따라서는 적자도 각오할 수밖에 없다.

그렇지 않아도 시로 덕분에 해피 레스토랑과의 계약에는 통상의 것보다 고가인 무농약 제품이 삼 할 정도 포함되기로 했다.

하지만 아직까지 무농약 제품은 생산 그 자체가 한정되어 있어서, 올해는 풍작이니까 초저가다! 같은 경우는 거의 없다. 게다가 허리케인의 영향으로 이후의 흉작이 눈에 빤히 보이니 속수무책이다. 지금은 작년에 나온 것이 대부분이라 괜찮지만, 문제는 올해 하반기부터일 것이다.

바로 이런 점이 선물 주문이 도박장사라고 불리는 증거다.

"그럼, 첫 입하수는 이걸로."

"네, 알겠습니다. 고맙습니다."

혼고 상무가 제시한 발주수는, 내가 타카사키 부장으로부터 미리 전해들은 예상 범위 내였다.

첫 회는 견본용으로 시작이니 무농약은 전체의 삼 할 정도.

그러나, 그에 그치지 않고 이런 식으로 서서히 밀가루뿐 아니라 식재 전부를 무농약으로 변경해 가는 것으로, '먹거리의 안전과 아이의 미각 보호'를 장점으로 한 경영 방침 전환을 목표로 하고 있는 해피 레스토랑이었다.

따라서 일정한 가격으로 살 수 있는 한, 해피 측도 재고에 여유가 있도록 발주를 할 것이다.

그렇게 말하며 숫자를 계산해 낸 타카사키 부장의 예상

이 멋지게 맞아떨어졌다.

다만, 그렇다 해도 해피 레스토랑은 전국에 지점이 있는 해피 마켓을 모회사로 가진 레스토랑 체인점이다. 언제 어떤 수완을 발휘해서 생산자로부터 직접 구매하는 쪽으로 움직일지 알 수가 없다.

실제로 국내 생산 농작물만이라면 농업협동조합을 통하지 않고 직매 계약을 하는 경우도 있을 것이다.

그것을 밀가루 등 분말에도 적용한다면, 우리 같은 업자들은 바로 필요 없게 된다.

그렇다면, 앞으로도 우리 회사를 필요로 하게 만들려면 어떻게 하는 게 좋을 것인가 하는 것이, 바로 이번에 내가 타카사키 부장으로부터 전해 받은 가장 큰 임무이다.

싼 가격만으로는 바꿀 수 없는 메리트가 사이토에 있음을, 혼고 상무의 마음에 확실히 남겨두어야 하는 것이다.

"허리케인의 영향은 괜찮은 건가? 이미 시장은 날뛰기 시작한 것 같은데."

역시 대화의 주제는 시장에 관한 것이다. 나는 자신을 가지고 대답했다.

"그 점에 관해서는 안심하셔도 좋습니다. 계약한 최초 오 년 동안에 관해서는 가격 상승은 일절 하지 않겠습니다. 약속한 가격으로 도매하고 있기 때문에, 이후에도 잘 부탁드리겠습니다."

국내산 농작물의 직매. 그것도 마켓에서 파는 것이라면

다소 가격 변동이 생겨도 소비자는 납득한다. 일본에는 계절에 따른 제철 농작물도 있으니까, 그에 따른 차이점 때문에 시기에 따라 가격이 달라진다는 것은 매년 반복되고 있는 당연한 현상이다.

게다가, 올해 날씨는 어땠는지 하는 자신의 체험을 바탕으로, 가격이 올랐을 때의 여러 가지 이유도 스스로 찾아내 준다. 실제 구매자의 입장이 되었을 때에는 나 또한 그렇다.

하지만 미락(물가가 조금 내려감) 가능한 주식(主食)에 관한 것은, 그렇게는 안 된다.

산지에 대한 지식이 있는 쌀이라면 그래도 낫지만, 빵이나 면이 되면 안정 공급이 당연하다는 감각이 소비자에게는 뿌리내려 있다.

해외산이 주류인 보리에 관해서는 사계감도 뭐도 관계없다.

다른 것보다도 더 지구의 이면에서 일어나고 있는 날씨 문제 등에 신경 쓰는 것은 선물 매입에 관련된 사람 정도다.

소비자가 '어?' 하고 눈치를 챘을 때는, 업계 대부분이 '불가피하다' 라 판단하고, 일제히 가격 상승을 결단한 후다.

이것은 반 정도는 주부 감각인 내가 수년 전에 실제로 맛본 경험이었다.

그래도 가정 내의 주식이라면 하는 수 없이 사지만, 레스토랑이 영향을 받아 가격이 오르면 좀처럼 발이 움직이지 않는다.

그런 점에서, 레스토랑 측에선 어지간한 일이 아니면 가격 상승을 결단하는 것은 어려울 것이다.

그래서 아무래도 불가피하다 판단될 때에는 메뉴 개정을 위장해 조정을 꾀하게 되는 것이다.

하지만 이 경우에도, 어느 정도의 연간 유통량이나 계약 농장을 가지고 있는 선물 구입 전문 업자라면, 아슬아슬할 때까지 참고 견디는 것이 가능하다. 비전문가가 그것을 컨트롤하는 것은 상당히 어려울 것이다.

해피 마켓 그룹 정도의 규모를 가지고 있으면 전문 부서를 움직이게 할 필요도 있다.

상당한 각오가 없으면 할 수 없는 도박이다.

그런 경우를 고려하면, 사이토를 통해서 사는 메리트는 '보험'과도 같다.

사이토는 어떤 사태에도 대응하고, 만일 이번과 같은 일이 있어도 반드시 계약은 지킨다. 그렇게 되면 회사도 가격도 안정된다. 그런 신용을 받는 것이야말로, 장기적인 거래로 얻는 가장 큰 핵심이다.

그것을 위해서 나는 언제나 변하지 않는 자세, 평상시에도 늘 도전하는 자세야말로 중요한 것이라고 생각하고 있다. 허리케인 정도로는 흔들리지 않는 사이토, 그것을 스스로 표현하기 위해서이기도 하다.

"그건 고맙군. 하지만 우리 발주수는 꽤나 많은 양일세. 이 여파는 어디서 조정할 건가?"

"그건 아직 공부가 부족해서……. 죄송합니다. 담당 이외의 일까지는 아직 잘 모릅니다."

"그래서 타카사키 군은 자네를 혼자서 보낸 것이군."

"네?"

"그에게는 자네와 똑같은 대답을 들을 순 없을걸세. 내정을 감추기에는 좋은 인선인 것 같군."

내가 평소와는 너무 달라서인지, 혼고 상무의 의혹은 타카사키 부장을 향했다.

지금의 사이토에는 말하고 싶지 않은 게 있으니, 아무것도 모르는 햇병아리를 단독으로 보낸 것이다—라고 오해를 받고 있는 것 같다.

나는 나도 모르게 몸을 내밀었다.

"아닙니다. 오해하지 말아주십시오. 타카사키 씨도입니다만, 지금 저희 회사에서는 지난 피해를 최소한으로 저지하기 위해서 전 사원이 한마음이 되어 동분서주하고 있습니다. 음식점뿐만 아니라 보리는 가정의 식탁에 직결되는 주식입니다. 나날이 소비율도 늘어나는 만큼 안이하게 가격을 인상할 수는 없습니다. 무엇보다 유통 그 자체를 정체시킬 수는 없으니, 우선은 일정 공급 및 가격 유지를 위해서 전력을 다하고 있습니다. 오늘 방문에 저만 온 것은 그런 이유일 뿐 다른 의도는 없습니다."

내가 순간적으로 언급한 것은, 입사해서 가장 먼저 철저하게 배운 회사의 가르침이었다.

어떤 부서에서 일하든, 자신이 한 일이 결과로서 다다르는 곳은, 사람의 입이고 사람의 배라고 생각해야 한다. 기업인 이상 이익을 내야 하는 것은 불가피하지만, 업계 굴지라 불리는 사이토 제분에게 그 이상으로 필요한 것은 소비자에게 안정된 공급을 이어가야 한다는 책임이다.

만일 어떤 천재지변이 일어난다고 해도, 가능한 한 이 책임만은 완수한다.

그것을 위해서 노력을 아끼지 않는 것이 사이토의 정신이다―라고.

하지만, 역시 이건 아니었나? 오해를 푸는 대신 나는 또다시 혼고 상무를 화나게 해버린 걸까?

혼고 상무가 헛기침을 했다.

"자네도 꽤 말이 늘었군."

"윽, 죄송합니다! 건방진 말을 했습니다."

나는 그 자리에서 일어나 허리를 굽혔다.

모처럼 담당이 되었는데 이렇게 끝내고 싶지 않다. 확실히 용서받지 않으면…….

그런 마음으로 있자, 이번에는 혼고 상무가 당황하며 나를 앉혔다.

"아니, 요전 날의 실수가 거짓말 같다는 말이었다네. 타카사키 군이 바쁜 것은 문제 없을테지만, 오늘의 단독 방문은 뜻밖에도 토다 군을 훈련시키기 위해서였을지도 모르겠군. 물론 지난번의 실수를 자력으로 만회하기 위한 찬스도 포함해서였겠지만."

혼고 상무는 방긋 웃으며 '자, 앉게'라며 손을 내저어 보였다.

"……네."

나는 다리와 허리에서 힘이 빠지는 듯했다.

툭하고 소파에 엉덩이를 떨어뜨렸다. 그것이 우스웠는지 혼고 상무는 본격적으로 웃기 시작했다.

"오 년 후, 자네가 어떤 가격 협상을 해줄지 기대가 되는군. 자, 느긋하게 교제를 부탁하네."

"혼고 상무님……."

마지막에는 너무 기쁜 말을 듣고서, 임무는 종료되었다.

분명 좀 전까지 '월요병에 걸린 것 같아'라는 생각을 했었는데, 회사로 돌아가는 발걸음은 가볍고 경쾌했다.

"다녀왔습니다! 혼고 상무님으로부터 '느긋하게 교제를 부탁하네'라는 말을 듣고 왔습니다."

"오~ 그건 정말 잘했군. 수고했어."

"고맙습니다!!"

타카사키 부장에게의 연정은 앞으로도 농락당할 것 같지만, 우선은 일에 충실하는 것이 먼저다. 상사에게 신뢰받는 부하가 되는 것을 가장 큰 목표로 정하고, 나는 스스로를 컨트롤하기로 했다.

## 6장

　좌우간 지금은 일이다. 타카사키 부장과 약속한 주말까지는 그것만을 생각하자.

　나는 이 신념만으로, 토요일까지 일을 헤쳐 나갔다. 갈수록 강해지는 타카사키 부장에 대한 의식, 그리고 그를 에워싼 주위에 대한 질투. 그것들을 자각하면 자각할수록 일로 주의를 돌렸다.

　하지만 그 반동은 잠자리에 들 때 결국 수면 위로 드러났다.

　"토다."

　"이름으로 불러주세요. 토다는 집에도 많이 있어요."

"뭐?"

"그러니까, 부르려면 저만 불러달라는 거예요."

이불에 들어가 꾸벅꾸벅 졸기 시작하면 낮 동안 긴장하고 있었던 이성이 소리 없이 무너져, 나는 반드시라고 해도 좋을 정도로 타카사키 부장과의 꿈을 꾸고 만다.

그리고 그건 스스로도 어처구니가 없을 정도의 러브러브로 전개된다.

"그런가……. 그럼, 히토시."

"그럼, 은 필요 없어요."

"그렇게 삐치면 참을 수가 없게 돼."

"타카사키 부장님……."

머리와 뺨을 쓰다듬고 입을 맞춘다. 이런 욕망은 대체 내몸 어디에 숨어 있던 걸까. 꿈속의 나는 놀라울 정도로 대담한 응석을 부린다.

어떤 꿈이든, 타카사키 부장의 팔이나 셔츠 자락을 붙잡고 그에게 꽉 끌어안기는 것을 기다리고 있다. 뭔가 이츠키 같았다.

그렇다면 그건, 평소 장남이란 것 때문에 참아왔던 것들이 어리광 부리고 싶어 하는 욕망을 낳아, 그것이 이상하게 뒤틀려 사랑으로 착각하고 있는 건 아닐까?

"너야말로, 부장이라 부르는 건 그만둬. 뭔가 성추행하는 것 같잖아."

"전 부장이라 부르는 게 좋은데요. 낮에도 밤에도 혼자 독차지하는 것 같은 기분이 들어서."

"곤란한걸. 그런 말을 들으면 구별이 힘들잖아. 회사에서도 이런 걸 하고 싶어져."

"아―웃."

아니, 그렇다면 이렇게 '키스해 줘'라는 듯한 얼굴은 하지 않을 것이고, 더구나 그 이상의 것도 원하지 않을 것이다.

늦게 핀 사랑에 지금까지의 욕구불만이 합해져, 그게 전부 타카사키 부장을 향하고 있는 건지도 모르겠다.

"타카사키 부장님……."

"귀엽군. 너는……."

그만큼, 욕망을 이루고 있는 꿈속의 나는 만족하고 있는 것 같았다.

타카사키 부장이 무엇을 해도 재촉하고 있고, 옷이 벗겨져도 기뻐하고 있다.

부끄러움은 있지만, 전혀 싫지는 않았다.

"아… 웃."

그리고 타카사키 부장이 말하는 '이런 일'에 유도되어, 나는 어느샌가 내 손을 파자마의 바지로 잠입시키고 있었다.

어느 부분에서 꿈이 망상으로 바뀌었는지는 알 수 없지만, 정신이 들면 열중해서 나 자신을 훑고 있다. 이미 깊이 빠져들어 버렸다. 이런 일 자체가 나에게 있어서는 처음이었다.

'앗, 좀 더… 더 만져 줘.'

하지만 이런 자위에서 오는 죄책감은 굉장히 컸다. 평소 하고 있는 호흡마저 신음처럼 느껴져서, 자연히 숨을 들이마시게 된다.

역시 내 손을 타카사키 부장의 손과 겹쳐 생각해서일까.

지금까지 그와 지내는 동안 어중간하게 자극당한 기억이 내 욕망만을 부추겨 어쩔 도리가 없다.

이럴 바에야 차라리 처음 취했을 때 얽혀 버렸다면 좋았을걸. 최근에는 그런 생각까지 머리를 스치고 있었다.

'타카사키 부장님……. 웃, 더… 더 이상은… 이젠 가버릴 것 같……'

순간, 갑자기 팟! 하고 장지문을 두드리는 소리에 심장이 멎을 뻔했다.

"히짱~ 히짜앙~"

천국에 온 걸까, 지옥에 온 걸까. 한순간 현실로 돌아왔다.

이제 금방 절정에 오를 순간이었는데, 순식간에 그곳이 사그라들었다.

브레이크가 걸린 나는 허둥지둥 옷을 정리했다.

"나나오?"

"아, 미안. 잠들지 못하는 것 같아서 우유를 조금 먹일까 했는데, 잠시 한눈을 판 사이에……."

장지문을 열자, 아버지가 빈 우유병을 한 손에 들고 부엌에서 다가왔다.

설마, 설마… 눈치채진 않았겠지?!

등골에서 식은땀이 흘렀다.

"히짜앙~"

그런 건 알 리가 없는 나나오가 내 다리를 잡아왔다.

나는 '우선은 냉정해져' 라고 자신을 타이르고는, 나나오를 안아 올렸다.

나나오는 전에 없이 칭얼거렸다.

졸리지만 잠들 수가 없어서, 기분이 나빠진 듯했다.

그래도 내가 가볍게 달래주자, 가슴 위로 얼굴을 문지르며 파자마를 꼬옥 잡아온다.

이 정도 투정이라면 그렇게 애먹지 않을 것도 같다.

나와 나나오를 보고 있던 아버지에게 말했다.

"괜찮아, 괜찮아. 오늘 밤은 내 옆에서 재울 테니까. 그것보다 아직 일하는 중이었죠? 커피라도 타 드릴까요?"

아버지는 안도하는 듯했다.

"아냐. 나나오를 봐준다면 그걸로 됐어. 미안해, 히토시. 언제나 너한테만."

"무슨 말을 하시는 거예요. 그것보다 일 힘내세요. 뭣하면 내일 아침도 내가 만들게요."

"고마워."

아버지와의 어색한 대화에서 마저 죄책감을 느꼈다.

아버지가 방으로 돌아가고, 나는 나나오와 함께 다시 이불로 들어갔다. 하지만 떳떳하지 못한 탓인지 두근거림이 멈추지 않았다.

"맘마……."

"미안. 가슴이 없어서."

나나오는 나에게 안겨, 본능적으로 가슴 주변을 뒤적거렸다.

이상한 시간에 우유를 마시는 습관은 들게 하고 싶지 않아서, 꽉 안아주는 것으로 대신해 넘겼다.

그래도 좀 전보다는 안정이 된 걸까. 나나오는 내 가슴에 얼굴을 묻고, 꾸벅꾸벅 졸기 시작했다. 그러나 평소라면 이대로 잠이 드는데, 어째선지 오늘밤은 내 젖꼭지를 찾아댔다.

"엑?!"

"맘마……."

파자마 너머라고 해도 갑자기 젖꼭지를 잡혔다고 생각한 순간, 꽉 깨물리고 말았다.

가슴에서 등골까지 달콤한 저림이 달려왔다. 당황해서 나나오를 곁에서 떼어냈다.

"아, 안 돼!!"

"우웅……. 아아아앙. 아아앙!"

"우와아앗, 미안, 화낸 거 아냐! 화나지 않았으니까 울지 마. 사랑해, 나나오. 우쭈쭈."

결국 내가 화를 냈다고 착각한 나나오를 어르고 달래 재우는 데 그로부터 한 시간 정도가 걸리고 말았다.

시원해지지 못한 이 피로감은, 왠지 지금까지는 없던 권태감을 낳았다.


다음 날, 나는 심신의 피로가 회복되지 않은 채로 출근했다.

오늘만 넘기면 내일은 휴일이다.

토일 이틀 연속 휴무… 라고 말하고 싶지만, 내일 오전 중에는 보기 좋게 겹쳐 버린, 유치원부터 중학교까지 참관 수업과 학부모 모임이 있다.

아버지는 나나오를 데리고 시로와 이츠키의 초등학교를 가기로 했고, 나는 무사시 담당이다. 미츠구 쪽은 후타바가 보러 가기로 되어 있고, 이것만으로도 가족 총출동의 일대 이벤트다.

그리고 학교 행사를 끝내면 집으로 돌아와서 런치 타임. 그 후는 단단히 준비를 하고 저녁까지는 타카사키 부장의 집으로 가서, 그곳에서 다 같이 저녁밥을 만든다.

밤은 타카사키 부장의 집에서 다 같이 묵고, 일요일은 하루에 걸쳐 일주일간의 반찬을 만드는 간단 요리 교실.

어느샌가 우리 집 가족 모두가 '나도 가고 싶어!' 라고 말하는 데다, 키라라가 '와, 와~!!' 하고 대답을 해버리는 바람에, 어느새 최초 방문은 가족이 다 함께 가기로 되었다.

계속 본심을 숨기고 있는 나로서는 잘된 것인지 아닌 건지 미묘하다.

어쨌든 우당탕거리는 사이에 이 휴일도 금방 끝나 버릴 것이다.

'하아. 진하게 쏟아지는 피로가 오장육부에 스며든다.'

평소처럼 휴게실에서 커피를 마셔봤지만, 피곤은 가시질 않는다.

몸은 자연히 졸기 시작했다.

아아, 졸리다.

"좋은 아침. 어떻게 된 거야? 졸려 보이네."

등 뒤에서 말을 걸어온 것은 와시즈카 씨였다. 손에는 보온병을 들고 있다.

언제나처럼 건강한 환한 미소다. 나는 힘을 내 눈을 떴다.

"아, 좋은 아침입니다. 잠이 조금 부족해서."

"피곤이 쌓인 거 아냐? 요전번의 도시락도 그렇게나 가득 만들어왔고."

그러고 보니 와시즈카 씨가 눈 밑에 다크서클을 만들고 있는 모습 따위, 전혀 본 적이 없다.

단체미팅의 단골손님으로, 밤놀이에 익숙하다 해도 이상할 것 없는 미남인데, 사실은 일찍 자고 일찍 일어나는 것일까? 휴일에 일부러 바다낚시를 갈 정도니 의외로 아침형 인간일지도 모른다.

나는 옆자리를 권하며, 난처한 나머지 웃어 보였다.

"그건 그날 갑자기 의욕에 불타서 그렇게 된 것일 뿐이에요. 우리 집은 대가족이니까, 한번 시작하면 대규모로 하는 게 습관이 되어 있어서."

"그런가? 아, 내일 그쪽으로 찬합 가져다 주면서 아이스박스를 받으러 갈까 하는데, 밤이라면 집에 있지? 학교 행사는 낮이면 끝나지 않나?"

"죄송해요. 저녁부터는 좀 가사 도우미로 가야 돼서요."

"가사 도우미? 그거 설마, 타카사키 부장님의 일은 아니겠지?"

와시즈카 씨는 무심코 한 대화에서도 진상을 꿰뚫고 있었다.

보온병에 입을 대면서도 서슴없이 추궁해 온다.

"네. 그 설마예요. 타카사키 부장님, 아직은 따님 보살피는 게 익숙지 않고 식사 준비도 힘드실 테니까, 조금이라도 도와드리면 어떨까 하고요."

전에도 감추지 않았고, 이번에도 특별히 문제는 없을 거란 생각으로 나는 정직하게 대답했다. 하지만 와시즈카 씨의 미간에는 주름이 잡혔다.

"그건 친절하긴 하지만… 지나친 게 아닐까? 육아도 얽혀 있으니까라는 히토시의 기분을 모르는 것도 아니지만, 상대는 상사야. 타카사키 부장님이라면 가정부를 들일 여유 정도는 있을 거야."

그가 반대한 이유는, 타카사키 부장이 내 상사라는 점이었다.

말을 바꿔보면, 학교의 담임과 학생이 개인적으로 오가는 것과 같은 것이다.

그걸 알고 언짢아하는 사람도 반드시 있을 것이다. 만약 그렇게 되면 시기를 받는 것은 나다. 와시즈카 씨의 말에는 그런 걱정이 포함되어 있었다.

"……."

입을 다문 나를 보고 와시즈카 씨가 웃음을 터뜨렸다. 갑자기 어깨를 감싸온다고 생각했더니, 귓가에 입술을 가까이 대왔다.

"뭐, 사실은 사귀고 있습니다 같은 거라면, 말리지 않겠지만."

나는 거듭되는 추궁에 깜짝 놀랐다.

"그런… 생각은 어디에서 나온 거예요? 나랑 부장님이……."

"그러니까, 깊이 관여하는 건 그만둬. 개인적으로 사귀려는 거라면 나랑 해."

에? 하고 되물으려고 했을 때는, 그로부터 다음 말이 나와버렸다.

"좋아해, 히토시를. 오래전부터."

"읏, 무, 무슨, 뜬금없이⋯⋯."

"뜬금없지 않아. 내가 너를 좋아한다는 것쯤은 이미 알고 있지 않아? 그게 사랑이라고는 생각하지 않았어도, 특별히 친절하게 대해지고 있다는 정도의 자각은 있었을 거야."

동요하는 것 이외엔 방법을 찾지 못하는 나에게 와시즈카 씨는 꽤 냉정했다.

이런 고백을 하고 있는 중인데도, 일단은 거리를 두고 다시 마실 것에 입을 댄다.

"사실은 좀 더 시간을 들여 갈 생각이었어. 그야말로 우정이 어느샌가 사랑이 되었다는 감각으로 다가갈 수 있으면 좋을 텐데 하고. 하지만, 최근 네 눈이 타카사키 부장만 쫓고 있어서, 가만히 입을 다물고 있는 게 불안해졌어. 이대로라면 내 기분은 무엇 하나 전해지지 않은 채, 널 타카사키 부장에게 빼앗겨 버릴 거 같아서."

와시즈카 씨는 내 얼굴을 정면으로 들여다보며, 미소를 띠는 여유까지 보였다.

하지만 보온병을 쥐고 있는 손에는, 전에 없이 힘이 들어가 있다.

그것은 결심한 듯 피하지 않는 시선 이상으로, 나에게 그의 본심을 전해왔다.

"그러니까, 히토시. 혹시 타카사키 부장에 대해서 특별한 감정이 아니라면, 나와 사귀지 않을래? 난 반드시 널 소중히 할 테니까. 네가 소중히 여기는 가족도 소중히 여길 테니까. 약속할게."

나는 와시즈카 씨가 본심이라면, 나 자신도 본심을 명확히 하지 않으면 안 되겠다는 생각을 하기 시작했다. 그렇지 않으면, 공정하지 않다.

한없이 진지한 그에 대해서, 성심성의껏 대답하지 않으면 안 되겠다는 생각이 들어서—

그런데, 어떻게 말을 꺼내면 좋을지 갈피가 잡히지 않아 좀처럼 말이 나오지 않는다.

와시즈카 씨가 한숨을 내쉬었다.

"역시 타카사키 부장이 좋은 건가? 전에 들었을 때에는, 자신과는 전혀 별개의 타입이니까, 같은 남자로서 이상적이다, 동경하는 아버지상이라고 말했었는데."

"그건, 지금도 그렇게……."

하지만 별안간 등 뒤로 강한 시선이 느껴져, 나는 이야기하던 도중 뒤를 돌아봤다.

"아, 미안. 들을 생각은 아니었어."

아마도 지나가는 길에 말을 걸 생각이었던 것 같은, 타카사키 부장과 눈이 마주쳤다.

타카사키 부장이 들어버렸다.

그게 일부인지 전부인지는 모르겠지만, 순식간에 타카사키 부장의 얼굴이 험악해진 것만은 확실했다.

"아, 타카사키 부장님. 저는……."

"저는 전부터 히토시를 좋아했습니다. 부장님이 여기로 오시기 훨씬 전부터, 입사시험 면접에서 함께했을 때부터. 이건, 회사에 있어서 거북한 건가요?"

어떻게 봐도 기분이 나빠졌다고밖에 생각되지 않는 타카사키 부장을 상대로, 돌연 와시즈카 씨가 말을 던졌다.

대체 무슨 생각을 하고 있는지 모르겠다. 회사적으로라든가 이러쿵저러쿵 말하기 전에, 사회적으로 거북한 게 당연한 것 아닌가? 아무리 세상이 개방적으로 변했다고 해도, 상사에게 확인을 구할 일은 아니다. 진짜로 연애를 하고 있는 신주쿠 이번가(二丁目, 동성애자들이 많이 모이는 신주쿠의 번화가)의 형님들도 이런 뻔한 소리는 묻지 않을 것이다.

"딱히, 일에 지장이 없다면 상관없지 않은가?"

'에?'

와시즈카 씨 이상으로 믿을 수 없는 말을 던진 타카사키 부장 덕분에, 나는 순식간에 핏기가 가셨다.

갑자기 현기증과 비슷한 증세에 휩싸여 무엇 하나 변명도 설명도 못하는 사이에, 타카사키 부장은 '자. 그럼' 하고 등을 돌려 자리를 떠났다.

'타카사키 부장님······.'

"히토시. 타카사키 부장은 우리를 공인해 주는 것 같은데."

나는 진심으로 좋아한다고 말해준 와시즈카 씨에게 '어째서', '왜?' 하고 나무라고 싶은 기분으로 가득 찼다.

왜 굳이! 이곳에서! 타카사키 부장에게! 그런 말을 하지 않았어도 되는 것 아닌가? 어쩌면 내가 타카사키 부장을 좋아하는 건지도 모른다고 생각하면서, 어째서 그런 말을 하는 거야!

"미안해요. 나는 타카사키 부장을 좋아해요. 전혀 가망이 없다는 건 방금 알았지만······ 하지만 타카사키 부장님을 좋아합니다. "

"히토시."

나는 스스로도 놀랄 만큼 차가운 어조로 말했다. 와시즈카 씨는 좋은 사람인 데다가, 굉장히 좋아하고, 소중한 동기다.

제대로 본심을 털어놓고 성심성의껏 대하자고 생각했었는데, 이래선 완전히 화풀이나 다름없다.

이럴 거면 차라리 '왜 그런 거야!' 라고 마구 고함치고, 한두 대 때리는 정도가 오히려 남자답고 시원할 것이다.

그런데도 나는 상당히 쇼크가 컸던 것인지, 나도 모르게 눈물이 났다.

"미안! 내가 나빴어. 정말 미안해. 널 뺏기고 싶지 않아서 그만……."

눈물이 툭 하고 뺨을 타고 흘렀을 때에는 스스로도 어떻게 할 수 없었다. 와시즈카 씨에겐 나 자신이 받은 것과 똑같은 실연의 상처를 주었을 뿐만 아니라, 그 이상의 죄책감까지 주고 말았다.

게다가 하필 이런 때에, 어머니의 사고를 일으켰던 운전사와 똑같은 변명을 와시즈카 씨가 입에 담고 있어서, 내 안에서 뭔가가 툭 끊겼다.

"그만? 그만은 무슨 그만이야!"

나는 와시즈카 씨의 멱살을 잡고 자리에서 일어섰다.

분노에 몸을 맡긴 채 그의 몸을 돌리고, 손바닥이 부어오를까 생각될 정도의 힘으로 볼기를 때렸다.

"히, 히토시?!"

기세가 지나쳤다고는 하지만, 두 번, 세 번 연달아서 내려쳤다.

상대는 미츠구나 무사시가 아닌데도, 나는 출근하는 사람들이 오가기 시작한 회사 안에서 당당히 엉덩이를 때려버린 것이었다.

"뭐야? 무슨 일이야?"

"에?! 와시즈카 씨가 토다에게 엉덩이를 맞고 있어?"

"에— 거짓말! 설마, 그런 취미의 사람이었던 거야?"

—큰일 났다!!!

내가 다소 냉정함을 되찾았을 때에는, 와시즈카 씨에게

어쩌면 실연 이상의 굴욕과 오명을 주고 만 뒤였다.

아무리 감정적이 되었다고 해도, 때려도 좋은 곳은 엉덩이뿐이라는 철칙을 부모님에게 배워 습관이 되었다고 해도, 이런 상황이라면 나라도 차라리 뺨을 맞는 편이 훨씬 낫다는 생각이 들었다.

몸이 얼어 나와 와시즈카 씨는 여전히 그 자세로 굳어 있었다.

"……와시즈카 씨! 저, 항상 이런 자세로 동생들에게 화를 내고 있습니다만, 어떠세요? 통할 것 같습니까?"

그 자리를 얼버무려 넘기기 위해서라고는 하지만, 나는 와시즈카 씨를 끌어들인 채 싸구려 소설 같은 연극을 꾸몄다.

거절당한 나 이상으로 비참한 표정이 되어 있던 와시즈카 씨였지만, 눈치가 빠르다. 아픈 엉덩이를 비비며 장단을 맞춰주었다.

"아… 어어, 상당히 효과가 있지 않을까. 이 위력이라면."

"잘됐군요. 아, 죄송했습니다. 이런 상담을 해버려서!"

우리들은 억지로 크게 웃었다. 그 후는 '뭐야~'라는 누군가의 한마디 덕분에, 그 이상의 오해를 부르는 건 피할 수 있었다.

……라고 믿어두자.

*　　　*　　　*

오늘 일까지 포함해서 '전화위복으로……'라고는 생각지 않지만, 내가 와시즈카 씨의 엉덩이를 때려 버린 탓에 이것을 마지막으로 절교라는 전개는 다행히 되지 않았다.

그 후로 '죄송했습니다', '아니, 내가 나빴어' 같은 사과를 하고, 왠지 모르게 쓴웃음을 지으면서 안정을 되찾았다.

실연한 동지로서 한숨도 같이 쉬고.

이 이상 불편한 말을 할 것도 없이 '뭐, 서로 빨리 기분 정리가 되면 좋겠네'라는 말로 이야기를 수습했다.

그렇다고 해서, 바로 지금까지와 같은 대화나 교제가 가능할지 어떨지는 아직 모르겠다.

서로 입혀 버리고 만 상처를 고쳐 주지는 못해도, 어떻게 하면 거기에 소금을 바르는 것 같은 일은 되지 않고 끝낼 수 있을지 지금 생각해 봐도 답이 나오지 않는다.

그렇다면, 그냥 시간에 맡길 수밖에 없다는 것이 암묵적인 이해였다.

일로 얼굴을 마주치는 일도, 서로의 부서로 왔다 갔다 할 일도 있을 테니까, 우선은 개인사정은 버릴 수밖에 없다. 그렇다는 것은… 아무리 일을 고려해 잘 넘어가기로 결정한 상황이라도, 나에게 있어서의 문제점은 타 부서의 와시즈카 씨가 아니다.

같은 부서 상사인 타카사키 부장 쪽이다.

오늘은 금요일이라 그런지, 아니면 물품 담당 지원에 매달려 있었던 건지, 타카사키 부장은 거의 책상을 비웠다. 다행이라고 하자면 다행이다.

하지만 앞으로도 이런 날이 계속되지는 않을 것이다.

아니, 만일 계속된다 하더라도 내가 견딜 수 없을 것이다.

이런 일로 또 실수라도 하게 되면 주객전도. 좀 전에도 타카사키 부장은 '일에 지장이 없다면' 이라고 한 사람이니까, 이것만은 정말 확실히 하지 않으면 눈을 마주칠 수도 없을 것이다.

하나부터 열까지 '어떻게 할 수도 없는 녀석이군' 이란 말을 듣는다면—그런 생각만으로 심장이 무너질 것 같았다.

'안 돼. 이것만은 확실히 해두자.'

나는 타카사키 부장에게서 받은 오해만은 풀고 싶다 생각했다.

나는 와시즈카 씨와 사귀고 있지 않고, 그에게는 어떤 특별한 연애 감정도 없습니다, 그것만은 확실히 알리기로 결정했다.

물론 좀 전의 그 기막혀하는 상태라면 '그래서?' 라든가, 최악의 경우 '나와는 관계없어' 라는 말을 들을지도 모른다.

이런 설명은 나 자신의 자기만족으로, 타카사키 부장에

게는 그저 이상하기만 한 말일지도 모른다.

'그래도, 이런 오해를 상사에게 받은 채로는 부하로서 일하기 어려우니까.'

나는 이런 상태가 계속되면 같은 사무실에서 일을 하는 것조차 힘들어질 것이라고 판단했다. 그래서 가장 설득력 있을 법한 대사를 준비하고는, 타카사키 부장이 사무실로 돌아오길 기다렸다.

곧 시간이 되어 일도 어느 정도 일단락되었다. 나는 자리에서 일어나 사무실 앞까지 그를 찾으러 나갔다.

메일로 보내는 편이 간단할지도 모르지만, 이것만은 자신의 입으로 말하고 싶었다.

제대로 눈을 보고, 또 표정도 확인하고 싶어서, 나는 직접 이야기하려고 타카사키 부장을 계속 기다렸다.

'아, 돌아왔다.'

엘리베이터 플로어에서, 곧장 이쪽으로 향해 오는 타카사키 부장의 모습이 보였다.

한손에는 서류뭉치를 안고, 다른 손에는 스마트폰을 들고 있다.

나는 바로 말을 걸려 했지만, 누군가와 대화 중인 것 같아 좀 더 기다렸다.

하지만, 그러는 사이에 타카사키 부장의 표정이 갑자기 험악해졌다.

"그런 바보 같은 일이 있을 리가 없잖아. 어떻게 하면 나와 네 일로, 야마다 제빵의 도매가격이 오르는 거야? 애초에 야마다 제빵의 거래처는 본사고, 나는 이미 지사의 사람이다. 만일 뭔가를 하려 한다고 해도 가능할 리 없잖아?!"

한순간 목소리가 커졌다가 곧 작아졌다.

나는 귀에 들어온 내용으로부터 '전화 상대는 헤어진 그녀다'라고 직감했다.

타카사키 부장은 그 자리에서 멈춰 서서 말을 계속 이어갔다.

자연히 벽에 시선을 향해 있는 탓에, 내가 가까이 있는 것은 눈치채지 못한 것 같았다.

"알 게 뭐야? 왜 내가 오사카까지 가서, 가격 변경에 대한 설명 따윌 해야 하는 거야? 정규 담당자가 있을 거 아냐?"

이건 분명 다른 사람이 들어버리면 거북한 일이 될 거라 생각하면서도, 나는 꼼짝할 수가 없었다.

그뿐 아니라 타카사키 부장이 뭣 때문에 화를 내고 있는지 예상해 버리고 말았다.

아마도, 허리케인의 영향인지 아니면 또 다른 이유로 도매가격이 변동했다.

하지만 헤어진 그녀가 일하는 회사인 야마다 제빵에서는, 그건 타카사키 부장과 그녀 사이에 있었던 일로 인한 공과 사의 혼동이라는 불만이 나왔을 것이다.

그 때문에 타카사키 부장의 헤어진 그녀가, 지금의 애인

(아마도 사장의 아들이었던가?)에게 시달렸거나 뭔가 당했을 지도? 그래서 타카사키 부장에게 가격 인상을 확인해 온 것이다.

그리고 공사 혼동이 아니라면 해명해 달라고 요구해 왔을 것이다.

뭐라고 하든 꽤나 제멋대로인 이야기다.

타카사키 부장이 화를 내는 건 당연하다.

양다리를 걸치다 버려놓고, 잘도 이런 전화를 해오다니. 내가 다 화가 난다!

"그런 남자로 갈아탄 건 너잖아."

타카사키 부장의 입에서도 역시 싫은 소리가 나온다.

하지만, 거기에 상대는 뭐라고 대답했을까? 분명 당황하기 시작했을 것이다.

"……뭐, 거짓말?"

타카사키 부장의 중얼거림에 나도 같이 당황하기 시작했다.

거짓말? 이라니. 뭐가? 누가? 뭘? 어떤 말을 했다는 거야?!

"그런 말, 이제 와서 듣는다고 해서……."

아아… 무슨 말인지 굳이 듣지 않아도 상상이 된다…….

그날 약속을 취소한 건 그녀 나름대로 그동안 쌓인 타카사키 부장에 대한 감정을 부딪치기 위함이었을 것이다. 사실 헤어질 생각은 전혀 없었다.

양다리도 걸치지 않았고, 오사카에서 들려온 이야기도 사실은 성질 나쁜 소문으로―

타카사키 부장은, 그 이야길 듣고 안도한 걸까? 순식간에 표정이 바뀌었다.

"어쩔 수 없지. 어쨌든 나도 본사에 연락해서 가격 인상 사정을 물어볼 테니까 조금 기다려. 전화할게."

일단 전화를 끊고, 다른 곳으로 전화를 건다.

내가 계속 보고 있는데 눈치채 주지도 않는다.

하지만 이게 타카사키 부장 안에서의 나의 위치다.

분명 이 정도의 존재일 것이다.

그러니 내가 와시즈카 씨와 사귀고 있대도 '아, 그래' 같은 말이나 '일에 지장이 없다면 아무래도 상관없어' 같은 감상밖에는 나오지 않았던 것이다.

"여보세요. 아, 본사 영업부의 사타케 부장님이십니까? 타카사키입니다. 사실은 야마다 제빵 건으로 여쭙고 싶은 것이……."

나는 특별히 두 번이나 같은 이유로 큰 상처를 받은 것도 아닌데도, 타인의 말을 엿듣는 못된 짓을 하는 바람에 벌을 받았다.

이렇게까지 결정적인 실연을 하지 않으면 체념도 되지 않을 거라고, 굳이 신께서 배려한 일일지도 모른다.

하지만, 그렇다 해도 아픈 말임에는 틀림없다.

이제는 와시즈카 씨의 일을 설명할 필요도, 이해받을 필요도 없다.

헛수고이고 비참할 뿐이다.

나는 타카사키 부장이 눈치채지 못하는 사이에 물러나려 했다.

타카사키 부장은 이미 사타케 부장과의 전화를 끝내고, 헤어진 그녀에게 전화를 걸고 있었다.

"여보세요. 나다. 사정은 알았으니까, 내일이라도 그쪽으로 갈게. 토요일 안으로 만날 수 있도록 야마다 측과 세팅을 해줘. 뭐? 왜 내가 유급휴가를 내고 평일에 가지 않으면 안 되는 거야? 이건 회사 업무도 아니고 정규 출장도 아냐. 너 때문에 가는 거라고. 알겠어?"

그건 그렇다 치고, 타카사키 부장의 전 여자친구는 이 대화만 들어도 꽤 굉장한 사람이다.

야마다 제빵으로 말하자면, 확실히 관서권에서 뿌리 깊은 인기를 자랑하는 제빵회사다.

어느 슈퍼에 가더라도, 대개 세 종류에서 다섯 종류의 식빵이나 과자 빵을 항상 선반에 진열하고 있다고 들은 적이 있다.

그 사장 비서라고 하는 위치나 일의 내용도 어렵겠지만, 타카사키 부장이 일부러 가는 건데 평일에 해줘— 같은 말을 한다?

토요일은 담당자와 시간을 잡지 못하니까 하는 문제도 아니고 말이다.

뭐, 나로서는 자세하게 알 수 없는 일이기도 하지만, 화를 내면서도 타카사키 부장은 갈 것이다.

내일이나 모레, 오사카로.

나와의 약속 따위는 마치 없었던 것처럼…….

"그럼 자세한 시간이 결정되면 연락 줘. 거기에 맞춰서 가도록 할 테니까."

'널 위해서… 인가…….'

나는 타카사키 부장이 전화를 끊을 때까지, 그 자리에 내내 서서 통화를 듣고 말았다.

전화가 끝나자, 타카사키 부장은 아연실색해 있는 나를 알아차렸다.

잠근 스마트폰을 호주머니에 넣었을 때에는, 어색한 듯 쓴웃음을 짓고 있었다.

"토다."

"죄송합니다. 들을 생각은 아니었습니다. 죄송합니다."

"타이밍이 나빴던 건 피차일반이다. 신경 쓰지 마."

서서 엿들었는데, 화를 내지도 않는다.

어른이 할 일이 아니라고 질타조차도 해주지 않는다.

타카사키 부장에게는 피차일반의 일이니까.

이런 거 피차일반 따위로 해결될 일이 아니라고 생각하는 것은, 나뿐인가.

"그것보다, 들었다면 말이 빠르겠네. 잠시 용무가 생겨서 오사카로 가게 되었다. 내일 약속은, 미안해."

"아뇨, 그건⋯⋯. 아, 키라라는? 맡기지 않아도 괜찮으세요?"

나는 이렇게 되었는데도 어째서 웃고 있는 걸까.

괴로워서, 사실은 힘들고 아프고 화가 나서, 가슴 안쪽에선 비명을 지르고 있는데, 어째서 이럴 때마저 키라라를 신경 쓰고 있는 거지?

타카사키 부장에게 있어서 나는 기댈 수 있는 사람이 아니라, 단지 부서의 착한 사람밖에는 안 될지도 모르는데, 이런 말이 자연스레 나오는 자신에게도 화가 났다.

"마음만 받아둘게. 토요일에 갔다가 돌아오는 것뿐이니까 데리고 갈 수 있어."

"알겠습니다. 조심해서 다녀오세요."

"고마워."

내가 마지막까지 웃으며 대응하자, 타카사키 부장은 미소를 띠며 사무실로 돌아갔다.

나는 따로 갈 곳이 있었던 것도 아니었고, 사무실로 돌아가기가 괴로워져 그대로 화장실로 발걸음을 돌렸다.


"그런 남자로 갈아탄 건, 너잖아."

"⋯⋯뭐, 거짓말?"

"그런 말, 이제 와서 듣는다고 해서⋯⋯"


내친걸음으로, 무심히 칸막이 안으로 들어갔다.

그러자 좀 전 타카사키 부장의 말이 머리를 스치고 지나가, 나는 일순간 눈가가 뜨거워졌다.

"너 때문에 가는 거라고. 알겠어?"

나는 소리를 죽이고 다시 울었다.

오늘은 아침부터 벌써 두 번째다. 대체 뭘 하고 있는 걸까.

나는 타카사키 부장과 관련되면 늘 이런 식이다.

이렇게 일방적으로 울리는 사람을 만난 것은, 짧은 인생이라고는 하지만 타카사키 부장이 처음이다. 초등학교 때 만났던 불량배들도 반드시 마지막에는 무승부 정도로는 끝을 냈었다.

'이걸 기회로 다시 연인으로 돌아가는 걸까? 키라라도 데리고 간다는 것은 다시 한 번 결혼 이야기 같은 걸…… 의논하는 걸까?

아이에게 있어서는, 당연 아빠와 엄마가 함께 있는 것이 좋다.

만약 그게 '삼촌의 아내' 라고 해도, 아이에게 '엄마가 될 사람' 이 있는가 없는가의 차이는 크다.

그 정도는 나도 알고 있다. 이 나이가 되어서도 엄마를 의지하고 싶은 일은 얼마든지 있으니까, 키라라의 나이라면 더더욱 그럴 것이다.

그리고 키라라에게 도움이 된다는 것은, 결국 타카사키 부장에게 있어서도 가장 안심되는 일이다. 원래대로 돌아간다면 이보다 경사스러운 일도 없을 것이다.

좋아하는 사람들이 가장 좋은 형태로 돌아가는 것이니, 이것이야말로 '다행입니다', '축하드립니다' 라고 마음에서부터 우러오는 축하의 말을 웃으며 해야 하는 일이다.

하지만 아무리 이론으론 알고 있다 해도, 거기에 본심이 따라가지 못하는 나는 아직 이제 막 성인이 된 남자일 뿐이다.

'젠장, 젠장……. 그렇다면 차라리 오사카로 가서 돌아오지 마! 이대로 본사로 돌아가! 타카사키 부장, 바보!'

그런 거짓말까지 한 여자를 순순히 용서해 버리는 타카사키 부장 같은 어른은 결코 될 수도 없었고, 되고 싶다고 생각되지도 않았다.

*　　　*　　　*

회사 소모품이란 핑계로 화장실 휴지를 마구 풀어 쓰며운 나는, 그 후 대량의 휴지를 변기 안으로 잔뜩 밀어 넣고는 안색이 창백해졌다.

막혔다…….

이런 이유로 일하는 사람을 부를 수는 없다. 아니, 그보다 업자가 와서 수리라도 하게 된다면 정말 큰일이다. 첩첩

산중이란 바로 이런 경우를 뜻하는 말이리라.

나는 초조하게 화장실 청소를 시작했다.

필사적으로 청소하다 땀이 나고, 시간이 지나 그럭저럭 막힌 종이가 뚫려 '됐다!' 라는 안도감이 들었을 때에는, 스스로도 너무나 어이가 없어서 실소가 터져 나왔다.

와시즈카 씨의 엉덩이를 때린 것도 그렇고, 이 화장실도 그렇다.

나는 태어날 때부터 코미디언이었던가? 아니면 우울해지는 것조차 허락되지 않은 인간인 건가? 라고.

뭐, 우리 집처럼 바쁜 가정에서 자라면 원래 한 시간도 우울해져 있을 여유가 없으니, 좋은 의미로 회복이 빠른 것이다. 그런 행운을 가지고 태어난 것이다.

게다가 나는 이 정도의 일로, 순간이라고는 하지만 타카사키 부장과 실연의 상처를 잊고 있었다. 시름이 잊혔다.

그것을 깨달으니 자신의 **뻔뻔함**에 감탄할 수밖에 없다. 난 생각보다도 더 **뻔뻔했던** 모양이다.

하지만 이걸 좋은 의미로의 강함으로 바꿔가지 않으면, 그냥 바보일 뿐이다.

뜻밖의 불운과 불행을 그 크기에 관계없이 인생의 포석으로 바꿔가지 않으면, 그건 정말 그냥 불운과 불행으로 끝나 버린다.

이렇게 뜻대로 되지 않는 것을 극복해 나가지 않으면, 무엇 하나 성장할 수 없다.

넘어진 채 평생 일어나지 못하는 사람이 되고 싶지는 않다.

'내일은 올해 처음 있는 참관일이야. 무사시의 친구 엄마들과의 교류도 있다. 새로운 친구들과 엄마들의 얼굴과 이름도 기억하지 않으면 안 돼. 마음을 다잡아야 해.'

나는 평소처럼 우울할 틈 같은 게 없는 집으로 돌아갔다. 오늘만큼 분주함에 구원받은 날이 또 없었다.

"나는 오지 않아도 된다니. 무슨 말이야, 미츠구!"

"말 그대로야. 고등학생이 수업을 보러 오는 집 따위 없어. 보통 바쁘다는 이유로 안 온다고. 그러니까 안 와도 된다고."

"그런 문제가 아냐. 나는 히토시 형이 와도 기뻤어. 그런데 너란 녀석은!"

"후타바! 미츠구! 그만해!"

후타바와 미츠구는 아무래도 상관없는 일로 싸우고 있었다.

게다가,

"우와아앙! 이츠키랑 무사시가 내 노트북을 부쉈어! 쓰다만 리포트가! 모아둔 자료가! 믿을 수 없어. 이 바보들!!"

"우와앙!! 시로가 때렸어! 바보라고 머리 때렸어~!"

"미아안! 일부러 그런 게 아냐. 으아아아아앙!"

"시로! 손을 든 기분은 알겠지만, 엉덩이 이외는 때리면 안 된다고 말했잖아! 이츠키도 울기 전에 먼저 사과해! 무사시도 이제 그만 울고 사과해!"

드물게도 시로가 잔뜩 화가 나서 이츠키와 무사시도 울음바다다.

그리고 가장 최악인 것은 삼 층에서 들려왔다.

"시끄러워!"

비명 같은 고함 소리였다.

보통 언성을 높이는 일이 없는 아버지가 이 정도까지 소리치다니 어지간한 모양이다.

아마도 작업에 치여 지옥의 삼번가 주위를 서성이며 벗어나지 못하고 있는 모양이었다.

그게 냥냥 엔젤스 일인지 다른 일인지는 모르겠지만, 어쨌든 생각처럼 일이 진척되고 있는 건 아닌 것 같았다.

나는 한순간에 얼어붙어 있는 동생들에게 지시를 내렸다.

"모두 시끄러우니까 일 층으로 이동한다. 아버지가 바쁘시니까 방해하면 내일부터 생활이 무너질 거야. 알고 있겠지?"

동생들은 조용히 고개를 끄덕이고는, 일 층으로 살금살금 이동했다.

물건 부딪히는 소리는커녕, 발소리 하나 나지 않도록 주의했다.

프리랜서로 일하는 아버지의 경우, 작업이 암초를 만나 도저히 시간 안에 해내지 못하는 상태가 되면, 우리 집의 수입은 거기서 멈춘다.

그 때문에 다소의 예금은 하고 있지만, 유감스럽게도 우리 집은 지출이 많기 때문에 버틴다고 하더라도 겨우 두 달 정도가 한계다. 그 상태로 세 달째에 돌입한다면…….

우리들은 그 무서움을 어머니의 장례식 후에 싫을 정도로 맛보았다. 지금이라면 내 월급이—라고 말하고 싶지만, 그건 집 대출금에 공과금으로 끝이다.

그러니 어떤 상황이 된다 하더라도, 우리 집에서는 아버지의 일만은 방해하지 않는다.

그것은 무사시나 나나오까지도 본능적으로 이해하고 있다.

"히짜앙~"

원래라면 잠잘 시간일 텐데, 나나오가 삼 층에서 쫓아 내려온다.

나도 신경을 썼어야 했는데, 평소라면 나나오는 아버지의 방에서 재워질 시간이었다.

"자, 나나오도 와. 아마 오늘 밤중으로 목표량에 이르지 못하면 내일 학교에 갈 수 없으니 아버지도 쫓기고 있는 거야. 나랑 자자."

"으응."

나는 나나오를 안고 조용히 일 층으로 내려왔다.

오늘 밤도 심신이 탈진해서 이불에 누웠다.

"히짜앙~ 코오~"

나나오의 온기가 고맙게 느껴지는 것은, 역시 마음이 약해져 있었기 때문이겠지.

나는 나나오의 뺨에 얼굴을 부비며, 눈을 감고 억지로 잠을 청했다.

내일은 체력, 기력 승부다. 무슨 일이 있어도, 이제 바보같은 철야는 더는 할 수 없었다.

## 7장

　아무런 자각도 없이 부하를 일희일비하게 만드는 무자비한 상사. 타카사키 부장이 돌연 키라라를 데리고 우리 집에 나타난 것은, 토요일 밤의 일이었다.

　띵똥 하고 인터폰이 울린 순간, 동생들은 앞 다투어 현관으로 달렸다.

　"어서 오세요!"

　"안녕하세요."

　이미 교류를 가진 후라 동생들에게 두 사람은 그저 반가운 손님이었다.

　내 상사의 딸이라기보다 이미 본인들 친구의 가족이란 느낌. 한 번 약속이 취소되었던 만큼, 이렇게 만나게 되었을 때의 기쁨은 배가되어 있었다.

특히 이츠키와 무사시는 큰 소리로 떠들어댔다.

덧붙여서 아버지가 지금 이 자리에 없는 것은 철야 후 수업 참관과 학부모 모임을 끝내고, 상당히 지쳤었는지 집으로 돌아와 쓰러지듯 잠이 들었기 때문이다.

"우리엘님~"

"어서 와, 키라라. 타카사키 부장님도 수고하셨습니다."

"미안. 절대 오사카에는 가고 싶지 않다고 짜증을 부려서 말야. 그렇다고 지금 그쪽 일을 취소시킬 수도 없고 해서……."

상황은 그러한데, 왜 키라라가 타카사키 부장과 오사카에 가는 것을 완고하게 싫어하는지, 그건 타카사키 부장도 잘 모르는 것 같았다. 이유를 물어도 '싫어'라는 대답만 돌아왔단다.

토요일인데 업무 관련으로 따라가는 게 싫었던 것일까? 아니면 단순히 우리 가족과의 약속이 취소된 것에 화가 났던 건가?

이유가 뭐든 키라라는 전에 없을 정도로 고집을 부렸다.

'혼자서 집 볼 거야'라고까지 말해서, 안 된다고 화를 내며 억지로 데려가려고 했더니, 짜증을 내며 난동. 결국 타카사키 부장의 뺨을 할퀴어 세 줄의 선을 선명하게 남겼다 한다.

그리고 그 후에도 계속 난동을 부리며 지나치게 울어 과

호흡까지 일으키고 말았다고 하니, 이래서는 타카사키 부장도 단념할 수밖에 없었다.

나에게 전화를 해왔을 때에는 본인이 더 울고 싶어하는 심정이 역력히 전해져 왔을 정도였다.

그런 목소리를 들으니, 나에게 할 수 있는 말 같은 건 하나도 없었다.

"저희 집은 괜찮아요. 그것보다 상대 쪽과의 약속은?"

"내일 점심이니까 아침 첫 비행기로 가기로 했어. 말만 하고 돌아올 테니, 밤에는 데리러 올 수 있을 거야."

"그게 오히려 더 힘들지 않을까요? 뭣하면 이삼 일 맡아도 괜찮은데요."

"고마워. 하지만 월요일은 나도 정례회의가 있어서 쉴 수 없으니까."

"그렇군요. 하지만, 그렇다면 더더욱 조심해서 다녀오세요."

"그래. 정말 미안해. 고마워."

나는 절대 '사정을 잘 봐주는 사람'도 '그냥 좋은 사람'도 되고 싶지 않다고 생각하면서도, 타카사키 부장과 키라라를 내버려 둘 수는 없었다.

이미 스스로 나서서 쓸데없는 참견을 할 생각은 없지만, 이렇게 부탁을 받은 이상 나에게는 거절이라는 선택지는 없었다.

아니, 그러기는커녕 처음으로 생각나 연락한 사람이 나

라는 사실이 기뻐서, 구제의 여지조차 없었다.

나는 아직도 미련덩어리다.

분명 나 같은 타입이 이 사람은 안 된다고 알고 있으면서도 도 질질 끌려가는 유형일 것이다.

이것이 스토커의 요소라면 눈뜨고 볼 수 없을 정도다.

정말 하루라도 빨리 포기해야 한다.

마음을 다잡고 잊어야 한다.

이 사랑이 까닭모를 집착으로 바뀌기 전에—

"이런 일만 토다에게 부탁해서 미안해. 내가 좀 더 노력하지 않으면 안 된다는 걸 알고 있긴 한데……."

"괜찮아요 신경 쓰지 마세요. 키라라는 순수하고 귀여워서, 저도 가족들도 모두 좋아합니다. 달리 맡길 곳을 찾으신다면 오히려 섭섭할 거예요."

"그렇게 말해주니 다행이야. 상냥하군, 너는."

그건 그렇다 치더라도, 오사카에 갈 준비를 마친 타카사키 부장은 역시 멋있었다.

생각지도 못한 트러블에 대한 대응으로의 긴장감도 있겠지만, 약간 날이 서 있는 점이 또 좋다.

또 다시 마음이 흔들린다.

타카사키 부장이 말하는 상냥함이란, 감사 이외엔 아무런 의미도 없다는 것쯤은 잘 알고 있다. 이 녀석이 좋은 녀석이라 살았다, 그 이외의 어떤 의미도 아니란 걸 알고 있으면서도, 나에게는 세상에서 가장 달콤한 속삭임이었다.

감미로운 술 이상으로 확실히 나를 취하게 만든다.

"어쨌든, 키라라는 맡겨주세요."

"그럼, 잘 부탁해."

나는 타카사키 부장을 배웅하고, 그 후는 키라라를 동생들에게 맡겨두고 식사 준비에 전념했다.

타카사키 부장은 내일 밤에는 하네다에서 여기까지 바로 온다고 한다. 그렇다면, 월요일의 준비 같은 건 아무것도 할 수 없을 것이다.

만일 이삼 일 분량이라도 냉장고에 뭔가가 들어 있다면 편할 테니까—.

내일은 키라라와 함께 반찬을 만들고, 그것을 여행 선물에 대한 보답으로 건네주면 어떨까나… 하고 생각했다.

'아아, 역시 나는 쓸데없는 참견쟁이일 뿐이야. 아니, 그냥 이렇게 된 이상, 참견이라도 좋아! 이게 사랑이라고 생각하기보다, 단지 자기만족을 위한 참견이라 하는 편이 여러 가지 의미로 편해. 나도, 타카사키 부장님도!!'

내가 분투하는 옆에서, 키라라는 동생들과 놀면서도 나나오에게만은 누나로서의 자세를 발휘하고 있었다.

"나나~ 기저귀 갈자~"

"시러~"

"에? 왜? 그럼, 키라라랑 목욕하자. 깨끗하게 해줄게!"

"시러어~"

"목욕도 싫어?"

이런 점은 역시 여자아이인가 보다. 날 때부터 가지고 있는 모성본능이라고 생각된다.

후타바는 그 모습을 보면서 웃고 있었다.

"나나오, 혼자라서 부끄러운 걸까나. 무사시나 이츠키는 신경 쓰지 않고 키라라랑 같이 목욕도 하는데."

"그렇게 들으니 신기하네."

나는 맞장구를 치며, 마음이 해이해지면 새어나올 것 같은 한숨을 참는 데 필사적이었다.

하루는 빠르다. 금방 내일이 되어버린다.

적어도 오사카에 가지 않고 우리 집으로 와준 키라라는 즐겁게 지내게 하고 싶어서, 나는 억지로 계속 웃는 얼굴을 만들었다.


일요일 밤은 순식간에 왔다.

타카사키 부장에게서 아홉 시 전후로 데리러 갈 수 있을 것 같다는 연락이 왔다.

시간이 되자 옆집의 엘리자베스가 짖는 소리가 났다. 인터폰이 울렸다.

"키라라. 아빠가 데리러 왔어."

"네~"

키라라는 이제 돌아가야 한다는 점에 관해서는 특별히 투덜거리지 않았다.

반나절은 동생들과 놀고, 반나절은 가지고 돌아갈 반찬

을 나와 함께 만들며, '이걸 보면 아빠도 기뻐할 거야'라며 오히려 좋아했다.

이미 저녁도 먹고, 목욕도 하고, 머리도 말렸다.

집에 도착하면 바로 잠들어도 좋을 상태라, 타카사키 부장은 자신의 일만 처리하면 된다.

그만큼 조금이라도 빨리 쉴 수 있을 것이다.

내가 할 수 있는 일은, 이 정도다.

"어서 오세요, 타카사키 부장님. 회의는 어떠셨어요?"

"고마워. 그럭저럭 오해는 풀었어. 원래 있던 두 회사의 담당자끼리 요즘 말이 잘 통하지 않는 모양이야. 게다가 쓸데없는 이야기까지 얽혀서, 더 악화된 거 같아. 아, 이거. 자, 별건 아니지만 다들 같이 먹어."

"와, 고기만두다!"

"다른 만두도 있어! 엄청 많다!"

현관 앞에 있는 타카사키 부장에게서 큰 종이봉투 두 개를 선물 받은 동생들은, 만두에 시선을 빼앗긴 채 들떠 있었다.

하지만 나는 타카사키 부장의 뒤에 숨듯이 서 있는 여성이 더 신경 쓰여, 중요한 회사 이야기를 들어도 귀에 들어오지 않았다.

이쯤에서 그냥 그만두면 좋으련만, 결국엔 확인을 해버린다.

"감사합니다. 오히려 신경을 쓰게 해서. 저… 그런데, 그쪽 분은?"

"이야기가 악화된 원흉이다. 어떻게든 한번 이곳에 오고 싶다고 내 말은 전혀 듣지도 않아서 말야."

나는 역시나 그렇구나… 라고 쓴웃음이 나오는 것을 간신히 참았다.

타카사키 부장과 동행한 것은, 굉장히 아름다운 여성이었다.

사장 비서답게 재색겸비의 오라가 감돌고 있었다.

여성치고는 키가 큰 편일지 모르겠지만, 그런 만큼 타카사키 부장 옆에 서도 전혀 모자람이 없다.

어깨까지 늘어진 검은 생머리가 아름답고, 붉은 입술이 빛나는 것이…… 모든 것이 나와는 다르다.

타카사키 부장이 소개 같지 않은 소개를 하자, 여자는 한 발 앞으로 나와 나에게 머리를 숙였다.

"안녕하세요. 이번에는 여러 가지로 폐를 끼치게 되어, 죄송했습니다."

"아뇨."

생각해 보면 타카사키 부장이 기념일 플랜을 준비했던 그날, 이 여성이 약속을 직전에 깨지 않았다면 나는 이렇게 되지 않았을 것이다.

해피 레스토랑에서의 실수와는 별개로, 타카사키 부장과 마시며 떠들고 아침까지 호텔에서 보내는 일 같은 건 없었을 것이다.

그리고 그 후에도, 키라라와는 만날 일조차 없었을지도 모른다.

그게 좋은 일인지 나쁜 일인지는 모르겠지만, 결과적으로 내 마음에 남은 것은 불연소된 사랑과, 그에 얽힌 추억뿐이다.

이것들 전부를 경험치로 바꿀 수 있으려면, 그녀 정도의 철의 심장이 필요할지도 모른다.

뭐, 키라라의 엄마를 대신하게 될 입장이니까, 이렇게 인사로 얼굴을 내민 건지도 모르겠지만…….

나에게 있어서 그녀의 웃는 얼굴은, 단지 고문이었다.

지금껏 느껴본 적 없는 질투심, 증오 같은 것을 느끼고, 내 자신이 싫어졌다.

"저, 당신이 타카시의?"

"네. 부하인 토다 히토시라고 합니다."

"굉장히 멋진 분이네요. 앞으로도 타카시를 잘 부탁합니다."

"아뇨, 그런…….'

간신히 만든 미소마저도 무너지는 것 같았다.

이 여자도 타카사키 부장도, 지금의 내 기분은 모른다. 그저 잔혹한 존재일 뿐이었다.

"어쨌든 오늘밤은 늦었으니……. 자, 키라라."

"……."

갑자기 키라라가 입을 꾹 다물었다.

내 다리에 붙어서, 타카사키 부장으로부터 몸을 숨긴다.

좀 전까지 기분이 좋았는데 어쩐 일이지?

"뭐하는 거야? 집으로 돌아가자."

"싫어……. 키라라, 안 갈 거야."

"또 그렇게 멋대로 말하지 마. 토다에게 미안하잖아."

이대로는 오사카에서 당일치기를 마치고 돌아와 피곤해져 있을 타카사키 부장의 기분까지도 악화될 것 같았다.

내가 끼어들려 하자, 키라라가 손가락으로 여자를 가리키며 말을 내뱉었다.

"그러니까, 왜 이 사람이 있는 거야? 아빠, 이미 헤어졌다고 말했잖아! 그런데 왜!!"

"그건… 잠시 일이 있어서."

키라라의 기분이 나빠진 원인은 오사카가 아니라, 오사카에 있는 그녀인 것 같았다.

키라라가 이렇게까지 딱 잘라 말하다니, 어떻게 된 것일까. 이건 낯가림이라든가 그런 차원의 이야기가 아니다.

그녀도 꽤 당황했는지, 순간 눈을 질끈 감았다.

하지만 키라라의 짜증은 멈추지 않았다.

"키라라, 이 사람 싫어! 아빠가 이 사람과 결혼하면, 키라라는 이 집 아이가 될 거야. 절대로 안 돌아갈 거고. 아빠도 완전 싫어할 거야!"

드디어 화가 타카사키 부장에게까지 향했다.

"적당히 해, 키라라!"

"안 됩니다, 부장님!!"

충동적으로 손을 움직인 타카사키 부장을 막으며 순간적으로 키라라를 감싸 끌어안았다.

실제로는 그 손을 쳐들지조차 않았지만, 분위기만으로도 타카사키 부장의 인내심이나 분노, 안타까운 심정이 충분히 전해졌다.

키라라가 무서워하는 것도 전혀 이상하지 않다.

"히익!"

"우와아아아앙!"

"아아아아앗!"

그 자리에 있던 무사시와 나나오, 이츠키까지 일순간에 연쇄적으로 울음을 터뜨렸다.

자신이 혼이 난 것도 아닌데, 이렇게 연쇄적으로 반응한다. 아이에게 있어서 성인남자가 호통을 치는 것은 큰 쇼크인 것이다.

특히 우리 집은 어지간한 일로는 화를 내지 않는 아버지 밑에서 자랐기 때문에 더 그러했다.

울지는 않아도, 이 자리에 있던 후타바나 미츠구, 시로조차 일순 떨었을 정도다.

소리를 듣고 작업 중이던 아버지가 위에서 내려왔다.

"미안, 토다. 하지만, 키라라. 어째서 그러는 거야. 왜 그렇게 나를 곤란하게 하는 거야? 내가 그렇게 나쁜 거야?"

예상외의 전개에 동요한 타카사키 부장의 목소리가 안타

까웠다.

이야기의 과정이 어떻든 키라라에게서 '싫어할 거야'라는 말을 들은 충격은, 나로서는 상상도 할 수 없는 것이었다.

친자식이라도 심한 충격일 텐데, 막 양부가 된 타카사키 부장으로서는 더더욱 그럴 것이다.

지금까지 분투해 왔던 만큼 마음이 약해지지 않았으면 좋겠다.

그러나, 내게 달라붙어 있던 키라라는 그 후에도 계속 엉엉 울었다.

"그러니까, 그러니까… 아빠라고… 부르면 안 된다고… 했단 말야……. 키라라는… 아빠가 있는데… 어째서 삼촌을 아빠라고 부르냐고… 아빠는… 키라라의 아빠가 아니니까… 이제 부르면 안 된다고… 했단 말야아……."

"……?!"

흐느끼는 키라라의 말에, 나도 가족들도 귀를 의심했다.

타카사키 부장도 아연실색했다.

"키라라에게는 아빠도 엄마도 없는데…… 아빠밖에 없는데… 하지 말라고 하니까… 우아아아아앙!"

"키라라……."

나는 비명을 지르듯 소리쳐 우는 키라라를 안아주며, 혼란에 빠져 있는 나 자신을 일단 안정시켰다.

타카사키 부장은 뒤돌아 그녀에게 물었다.

"너, 키라라에게 그런 말을 했어?"

"처음 소개받았을 때, 부, 부모님이 돌아가시기 전 일이
야. 설마 그 후에 이렇게 될 줄은 생각치도 못해서……. 당
신이 너무 귀여워하니까 그만… 그만 질투가 나서 말했을
뿐이야!"

"뭐라고?"

되돌아온 치졸한 변명에, 타카사키 부장의 음성이 순식
간에 바뀌었다.

그러나 그런 타카사키 부장을 밀어내고, 나는 나도 모르
게 그녀를 향해 '웃기지 마' 하고 소리쳤다.

"뭐가 '그만' 이야! 질투라니! 다 큰 어른이, 이렇게 작은
아이에게 말해도 되는 것과 안 되는 것도 구별 못 하다니!
조금만 생각해도 알 수 있는 거잖아!"

내가 나설 이야기가 아니라는 것은 알고 있었다.

이건 그녀와 타카사키 부장의 문제다.

애초에 내가 모를 뿐, 타카사키 부장에게도 나쁜 점은 있
었을지도 모른다.

하지만 그렇다고 해도, 이건 참을 수가 없었다.

그도 그럴 것이, 본래 아빠라고 부르는 것은 타카사키 부
장도 좋으니까 허락한 일이다. 키라라의 부모도 동의했다.
그렇다면 타인이 이러쿵저러쿵 떠들 일이 아닌 것이다.

더욱이 타카사키 부장과 결혼할 생각이 있었다면 거기
서 '그럼 나는 엄마라고 불러' 같은 말을 할 수는 없었던

것일까?

만약 그에 대고 '싫어' 같은 말을 듣게 되어 심술이 났던 거라면, 그건 어른답지 않은 행동이지만 이해는 할 수 있다.

하지만 그런 경위도 없는데, 질투 때문에 아이를 상처 입히다니.

지금까지의 일도 있었기 때문에, 나는 '얼마나 이기적인 거야, 이 여자!'라고밖에 생각할 수가 없었다.

"좋아하는 삼촌이니까 아빠. 아빠랑 똑같이 좋아하니까 아빠. 그게 뭐가 나쁜 거야? 좋은 거잖아! 부르는 법 따위 아무려면 어때?!"

그러자, 전혀 관계없는 내가 호통을 쳐서인지 그녀도 표정이 바뀌었다.

"아, 아무려면 어때로 넘어갈 일이 아니었어! 이 사람이 너무 가족만 생각하니까…… 형 부부나 키라라가 있으니까 결혼 이야기도 어중간해지고, 나와의 가정 같은 건 원래부터 원하지 않았다는 기분이 들어서……. 이번에도 도쿄로 간다고 멋대로 결정해 버리거나 하고, 나에게도 일이 있는데 아무런 상담도 없이!"

그녀는 본래 타카사키 부장이 나쁜 거니까 이렇게 되어 버렸다고 당당히 주장해 왔다.

나는 점점 더 기분이 수습되지 않았다.

이런 여자 때문에 나는 실연을 당한 건가?! 하고 분통이

터졌다.

"그건 언제 있었던 일인지 모르겠지만, 당신이 '무슨 일이 있어도 따라갈게'라고 말했기 때문이에요. 타카사키 부장은 그 말을 믿고 있었으니까 결단을 내린 거예요. 안심하고 키라라를 맡은 것도, 도쿄에 온 것도, 당신의 그 말 한마디 때문에 망설이지 않았던 거라고요."

화풀이라고 한다면 화풀이였다.

하지만, 조금은 타카사키 부장의 입장이나 기분도 헤아려 달라고 말하고 싶었다.

그게 무리라면 적어도 자신이 한 말에는 책임을 져 줘. 애초에 어떤 생각으로 타카사키 부장과 만나온 것인지 생각해 봐―라고.

"······?!"

"그렇잖아요? 아무리 키라라가 귀엽고 소중하다고 해도, 사실 가장 불안한 사람은 타카사키 부장님이에요. 하지만 자신은 혼자가 아니라고 생각했으니까 바로 결정할 수 있었고, 망설이지도 않았던 거예요. 타카사키 부장의 결단과 행동이 빨랐던 건, 당신에 대한 믿음과 기대가 그만큼 컸다는 말입니다."

내 말을 들으며 그녀의 미간이 점점 찌푸려졌다.

지금까진 화를 내고 있었는데, 놀랍다는 듯 표정이 바뀌어갔다.

"그 말······ 이 사람이 당신에게 했어?"

"아뇨. 제 추측입니다만……."

하기야 알게 된 지 고작 두 달도 안 되는 부하인 내가 말했으니 신빙성 제로다.

그녀의 입장에서 보자면 내 쪽이야말로 이 자식은 뭔가 싶을 것이다. 당신이 그의 무엇을 안다고 그렇게 거들먹거리는 거야? 나야말로 당신 알고 있는 것의 몇 십 배는 그에 대해 잘 알고 있고, 또 이해하고 있다—라고.

그런데도 나는, 어쩌다 보니라고 해도, 타카사키 부장이 마련했을 일생일대의 무대에 끼어들고 말았다.

플랜 그 자체는 호텔이 짠 거라고 해도, 거기에는 그것을 고른 타카사키 부장의 성의, 따로 준비한 장미 꽃다발, 레벨 업된 스위트룸, 입에 맞는 좋은 술 등이 포함되어 있었다. 그리고 무엇보다도 키라라를 숙박 보육자에게 맡기기까지 해서 만든 귀중한 시간!

나는 그것들을 전부 보고 있었으니까, 타카사키 부장의 행동에는 그녀에 대한 신뢰가 있었다고 여겼다.

설령 눈에 띄게 러브러브 같은 것은 아니었다 하더라도, '무슨 일이 있어도 따라갈게' 라는 한마디에 모든 것을 의지할 수 있었다는 자체가 강한 신뢰인 것이다!

뭐… 그렇다고 하더라도, 억측은 억측이다.

그녀가 원한 것은 내가 하는 말이 아니다.

타카사키 부장 자신의 말이다.

그리고 적어도 과감한 행동 전에 확인의 말 한마디라도

있었다면 좋았을 것이다.

그런 말을 듣는다면, 더는 할 말이 없어진다.

나는 하고 싶은 말을 멋대로 해버리곤, 주변이 너무 싸늘해지고 말았다는 것을 깨닫고 급히 후회하기 시작했다.

이런 간섭이 바로 쓸데없는 참견인 것을. 말에게라도 걸어차여 죽어버리고 싶었다.

하지만 눈을 맞추지도 못하게 된 나에게, 그녀는 한숨을 내쉬며 '그래' 라고 답했다.

어쩐지 미소를 띠는 것 같기도 하다.

"결국 당신 같은 발상이 없었으니까, 나는 안 됐다는 거네. 잘 알았어. 고마워."

"……?"

뭘 잘 알았다는 건지 전혀 모르겠다.

그녀는 그 자리에 무릎을 살짝 굽히고 앉더니, 나에게 붙어 있는 채인 키라라에게 시선을 맞추고 '미안' 이라고 사과했다.

"안심해, 키라라. 나, 키라라의 아빠와 결혼하지 않을 거야. 오늘 여기에 온 것은 나랑 막 헤어진 참인데도 타카시가 벌써 좋아하는 사람을 만들었다고 해서, 그 사람을 보러 온 것일 뿐이야. 어떤 사람인지 확인하고 싶었어."

게다가 그 이유는 뭐야? 무슨 말이야?! 싶은 이야기까지 꺼냈다.

그녀는 다시 일어나서 내 얼굴을 빤히 쳐다봤다.

"그런데, 이제 납득됐으니까 돌아갈게. 히토시 씨와는 지금 막 알았지만, 타카시에 대해서 제대로 보고 있고, 이해도 하고 있는 것 같아. 키라라에 대한 것도 마치 자기 가족처럼 받아들이고 있고. 나밖에 생각하지 않는 나는 당할 수가 없어."

'뭐?'

내가 멍하게 있자, 후타바와 미츠구가 '뭐?', '에?' 라고 희한한 소리를 냈다.

그것뿐만이 아니라, 이야기가 이상한 방향으로 흘러간 탓인지, 타카사키 부장까지 당황해서 그녀의 팔을 잡았다.

"이런 곳에서 무슨 말을 하는 거야? 그리고 토다에게는 와시즈카라는 연인이 있다고."

"에? 그럼 뭐야, 좋아한다는 건 짝사랑이란 거였어? 아니면 당신이 사귀고 있는 건 이쪽 분?"

그녀의 시선이 이번에는 아버지 쪽으로 흘러갔다.

"에?"

"잠깐, 잠깐! 히토시 형의 애인이라니 무슨 말이야! 게다가 상대가 와시즈카 씨라니? 타카사키 씨가 아버지와 사귀고 있다니, 무슨 말인지 전혀 모르겠어!"

아버지가 놀라서 흠칫 굳는 것을 보고, 후타바가 이야기를 정리하듯 소리쳤다.

그런 건 내가 물어보고 싶다. 어떻게 하면 그런 이야기가 되는지 나도 전혀 모르겠다!

그럼에도 불구하고, 이야기가 너무 빨라 잘 알아듣지 못하고 있는 이츠키 이하 아이들은 제쳐 두고, 확실히 내용을 이해하고 있는 듯한 시로가 진지한 얼굴로 말했다.

"그래? 꽤 상상 가능한 조합 아냐? 와시즈카 씨도 타카사키 씨도 좋은 사람이라는 데엔 이의가 없고, 외모도 성격도 우리에게 해주는 것도, 따라올 사람이 없는 투톱이라고 생각하는데."

"하지만, 아버지랑 형인데 남자친구라니……."

후타바가 이 이상 없을 정도의 정당한 이유로 시로의 말을 물고 늘어졌다.

"뭐, 신원이 확실하고 장래성이 있다면 상관없잖아, 요즘 세상에. 나는 두 사람이 행복하다면 그걸로 좋아. 그쵸, 아빠?"

"뭐, 그렇지… 가 아니라! 무, 무슨 바보 같은 소릴 하는 거야? 나는 평생 란 씨뿐인데! 죽어서도 란 씨만의 남편이야!!"

시로의 말을 부정하며, 아버지까지 완전히 당황해서 고개를 흔들어댄다.

일이 이렇게 되니, 이야기의 발단이 된 키라라도 단지 멍하게 있을 뿐이다.

주위를 보며 열심히 현 상황을 파악하려고 하고 있는 듯하지만, 나는 '이런 건 무시해도 좋아' 라고 말하고 싶었다.

그렇지 않아도, 여기서 어떻게 하면 와시즈카 씨의 이야기까지 튀어나오는 건데?

타카사키 부장이 우리 아버지와 사귀고 있는 건 아니라 해도, 짝사랑이라니? 대체 무슨 말이야, 그건?

"그럼 아빠, 히토시는?"

"그건… 본인 맘이지만……."

"—라는데. 잘됐구나, 히토시."

타카사키 부장뿐만 아니라 아버지와 미츠구까지 묘하게 선동된 분위기에서, 나는 마침내 한계를 넘기고 말았다.

"다들 적당히 해!!!"

"에?"

"그러니까, 적당히 좀 하라고! 나는 어느 누구와도 사귀고 있지 않아! 와시즈카 씨에게 그런 마음 같은 건 전혀 없다고! 타카사키 부장님이 멋대로 오해한 것뿐이야……. 이런 거 달갑지 않은 참견이라고!! "

그냥 이야기를 전달했을 뿐인 미츠구에게 호통을 쳐 버리고 말았다.

하지만 진짜 화내고 있는 것은 다름 아닌 타카사키 부장에 대해서였다.

"히토시……."

당황한 미츠구에게는 미안했지만, 나는 모든 게 다 싫어져, 몸을 돌려 내 방으로 달렸다.

"토다!!"

"히토시 형!!"

"히짜아앙!"

쫓아오려는 듯한 타카사키 부장에게는 '내버려 두세요!' 라고 화를 냈다.

나는 방으로 뛰어 들어와 문을 닫았다.

하지만 역시 이런 때에 방문이 보통 문이 아니라 장지문이란 건 불편했다.

열쇠로 잠글 수도 없거니와 손잡이를 눌러도 효과가 없다.

곧 타카사키 부장과 '열어', '싫어요'라는 다툼이 시작되었다.

"토다!!"

"이제 볼일은 끝났잖아요. 돌아가 주세요."

"그럴 수는 없어. 방금 그 말, 정말인가? 와시즈카와는 아무것도 아니라는 말, 사귀고 있지 않다는 말."

"윽!!"

애초에 상대가 타카사키 부장이란 점에서, 힘으로 지는 건 당연했다.

한순간 장지문 반대편이 열려 간단히 침입을 허용하고 말았다.

아…… 하고 깨달았을 때에는 타카사키 부장이 방으로 들어와 등 뒤로 문을 닫은 후였다.

―이제, 너무 우스꽝스러워서 웃을 수도 없다.

나는 도망치려면 밖으로 가야 했구나 하는, 바보 같고도 본능적인 실수 때문에 다시 우울해졌다.

이렇게 되면 정색하고 나설 수밖에 없다. 그 자리에 주저앉았다.

"그러니까, 무슨 일이십니까? 타카사키 부장님과는 관계없잖아요. 일에 지장이 없다면 아무래도 상관없다고 하지 않으셨나요?"

"아무래도 상관없지 않아. 나는 널 좋아하니까."

타카사키 부장이 내 앞에 정좌를 하고 앉았다.

굉장히 똑바른 자세로 앉아서는 바로 정면에서 나를 쳐다봐 왔다.

"조, 좋아하는 건 아버지잖아요! 가망이 없으니까 라든가, 그런 말은 나한테 하지 마세요. 더 민폐예요."

"누가 토다 씨를 사랑한다고 했어? 그건 그녀가 멋대로 착각한 것뿐이야. 나는 한마디도 하지 않았어. 그런 말은 지금도 여태까지도 하지 않았고, 앞으로 할 생각도 없어."

당황하는 나와는 반대로, 타카사키 부장은 미동조차 하지 않았다.

양손을 무릎 위에 놓고, 자신의 마음을 부딪쳐 온다.

"물론, 그렇다고 해서 네가 나에게 특별한 마음이 없는 것은 알고 있어. 이상적인 남자나 아버지로밖에 보지 않고, 내 감정만 헛돌고 있다는 건 충분히 알고 있어. 내가 네 호의의 의미를 잘못 짐작했던 것이 애당초 문제였어. 아니, 우쭐했던 거야."

타카사키 부장의 말을 듣는 동안, 나는 '어라?' 하고 깨달았다.

왠지…… 이건 사랑 아닌가??

마치 타카사키 부장이 나를 짝사랑하고 있다는 것처럼 들린다. 내 호의를, 처음부터 사랑과는 관계가 없는 감정이었다고 한정하고 있었다.

'아…… 그런가. 그때 이야기 도중에…….'

나는 이제서야 이 오해가 어디서부터 생겨났는지 깨달았다.

타카사키 부장이 오해를 한 것은, 와시즈카 씨가 나를 사랑한다고 말하고 이상한 확인을 했기 때문이 아니다.

애초에 와시즈카 씨와 이야기하던 그때, 나는 '타카사키 부장님을 보는 눈은 전과 다르지 않아. 하지만 이미 동경뿐만은 아냐. 특별한 연애 감정이 싹트고 있어'라고 확실히 전하려고 했었는데, 거기에 타카사키 부장 본인이 나타나, 이야기가 중단됐던 것이다.

그것도 이야기가 중요한 부분으로 가기 바로 직전에.

'그러니까, 타카사키 부장은 내 마음을 잘못 이해하고…….'

그걸 깨닫고, 나는 어깨를 떨어뜨리고 일어나려는 타카사키 부장의 팔을 잡았다.

"미안. 폐라는 말을 들어놓고는, 이제 와서 이런 말을…… 미안."

"잠깐만요. 지금 진심입니까? 타카사키 부장님이 날 좋아한다고, 정말이세요?"

이번에는 내가 기다려 달라 말하고 질문을 던진다.

"혹시 그게 진심이라면, 헛돈 게 아니에요. 저도 타카사키 부장님을 좋아해요. 이 감정은 타카사키 부장님이 저에게 부딪쳐 온 감정과 같은 거예요. 우쭐함 따위가 아니에요."

이런 말을 해도 좋을지 어쩔지 모르겠지만, 지금 나에게는 망설일 틈조차 없다.

지금 말하지 않으면 평생 말할 수 없다. 찬스를 잃는다. 단지 그것만 떠올랐다.

"확실히… 처음에는 그럴 생각은 없었습니다. 그러니까 와시즈카 씨에게도, 타카사키 부장님은 동성이 봐도 멋지다고, 아버지로서도 멋지다고, 그런 식으로 말했습니다. 하지만 어느샌가 그런 의미가 아니게 되어서, 점점 좋아한다는 의미가 바뀌어서……. 하지만 타카사키 부장님은 부장님이고, 키라라의 아버지고, 저 같은 게 그런 걸 생각하면 안 되는 상대라고, 포기해야 한다고 생각해서……."

내 설명을 듣자, 타카사키 부장의 표정이 순식간에 바뀌었다.

'정말… 똑같네'라고 말하며, 지금껏 본 것 중 가장 행복해 보이는 미소를 지었다.

그리고, 그 손을 내 뺨으로 뻗어와,

"토다는 부하고, 나에게는 키라라가 있으니까. 그런데도, 널 알면 알수록 좋아하게 되었다. 이런 마음이 되어서좋을 리가 없다고 생각하면서도 마음이 편해져서… 시간이흐를수록 더 함께 있고 싶어져서……. 그래서 참지 못하고,그날 밤도 여기서……."

타카사키 부장의 얼굴이 가까이 다가왔다.

내 입술에 자신의 입술을 조용히 누른다─

'이건, 그때의 꿈?'

물론 지금은 꿈이 아니다. 이건 진짜 리얼 키스다.

꿈만 같은 타카사키 부장으로부터의 키스. 하지만 이것은 동시에, 그때의 키스가 꿈이 아니었음을 증명하는 것이었다.

"타카사키 부장님…… 읏."

나는 순간 둥 하고 떠오르는 기분이 되어, 전신에서 힘이빠졌다.

눈앞의 것조차 보이지 않는다. 지금 일어나는 일밖에 알수 없다. 생각해 보면 지금까지도 타카사키 부장에게 마음이 향할 때는 항상 이랬던 것 같은 기분이 든다.

우와, 보기만 해도 무서운 상사가 왔구나, 하고 생각했을때에도, 사실은 이렇게 멋진 사람이었다는 걸 깨달았을 때에도, 나는 이러니저러니 해도 타카사키 부장에게 계속 마음을 빼앗겼던 것이다.

그렇다고 해서, 그게 이렇게 연애 감정이 될 줄은 전혀 생각지도 못했다.

상사와의 연애는 생각해 본 적도 없는데.

"좋아해. 토다."

"좋아해요. 저도 좋아해요."

나는 스스로 타카사키 부장에게 안겨 입을 맞춰갔다.

나의 감정도 타카사키 부장의 마음과 같다. 그것을 좀 더 알고 싶어서, 꿈속에서도 입을 맞췄다.

이대로 괜찮은 건가― 같은 생각이 들……

"안 돼애앳!!"

그때, 순간 눈이 번쩍 뜨이는 소리와 함께, 갑자기 장지문이 쾅 하고 소리를 내며 열렸다.

순간, 나와 타카사키 부장은 그 자리에서 얼어버렸다.

"왜? 어째서?! 이런 거 아빠가 저 사람과 결혼하는 것보다 더 싫어!! 아빠도 우리엘님도, 완전 미워!!!"

우리를 보고 비명을 지른 것은, 큰 눈에서 눈물을 뚝뚝 흘리는 키라라였다.

마치 '배신자'라고 말하는 듯한 눈으로 우리를 보고는, 곧장 맹렬하게 현관으로 달려갔다.

"키라라!!"

"미안, 히토시 형. 잠시 방심을 한 사이에……."

"기다려, 키라라!"

내가 외쳤을 때에는, 이미 후타바와 미츠구가 반사적으로 키라라를 쫓고 있었다. 하지만,

"우왓, 밖으로 나갔어!"

곧 현관 앞에서 미츠구의 목소리가 들려왔다.

나와 타카사키 부장도 당황해서 현관으로, 그리고 집밖으로 뛰쳐나갔지만, 키라라의 모습은 어디에서도 보이지 않았다.

"키라라!!"

이 주변은 비교적 치안이 좋은 주택가다.

정원이 달린 주택들이 즐비하고, 우리 집의 두세 배 크기의 집들도 꽤 많다.

하지만 그만큼 가로등이 적어서, 각 가정의 불빛이 꺼지면 완전히 어두워진다.

오늘 밤처럼 달도 별도 보이지 않는 밤은 더하다. 어린아이 혼자 밤길로 숨어버리면 찾아내는 것은 꽤 어렵다.

그야말로 이웃의 앞마당에라도 숨는다면, 좀처럼 찾아낼 수 없을 정도다.

"키라라!!"

우리들은 기도하는 마음으로 소리를 질렀다.

"방금 경찰에도 연락을 했어. 내가 신고했으니까, 우선은 다 함께 분담해서 찾자. 아, 이츠키 아래로는 집을 지켜."

아버지가 재빨리 대처해 주었지만, 나는 불안에 가득 차 있었다.

가까운 이웃의 사람들이 집에서 나와 '어떻게 된 거

야?', '무슨 일이 있어?' 라고 물어왔다.

사정을 설명하자, 그들도 함께 키라라를 찾아나서 주었다.

"아직 그렇게 멀리는 가지 못했을 거야."

"하지만 네 살이라 미묘해. 막상 집으로 돌아오려고 하다가, 오히려 멀리까지 갈 가능성도 있어. 빨리 찾아야 해."

"차라리 엉엉 울어준다면 찾기 쉬울 텐데."

이럴 때 이웃의 정이란 무척 고마운 것이다. 특히 우리 집은 아이가 많아서, 몇 집에 한 집 꼴로 동생들의 동급생이 있다. 그래서인지, 모두들 무척 협조적이다.

'어떻게 하지? 이대로 키라라가 사라진다면, 어떻게 하면 좋은 거지?!'

나는 어쨌든 한시라도 빨리 발견해야 한다는 마음으로 키라라를 찾기 시작했다.

근처 지리를 알지 못하는 타카사키 부장은 시로와 함께 찾도록 했다.

\*     \*     \*

"키라라는 무사하니까 안심해. 지금 데리고 갈 테니까, 집에 있어."

타카사키 부장의 전 연인으로부터 연락이 온 것은, 우리들이 키라라를 찾기 시작한 지 삼십 분 정도가 지난 후였다.

나와 타카사키 부장이 내 방에서 두근거리기 시작했을 때, 우리 가족과 키라라는 다다미방 앞에서 안의 상황을 살피고 있었다.

그 상황에서 현관에 남을 수밖에 없었던 그녀는, 고민한 끝에 돌아가자고 결정하고 일단 집에서 나왔다. 그러자 뒤에서 키라라가 튀어나와서 달려가는 바람에, 그 뒤를 쫓아가서는 곧바로 잡았다는 것 같다.

하지만 키라라는 흥분해 있었고, 붙잡힌 사람이 그녀인 것도 있고 해서, 상당히 저항한 모양이다. 나이차고 뭐고 관계없는, 여자들끼리의 힘겨루기로 큰 다툼이었다 한다.

게다가 그녀와 키라라가 다투고 있는 옆을 때마침 순경이 지나가고 있어, 당연히 무슨 일이냐고 질문 받은 것이다.

"순경 아저씨, 도와줘요! 이 아줌마가 유괴해요!!"

이런 때의 아이는 정말 만만치 않은 존재다.

키라라는 순경이 그 말을 곧이곧대로 믿고 그녀를 붙잡으려는 순간, 또 다시 도망을 시도했다.

하지만 그래도 곧 잡혔다. 격분한 그녀가 순식간에 순경을 걷어차 버린 뒤, 키라라를 맹렬히 뒤쫓아서 보호했기 때문이다.

덕분에 전화가 오고 십 분 뒤에는, 순경과 그녀가 키라라를 데리고 우리 집으로 돌아왔다.

싸움이 끝난 그녀들의 모습(두 사람 다 얼굴과 팔에는 상처투성이에, 머리는 굉장히 엉망진창)에는 모두가 아연실색했지만, 그래도 키라라의 얼굴을 봤더니 홀가분해 보였다.

그리고 끝까지 이 상황을 지켜본 그녀도 안도한 것인지, '자, 나는 이만' 이라며 웃었다.

순간 누군가 배웅해 주어야 한다고 생각했지만, 그녀는 그것까지 내다보고 있었는지 '순경이 있으니까 괜찮아' 라고 말하곤 함께 왔던 순경과 역으로 향했다.

하는 행동과 말, 모든 게 굉장한 인상으로 내 안에 남았다.

좋지도 싫지도 않은, 뭔가 미워할 수 없는 사람이라는 기분이 든 것은, 그녀의 언동 이모저모에서 어린아이 같은 점을 느꼈기 때문인지도 모르겠다.

물러날 때만은 어른처럼 보였지만 말이다.

"키라라……."

이렇게 해서, 이 자리에 우리들만이 남았다. 타카사키 부장은 키라라를 끌어안았다.

"걱정시키다니……."

너무 놀라 살아 있다는 기분도 들지 않았다는 것이 표정과 온몸에서 나타났다.

그렇지 않아도 사랑했던 형 부부가 죽은 뒤 홀로 남은 아이다. 무슨 일이 있다면, 그런 생각만으로도 눈앞이 깜깜했을 것이다.

나 역시 그렇다. 이대로 찾지 못하게 되면 어떻게 할지, 찾았다고 하더라도 다치기라도 했다면, 만에 하나 사고라도 당했다면…… 하는 나쁜 생각밖에 안 들었다.

"어쨌든, 이웃집에도 무사하다고 연락을 해야지. 아, 아버지가 경찰에 신고한 건 어떻게 됐지?"

"좀 전 순경 아저씨가 보고했으니까, 그쪽으로도 연락이 갔을 거야. 아버지도 곧 돌아온다고 했고."

"그래. 그럼 이웃집에만 연락하면 되는 건가. 가자."

이웃을 끌어들인 소동의 수습에는 후타바와 미츠구가 움직여 주었다.

나는 안도 때문인지 반성하는 마음만 치밀어, 오히려 아무것도 하지 못했다.

키라라를 안고 있는 타카사키 부장의 뒷모습이 안타까워서.

귀여운 얼굴이 눈물로 엉망이 된 키라라에게 미안해서.

나는 얼마나 나 자신이 어리석었는지를 깨닫고, 키라라에게 사과할 타이밍만을 헤아리고 있었다.

―미안. 키라라.

하지만 안심해. 나와 타카사키 부장은 쭉 상사와 부하니까. 친구일 뿐이니까.

키라라에게서 소중한 아빠를 빼앗지 않을 테니까―라고.

"놔줘. 아빠 같은 건 싫다고 했잖아."

"키라라! 너, 또 그런 말을!"

"잠깐만요. 타카사키 부장님."

나는 오늘 밤만큼은 끝까지 반항하는 키라라를, 안타까움 때문에 거칠게 말하는 타카사키 부장을 말렸다.

그리고 키라라의 눈높이에 맞춰 웅크려 앉고는 '미안'이라고 사과했다.

"놀랐지? 여러 가지 일이 계속해서 일어나서, 놀라서 슬퍼졌을 거야. 하지만 괜찮아. 어느 누구도 키라라의 아빠를 빼앗지 않으니까. 그러니까 안심해. 그런 식으로 타카사키 부장님에게, 아빠에게 싫다는 말 같은 건 하지 마."

일반적으로 생각해 봐도 아빠와 그 부하인 내가 서로 고백을 하고 키스 같은 걸 하고 있으면, 쇼크를 받는 건 당연한 일이다. 네 살짜리 여자아이라도 그런 게 이상하다는 것쯤은 알고 있을 것이다.

나는 미움 받는다고 해도 어쩔 수 없다. 내가 키라라에게 한 짓은 상식을 벗어난, 되돌릴 수 없는 짓이다.

"부장님은 키라라를 가장 사랑하고 있어. 너무 귀여워서 어쩔 줄 모를 정도로……. 그러니까……."

"우리엘님……."

키라라는, 그런데도 아직 나를 우리엘님이라고 불러주었다.

타카사키 부장님의 손에서 빠져나와, 내게 양손을 뻗어

안아온다.

'미안―'

어리면서도, 신경을 쓰고 있었을 키라라를 가장 상처 입힌 것이 바로 나라고 생각하자, 나는 더욱더 나 자신을 용서할 수 없는 기분이 되었다.

그 반면, 일이 이렇게 된 이상 이번에야말로 타카사키 부장을 포기해야 한다, 이 사랑은 없었던 일로 해야 한다고 생각하니, 이건 또 이 나름대로 눈앞이 깜깜해져 왔다. 대체 이 집착은 뭘까.

하지만 이런 때에 울 수는 없다. 지금만큼은 눈물을 흘릴 수 없다.

나는 어금니를 깨물었다. 지금 이 순간만큼은 넘기지 않으면… 하고 억지로 웃었다.

그 순간, 갑자기 무사시가 키라라의 어깨를 잡았다.

"바보 키라라! 히토시 형을 괴롭히지 마! 내가 용서하지 않을 거야!!"

무사시는 나에게서 키라라를 떼어놓고는 갑자기 나무라기 시작했다.

"시끄러! 네가 뭘 알아?!"

"알아! 히짱이 슬퍼하고 있잖아! 키라라 때문이야! 키라라가 나빠!"

키라라는 곧 볼을 부풀렸다.

말과 함께 손이 나온 것은, 남자도 여자도 아닌 그저 두 명의 유치원생이었다.

곧 두 사람이 엉겨붙어 싸움을 벌였다.

"키라라! 안 돼!"

"무사시, 안 돼! 남자가 여자애한테!"

타카사키 부장과 내가 두 사람을 말려도, 서로 손발을 버둥거리며 멈추지 않았다.

"키라라 탓이 아냐! 아빠가 나쁜 거라고!"

"절대! 키라라가 나쁜 거야! 아빠는 불쌍해!"

무사시와 키라라가 이 상황을 파악하고 있다고는 생각되지 않는다.

단지 아무리 내가 눈물을 견뎠대도, 그 감정까지 감출 수는 없었던 것이다. 보통 여자아이에게 손 같은 건 나갈 리가 없을 텐데, 무사시의 행동은 전부 나를 생각한 것이었다.

점점 내 가슴이 아파올 뿐이다.

"어이, 이런 시간에, 밖에까지 들린다고. 적당히 좀 해."

마침 나나오를 데리고 돌아온 아버지가, 목소리를 높여 두 사람의 사이를 비집고 들어갔다.

"그렇지만!"

"무사시! 엄마가 보고 있어."

아버지의 한마디에, 변명하려던 무사시가 반사적으로 양손을 움츠렸다.

무슨 일이 있어도 남자가 여자나 어린아이에게 손을 들

면 안 돼. 이건 어머니가 우리 형제들에게 가르친 것으로, 무사시까지는 확실히 배어 있는 약속이다.

역시 이 말을 들으면, 무사시도 양손을 들며 항복할 수밖에 없다.

약속을 깨면 돌아가신 어머니가 슬퍼한다. 이제 직접 화를 내지도 못하는 어머니를 더 이상 슬프게 만드는 일만은 할 수 없다. 그것을 잘 알고 있기 때문이다.

"미안……."

무사시는 둘 곳 없어진 양손을 나에게로 휘감아왔다.

말은 그렇게 해도, 키라라에게 향한 불만은 남아 있는 것 같았다.

굉장히 원망스런 얼굴의 '미안' 이다.

그것을 본 키라라의 눈이 또 다시 글썽글썽해졌다.

"키라라."

키라라를 부르며 달래는 타카사키 부장을 들이받고는, 현관 구석에 웅크리고 앉아버린다.

내가 말을 걸려 하자, 아버지가 막았다.

아버지는 나나오를 안은 채 키라라의 옆으로 가 허리를 숙였다.

"미안, 키라라. 우리 아들들이 눈치가 없어서. 특히 히토시는 이런 데는 둔하니까. 그래도 자신의 마음을 알아차렸으니, 그것만으로도 성장한 거야. 그걸 알아준다면 기쁠 것 같은데……."

"미카엘니임~"

아버지의 달래는 방식이랄지 사과하는 방법에 대해선, 나는 잘 모르겠다.

하지만 키라라는 순간 해맑은 얼굴이 되어 아버지를 끌어안았다.

누구도 알아주지 않는 기분을, 아버지만이 알아준 것이다—그런 식으로 보였다.

"아버지?"

내가 고개를 갸우뚱거리자, 아버지가 쓴웃음을 지었다.

"아직도 모르겠어? 키라라가 좋아한 건 히토시야. 히토시, 냥냥 엔젤스의 설정을 제대로 보지 않았지? 주인공인 냥코짱들의 동경의 대상, 첫사랑의 상대는 우리엘님이잖아."

아버지가 더욱더 놀랄 만한 설명을 하자, 나뿐만 아니라 타카사키 부장의 눈도 휘둥그레졌다.

키라라는 부끄러운 듯 눈을 내렸다. 갑자기 사랑하는 여자아이의 상태가 되었다.

"이렇게 된 거야. 키라라는 아빠도 히토시도 좋아하지만, 여기서 두 사람이 달라붙어 있는 건 생각지도 못한 거야. 다시 말해, 키라라는 히토시의 신부가 되고 싶었던 거지."

내가 드디어 이해하자, 키라라는 고개를 끄덕끄덕했다.

그래도, 여기서 키라라가 폭주한 이유를 알았다고 해서,

내가 어떻게 할 수 있는 방법은 없다.

키라라는 귀엽고, 굉장히 좋아하지만—이걸 어쩌면 좋지?

이런 작은 아이에게, 미안하다고 진심으로 말해도 괜찮은 걸까?

아니면, 시간이 지나면 마음이 바뀔 거라고 생각하는 편이, 오히려 일을 이 이상 혼잡하지 않게 만드는 방법일까?

어느 쪽이든 대답이 바로 나오지는 않는다.

그 때, 나에게 붙어 있던 무사시가 갑자기 몸을 뒤집었다.

"그럼, 내가 부인으로 삼아줄게."

"누, 누가 너 같은! 무슨 얼굴로 그런 말을 하는 거야?!"

이제 와서 그런 말을 한다고 통할까…….

그런데, 갑자기 프러포즈 같은 고백을 한 무사시에, 키라라의 얼굴이 빨갛게 달아올랐다.

"얼굴 같은 건 크게 바뀌지 않아. 히토시 형도 어릴 때에는 이런 얼굴이었어!"

"거짓말하지 마. 넌 악마 속성이잖아! 천사 우리엘님과는 완전 달라!"

농담하지 말라는 태도지만, 키라라도 아주 싫은 건 아닌 걸까. 확실히 나에 대한 태도와는 달랐다.

나에 대한 의식이 이차원적이라면, 무사시에 대한 의식은 확실히 삼차원적이다. 요컨대, 같은 세대에다 동갑인 것이다.

다만, 이 상황에서도 타카사키 부장은 계속 당황하고 있었다.

세상에서 가장 사랑하는 아빠라는 위치와 그 순위가 순식간에 떨어지고 있단 것을 알고 있는 것이다. 이런 일에는 어른도 아이도 상관이 없다. 역시 좋아하는 사람에게는 가장 사랑받고 싶은 것이다.

보통 키라라의 나이대라면 '아빠의 신부가 되고 싶어' 하고 말하는 게 입버릇이라 해도 이상한 일은 아니다.

"뭐가 우리엘님이야? 히토시 형은 히토시 형이야!"

"시끄러엇!! 신경 꺼! 나한테는 우리엘님이야!"

뭔가 점점 걷잡을 수 없게 되어간다. 어떻게 수습해야 할지 모르겠다.

하지만, 언제까지 이렇게 현관 앞에서 옥신각신할 수도 없다.

동네를 돌고 온 후타바와 미츠구는 돌아오자마자 이 상황을 보고 '뭐야?' 하는 상태다.

여기서 움직인 것은, 이츠키와 함께 쭉 조용히 지켜보고 있던 시로였다.

"키라라. 잠깐만."

안경을 만지며, 무사시와 옥신각신하고 있던 키라라를 부른다.

갑자기 은밀하게 둘이서 이야기를 시작했는데, 대체 어

떤 꾀를 일러주고 있는 것일까. 시로의 행동 하나하나를, 나는 침을 삼키고 초조하게 지켜봤다.

"그래서, 어쩔래? 그래도 히토시 형의 부인이 되고 싶다고 버틸 거야?"

"어, 어쩔 수 없지. 키라라의 우리엘님은 아빠에게 줄 테니까, 대신 절대 소중히 해야 돼! 바람 피면 안 돼!!"

몇 분 후— 키라라의 태도는 훌륭하게 바뀌어 있었다.

대체 뭐가 어떻게 된 건지는 모르겠다. 시로한테서 대체 무슨 말을 들은 거야?!

시로야말로 마법이라도 사용한 건가??

"아, 어어, 그래. 소중히 할게. 키라라와 똑같이……."

타카사키 부장은 쇼크가 겹치고 있는지, 키라라로부터 교제의 승낙을 받아도 곤혹스러움이 풀리지 않고 있는 것 같았다.

말은 하지 않고 있지만, 아마도 내심 '아빠는 아무래도 좋은 건가?' 라는 기분일 것이다.

이렇게 되면, 차라리 전 연인과의 사이를 반대했던 쪽이 더 이해 가능한 범위였을지도 모르겠다.

나는 반쯤 의심스러운 눈으로 시로를 바라봤다.

그러자 시로는 아주 당연하다는 듯한 얼굴로 말해주었다.

"단순한 거야. 이대로 히토시 형과 키라라의 아빠가 결혼을 하면, 모두 다 같이 화기애애하게, 쭉 사이좋게 있을 수도 있고, 키라라도 정말 훌륭하다고 칭찬받을 거야. 하지만 여기서 내가 결혼하고 싶었는데 하고 계속 우긴다면, 두 사람은 헤어질 수밖에 없고, 우리들도 키라라와는 헤어져야 해. 그러니까, 기분은 알겠지만 우리들에겐 히토시 형이 가장 소중해. 그건 무사시도 변하지 않을 거야, 라고 말했을 뿐이야."

시로의 말은 직설적이고 잔인했다.

누가 들어도 현실적인 말이었다. 그런 걸 네 살짜리 아동에게 말해도 통하는 건가?! 통하기는커녕 오히려 협박이 아닌가?! 싶은 내용이었다.

"너, 그런 말을 해서 키라라를 협박한 거야?"

"사실을 말한 것뿐이야. 지금 제대로 이야기하고 판단하게 하지 않으면, 키라라는 그저 나쁜 아이가 되고 말아. 하지만 그건 누구에게도 도움이 안 돼. 키라라도 그렇게 되고 싶지는 않으니까, 다 함께 화기애애한 쪽을 택한 거야. 아무리 어려도 선택사항을 명확히 해주면, 어느 쪽이 좋은지 정도는 스스로 고를 수 있어. 그것을 확실히 하지 않은 채로 제멋대로 행동하게 두는 건, 어른들의 단순한 이기심일 뿐이야."

면전에서 '이기심이다' 라는 말을 듣자, 할 말을 잃었다.

아이라도 말하면 안다. 알 수 있도록 말하면 확실히 안다.

그걸 하지 않는 것은 어른의 이기심이다. 그렇게 듣고 나서 생각하니, 확실히 그렇다.

어른이 아이에게 말을 골라하는 것은 당연하며, 나쁜 것이 아니다.

배려하는 것도 그것과 같다.

단지 그 결과가 정말 옳은 것인가는, 그 아이의 입장이 되어 생각해 보면 꼭 그렇지만도 않다.

그렇게 생각하면, 시로 쪽이 훨씬 더 키라라를 생각해 주고 있었던 것이다.

키라라가 나쁜 아이가 되지 않도록—그것이 가장 놓쳐선 안 되는 것이었다.

'시로……'

내가 좀처럼 말이 없자, 시로는 움츠러드는 것 같더니 이내 울 것 같은 얼굴이 되어 고개를 숙였다.

"미안, 말이 지나쳤어. 하지만 히토시 형은 언제나 자신이 참으면 된다고 생각하니까, 그러지 않도록 하려고……. 다른 일은 참을 수 있어도, 히토시 형이 슬퍼하거나 괴로워하는 건 싫어. 이건 알아줬으면 해……."

말하는 방법도 행동도 다르지만, 시로의 마음은 무사시와 같았다.

나는 나 혼자만 동생들을 보고 있다고 생각했지만, 사실은 그렇지 않았다.

동생들도 확실히 나를 보고 있었다.

언제나 바라봐 주고, 이렇게 신경 써주고 있었다.

"아냐. 사과할 사람은 나야. 확실히 시로의 말대로야. 나만 빠지면 된다는 건 그저 이기심일 뿐이었어. 키라라에 대해서 아무런 노력도 하지 않고, 내가 타카사키 부장님을 포기하면 된다고 결정한 건 분명 내가 잘못했어. 그러니까, 미안해. 싫은 소릴 하게 해서. 하지만, 고마워. 정말 고마워, 시로."

나는 무언가 가슴이 벅차올라 어쩔 수 없는 기분이 되었다.

자신의 부족함이나 어쩔 수 없는 것만을 보고, 어떻게 하면 좋을까 걱정만 했다.

"아냐. 그건 내 책임이야. 원래는 내가 키라라와 해결하지 않으면 안 되는 문제야. 키라라의 아버지는 나니까."

타카사키 부장이 내 어깨를 잡아왔다. 그렇지 않아도 기운이 떨어져 있는데 더욱더 힘이 빠져 버린 것 같다.

그때, 역시 이런 진행은 좋지 않다는 걸 헤아렸는지 후타바가 움직였다.

"자자, 이 이상 복잡한 말을 하면 또 힘들어지니까, 이제 됐어. 어쨌든 히토시 형과 타카사키 씨는 서로의 마음을 알았으니까, 오늘부터 교제 시작. 이걸로 됐어. 그치, 미츠구?"

"그래. 아버지도 본인에게 맡긴다고 했고, 우리들도 히토시 형이 행복하다면 OK. 만약 어머니가 살아 계셨다고 해도 반대하시진 않았을 거야. 이제 따로 신경 쓸 일은 아무엇도 없어. 자, 시로! 너도 그렇게 말하고 싶었던 거지?"

"으, 응."

후타바가 억지로 미츠구에게 화제를 돌리자, 미츠구는 미츠구대로 시로에게 손을 내밀었고, 그렇게 어떻게든 이 상황을 정리했다.

이런 건 타고난 호흡으로, 날마다 길러진 연계 플레이다.

"어쨌든, 내일도 학교랑 유치원, 회사가 있어. 아버지도 마감이잖아? 아니면 이미 끝난 거야? 냥냥 엔젤스 작업 말야."

"냥냥 엔젤스의 작업?!"

키라라가 놀라 달려들 것을 예측하고, 후타바가 일부러 아버지의 이야기를 꺼냈다.

당연히 키라라의 눈이 반짝 빛났다.

"그래, 그거. 아버지가 만든 이야기야. 굉장하지?"

"응! 굉장해!! 키라라, 정말 좋아해!"

"그럼, 이 기회에 비밀 이야기를 잔뜩 해줄까나?! 그래, 키라라만 하룻밤 더 자고 갈래? 아빠는 이제 히토시 형에게 맡기면 되니까. 자, 그렇게 하자."

"으, 응!! 키라라, 혼자서 자고 갈 거야. 아빠는 우리엘님에게 맡겼으니까 이제 괜찮아."

도중에 후타바의 책략을 눈치챘는지, 키라라는 이렇게 된 이상 철저히 끝까지 좋은 아이가 되자고 정한 듯, 후타바의 이야기에 계속 맞장구를 쳤다.

어떤 의미로는 두려운 네 살이다. 이 대응 능력은 유아시절의 시로를 방불케 한다.

"대단하네, 키라라. 정말 훌륭해. 자, 위로 올라가자. 아, 무사시랑 이츠키도 같이 와."

"네, 넷."

"으, 응."

마지막에는 이츠키와 무사시도 말려들었다.

후타바는 꼬마들을 선도해서, 훌륭하게 이 자리를 정리했다.

"후타바, 꽤 강인한 면이 있었구나."

"저래 봬도 엄청 신경 쓰고 있는 거야. 자, 모처럼이니 어리광 좀 부려보는 게 어때, 히토시?"

미츠구가 아연해하고 있자, 아버지는 '이런이런' 하는 얼굴로 나에게로 말을 돌려왔다.

"에?"

"오늘 밤은 타카사키 씨 집에서 편히 쉬어. 갈아입을 옷이 있으면 그대로 회사에도 갈 수 있겠지?"

나는 다른 사람도 아닌 아버지가 싱긋 웃어서, 심장이 쿵쾅거리기 시작했다.

문 한 장을 사이에 두고 고백한 것도 들린 데다 키스신까지 보였으니 신경을 써주는 건 알겠다. 하지만 여태껏 계속 반성과 의기소침 상태였는데, 자리를 옮긴다고 그럴 기분 될 수 있을 것인가 묻는다면 나는 아니라고 답하겠다.

아무리 그래도 이렇게 금방 '아아, 다행이네요. 자, 그럼 말씀하신 대로…' 같은 기분이 될 수 있을 정도로 나는 뻔뻔하지도, 강인하지도 않다.

나는 아버지에게 말없이 고개를 좌우로 흔들었다.

"히짜앙~ 히짱~"

"아니… 그럴 순 없어요. 나나오도 있고. 자, 나나오. 이리 와."

"이리 와~"

타이밍 좋게 나나오가 나를 구했다. 다행이란 생각으로 나나오를 안았다.

그러자, 그런 나를 보고 있던 타카사키 부장이 문득 미소 짓고는, 자세를 바로 고치며 아버지 쪽으로 돌아섰다.

"죄송합니다. 여러 가지로 소란을 일으켰습니다. 그만 돌아가 보겠습니다. 키라라도 데리고 가겠습니다. 제대로 이야기도 하고 싶고, 오늘 밤의 일은 확실히 설명하지 않으면 안 될 것 같으니까요."

타카사키 부장도 마음은 나와 같았던 듯하다.

게다가, 이런 때야말로 우선은 키라라의 아버지로서의 책임을 완수하려고 생각한 것일지도 모른다.

"그렇군요. 알겠습니다. 이제부터는 긴 인연이 될테니까요."

"네."

아버지도 그것을 이해한 듯해서 나도 안심했다.

"미츠구. 후타바에게 말하고 와."

"네—"

그 후, 키라라는 타카사키 부장과 함께 집으로 돌아갔다.

나는 나나오를 안고, 두 사람이 탄 차가 보이지 않을 때까지 배웅했다.

## 8장

그렇게 큰 난리가 났었음에도 불구하고, 월요일 아침은 언제나와 다름없이 찾아왔다.

"히짱, 히짜앙~ 쮸~ 아찜~"

나는 떨어져 내리는 나나오의 엉덩이에 눈을 떴다.

"네에네에. 오늘 아침은 기분이 좋네, 나나오. 아, 후타 바! 아버지 또 철야했는지, 나나오가 거실까지 내려왔는데 도 자고 있는 것 같아. 도와줘!"

"응— 미츠구! 너도 도와!"

"으으으으……"

모두 와자지껄하게 기상. 그리고 아침 식사 시간.

"미츠구. 내 햄버거 돌려줘!"

"봐봐. 대신 양배추를 줬잖아."

"그게 아니라, 아, 이츠키까지 뭘 하는 거야? 여기서 계란 프라이까지 너한테 뺏기면 귀중한 단백질원이 사라진다고!"

"대신 당근을 주는 걸로 안 돼?"

"안돼!!!"

"에에에~ 시로가 안 된다고 했어~"

그래도 나날이 어딘가에 변화나 성장은 있는 것 같다.

시로는 어젯밤 키라라에게 엄하게 대하고 난 다음이라서 인지, 이제 이츠키에게도 '안 되는 건 안 돼'라고 확실히 말하기로 한 것 같다.

나는 '에~'라고 반응을 하면서 봤다. 이츠키에게는 가엽지만, 이게 옳은 것이다.

"잊어버린 거 없지?! 서로 뒤바뀌었다거나 잘못 넣은 것도 없지?!"

"응~"

그렇게 각자 출근과 통학 준비를 했다.

"자, 무사시는 내가 아침 일찍 유치원으로 보낼게. 미츠구는 아버지를 깨워서 나와줘. 무사시, 이리 와."

"히짜앙~ 기다려~"

"다녀오세요."

"갔다 오겠습니다~"

멍멍!!

이웃의 엘리자베스에게도 확실히 배웅을 받고, 나는 무

사시를 유치원으로 보낸 뒤 회사로 향했다. 오늘의 타카사키 부장은 아침부터 임원 정례회의에 출석해 있었다.

나는 선배 몇 명과 함께 기획개발부에 불려가 합동 작업으로 분주했다.

"좋은 아침입니다."

"좋은 아침—"

회의에는 당연히 와시즈카 씨도 얼굴을 내민다. 나는 일에서만큼은 지금까지처럼 대하려고 노력했다.

—아마, 성공했다고 생각한다.

다만 회의 후에는 어떻게 할지 계속 망설여져, 언제나처럼 말을 걸진 못했다.

타카사키 부장과 사귀게 되었다고, 보고하는 것도 이상하다.

그렇다고, 입 다물고 있는 것도 뭔가 마음에 내키지 않는다.

그러던 중, 와시즈카 씨가 내게 와서 말을 걸었다.

"히토시. 타카사키 부장과 사귀게 되었다며?"

"에?"

"오늘 아침, 회의 전에 잠깐 시간 내달라더니 보고해 주더라. 자신이 사과하는 것은 도리에 어긋나니까 사과는 하지 않겠지만, 대신 소중히 할 테니까 그건 약속할 수 있다고."

다른 사람에게는 들리지 않도록 몰래. 하지만 그 내용의 놀라움에 나는 당황하기보단 얼어버렸다.

누가 언제 뭘 보고했다고?? 진짜?!

"그러니까, 그건 이제 괜찮으니까, '이후 내가 다루는 상품을 특별히 신경 써서 영업해 주세요'라고 말해뒀어. 적어도 출세 지원을 부탁합니다─라고. 뭐, 그건 성과에 달려 있다고 하며 정색해서 웃어버렸지만. 그 사람, 이런 점은 참 융통성이 없어. 하지만 뭐 덕분에 오히려 의욕이 증가했달까. 반드시 내가 만든 것으로 대히트를 내겠다고, 타카사키 부장이 머리를 숙일 만큼 엄청나게 팔리게 만들겠다고 말이야."

내가 제대로 말을 못하고 어버버거리자, 와시즈카 씨가 히죽 웃었다. 그리고 미리 준비해 둔 듯한 큰 종이봉투를 꺼내 나에게 건네주었다.

"그러니까, 앞으로도 시식 앙케트 잘 부탁해. 이거, 새로운 배합의 핫케이크 믹스야. 유치원생도 대답할 수 있도록 앙케트 내용도 바꿨으니까, 부탁해."

"네."

나는 언제나처럼 그것을 받을 수밖에 없었다.

이 테스트품에는 와시즈카 씨의 원래 배려뿐만이 아니라 타카사키 부장의 애정이나 배려, 그리고 그것을 깔끔히 인정하고 받아들여 주었을 와시즈카 씨의 마음도 담겨 있기 때문이다.

"고맙습니다. 언제나 미안해요."

나는 테스트품을 안고는, 감사를 전하며 웃었다.

끝이 좋으면 다 좋다는 것은 아니지만, 그렇게 될 때까지 필요한 것은 당사자 간의 노력이다. 적어도 와시즈카 씨와 타카사키 부장이 이 정도의 노력을 해주었으니, 나도 열심히 하지 않으면 안된다, 그런 생각이 들었다.

"천만의 말씀. 그건 그렇고, 힘내. 여러 가지로."

"네."


타카사키 부장과 나의 교제는, 자기 전에 교환하는 메일이나 전화가 주였다.

가족과 친구의 공인을 얻고 있는 것에 비해서는 데이트 없이 매일매일 가사와 육아, 일로 정신없이 돌아다니는 사이에, 시간은 지나고 있었다.

"부장님. 테라다(寺田) 식품 건으로 상담이 있습니다만, 지금 괜찮으세요?"

"뭐지? 말해봐."

"고맙습니다. 사실은—"

타카사키 부장은 변함없이 다른 사람을 잘 돌봐주어서, 책상에 있으면 끊임없이 부하들이 말을 걸어왔다.

허리케인의 피해도 전부 해결되진 않았기에 아직 타 부서에서도 협력을 구해오는데, 그때마다 싫은 얼굴 한 번 하지 않고 오가고 있다. 바쁜 일은 늘어나기는 해도 줄어들지는 않는다.

"토다! 해피 레스토랑에서 전화. 내선 삼 번."

"네. 고맙습니다."

나만 해도 입사 이 년째의 햇병아리일 뿐, 매일매일 배워나가지 않으면 안 되는 일이 잔뜩이다.

면허를 따는 것도 잊지 않고 있는 데다, 정시 후의 접대나 교제가 전혀 없는 것도 아니다.

"네. 네. 권유 감사드립니다. 잠깐이라도 괜찮다면 찾아뵙겠습니다. 잘 부탁드립니다."

영업처에서 연락이 오면, 잠시나마 술자리에 얼굴을 내밀기도 한다. 이런 교제 중에서 신규 고객 후보를 소개받는 일도 많으니까, 역시 가정 사정만으로 거절할 수는 없다. 나 자신도 거절하고 싶지 않다.

이런 식으로 계속해서 시간이 흘러가고 있었다. 나와 타카사키 부장에게는 가사와 육아에 대한 일도 있기 때문에, 여유 있게 데이트나 할 때가 아님은 본인들이 가장 잘 알고 있다.

타카사키 부장은 '이젠 수염도 제대로 정리 못하고 출근하지는 않으니, 그것만으로도 성장한 거야'라며 스스로를 뿌듯해할 정도였다.

그래도, 단둘이서 만나는 일이 없을 뿐 주말에는 서로의 집을 오가고 있다.

가족끼리이기는 해도 교류 자체는 점점 깊어지고 있었기 때문에, 나와 타카사키 부장의 마음은 쭈욱 가까워지면서, 서로 사모하고 사랑하는 관계를 만끽하고 있다.

짝사랑이나 사랑 그 자체를 포기하려 했던 것을 생각하면, 이렇게 가족들이 지켜보는 가운데 사귀고 있는 것만으로도 행복하다.

서로 가족의 눈을 피해, 잠시 키스라도 나누는 날에는 오히려 긴장이 고조되기도 한다.

후타바에게는,

"그게 오히려 부끄러워. 이제 키라라는 나한테 맡기고 자고 오라고. 애초에 히토시 형은 둘째치고, 타카사키 씨도 그걸로 만족한다고 여기는 거라면 타카사키 씨가 불쌍해. 대체 지금이 한창 때인 미남 상사에게 무슨 연애 흉내를 시키고 있는 거야?"

라고 들어, 얼굴이 새빨갛게 달아올랐다.

그렇게… 흥미진진하게 묻지 말란 말이다…….

정직하게 말하는 나도 나지만 말이다.

'아, 타카사키 부장님으로부터 문자다.'

이런 교제에 만족하고 있었을 나였지만, 역시 장마가 끝나갈 쯤에는 '본심과 명분'이 생겨나 있었다.

'에? 이날 유급휴가 낼 수 있냐니? 혹시 이건… 오전 데이트 신청? 회사를 쉬고 데이트를 하자는? 정말?!'

키라라나 가족에게는 부담을 주고 싶지 않다.

하지만 슬슬 메시지나 전화, 옅은 키스만으로는 부족해졌다.

새삼스레 두 사람만의 시간을 보내면 어떻게 될까?

키스의 뒤에는 어떤 기쁨이 있을까? 그리고 두 사람의 이후를 어떻게 바꿔갈 것인가?

이전에도 커진 적이 있던 망상이 다시 시작됐다.

회사에서 매일 얼굴을 마주하는 것만으로는 우연한 순간 순간마다 끌어안고 싶어져서, 자제해, 히토시! 라는 실감만 이 점점 더 강해질 뿐이었다.

'다음 금요일. 출근시간에 맞춰서……. 약속 장소는 당일까지 비밀인가…….'

그런 와중에 받은 데이트 신청이라, 나는 바로 유급휴가를 요청했다.

꾀를 부려 휴가를 내고 놀러가는 듯한 죄책감이 있었지만, 이쪽은 상대가 상사다.

제대로 조사하고 내가 제일 쉬기 쉬운 날을 지정해 주었기 때문에, 누구에게도 폐를 끼치지 않고 휴가를 낼 수 있었다.

타카사키 부장의 일은 전부 그 자신이 컨트롤하고 있으니까, 이날 휴가를 내기 위해서 부지런히 잔업하고 또 무엇인가를 조정해 왔을 것이다.

그러니, 남은 걱정이 있다면 키라라다.

숙박 보육 신청은 하지 않았으니, 오늘 밤도 같은 시간에 데리러 가야 한다.

여섯 시 반에서 일곱 시까지는 유치원에 가야 하니까, 그것만큼은 늦지 않도록 신경을 써야 한다는 이야기였다.

그렇게 해서, 타카사키 부장이 여러 가지를 준비하고 대비해 준 첫 데이트 장소는, 기념일 플랜으로 숙박했던 호텔 만델링 도쿄였다.

그것도 이전보다 명백히 위 등급인 디럭스 스위트.

나와 보내기 위해서 예약을 해주었다.

그 목적이 스트레이트로 전해져 와 처음에는 살짝 위축되었었다.

설마 회사에 가는 척하고 아침부터 호텔방 문을 노크하게 되다니 생각해 보지도 않았던 일이라, 약속 장소를 메일로 지정받았을 때에는 손이 떨렸을 정도다.

순식간에 얼굴이 붉어져서 이동 중인데도 다리가 부들부들 떨려왔다. 도착할 때까지 어떻게 하지라고 생각했을 정도다.

하지만.

"좋은 아침입니다."

"미안. 이런 곳으로 불러내서."

"아뇨."

나는 지정된 방문이 열리고, 안으로 들어가는 순간, 스스로도 제어 불능이 되었다.

"자, 들어와."

"네."

타카사키 부장이 어깨를 안아왔을 때에는, 충동적으로 나 스스로 몸을 타카사키 부장에게 가까이 붙이고 있었다.

머리 하나가 큰 타카사키 부장의 어깨에 이마를 붙이고, 마음속으로 '사랑해'라고 속삭였다.

"토다."

눈과 눈이 마주친 그 후에는, 마치 입술이 자석이라도 된 것 같았다.

나는 타카사키 부장과 말도 없이 입술을 맞추어 갔다.

"읏… 으……."

겨우 맞이한 두 사람만의 시간. 나는 열중해서 타카사키 부장의 입술을 탐했다.

양손이 자연적으로 꿈틀거리고, 타카사키 부장의 등을 더듬는 내 손이 어느 때보다 야하게 움직이고 있다는 기분이 들었다.

타카사키 부장도 그것은 마찬가지였다.

왠지 두 사람 다 발정하고 있는 듯한 기분이었다.

방은 초여름의 햇살이 가득하고, 이렇게 밝은데.

"으응, 앗."

입술을 핥아가는 사이, 누가 먼저라고 할 것도 없이 혀와 혀가 얽히기 시작했다.

호흡이 멈출까 흐트러질까 따위는 상관없었다.

우리들은 서로의 몸을 안으며, 사랑하고 있다. 이제 이것만으로도 어떻게 될 것 같을 정도로, 나는 격렬히 요구받고, 그리고 요구했다.

"……후우. 적어도 점심시간까지는 느긋하게 이야기라

도 하고, 레스토랑에서 가볍게 식사와 와인 정도는 하려고 했었는데. 미안해. 참을성이 없는 남자라서."

호흡을 되찾았을 때 타카사키 부장이 쓴웃음을 지으며 나를 옆으로 안아 올렸다.

모처럼 세운 예정이 어긋난 것이, 단 몇 초 만에 미쳐 버린 것이 부끄러운 듯 보였다.

"사과하지 마세요. 그렇게 애를 태워졌다면, 거꾸로 제가 이상하게 됐을 거예요. 느긋하게 점심까지 대화 같은 걸 했다면, 제가 먼저 덮쳤을지도 몰라요."

먼저 방에서 기다리고 있었던 타카사키 부장은 새하얀 와이셔츠에 정장바지만으로, 러프한 모습이었다.

재킷도 넥타이도 없이, 셔츠 단추도 위의 두 개 정도는 열려 있었다.

그 모습은 내가 알고 있던 상사의 모습도 아니었고, 키라라의 아빠의 모습도 아니었다.

분명 나만을 생각하고, 그것을 기다려 준 본연의 타카사키 타카시.

열두 살 연상의, 나만의 연인이다.

타카사키 부장에 대해서는 지금까지 여러 가지 모습을 봐왔고, 또 그때마다 무언가 감동을 느꼈다. 하지만 이렇게까지 뇌쇄적인 모습은 처음일지도 모르겠다.

여자처럼 안겨 있는데도, 나는 아무런 저항도 느끼지 않았다.

완전히 이성을 놓은 상태로 침실로 이동되어 킹사이즈의 침대에 내려놓아졌다.

이 순간 나에게는 기쁨과 기대밖에 없다.

그 어떤 불안 하나 없이 좋아하는 사람과 맺어지면, 그것만으로도 행복할 것이다.

"그건 그것대로 흥미롭군. 너에게라면 덮쳐져 보고 싶은 걸. 그런데, 덮치는 방법은 어디서 배웠어?"

타카사키 부장이 내 위로 올라왔다.

온몸으로 느껴지는 그의 몸이나 무게에, 고양을 뛰어넘은 흥분을 느꼈다.

서로 몸을 맞대고 장난치고, 그런 몸으로 하는 장난이라면 매일 동생들과도 하고 있는데 이상하다.

이렇게나 타카사키 부장만이 특별한 존재라니.

나에게 있어서 그 사실을 실감할 수 있어 더욱더 기뻤다.

"묻지 말아주세요. 그냥 말해본 것일 뿐입니다."

"그럼 다행이지만."

관자놀이부터 머리를 가볍게 쓰다듬어져, 안심되어 눈이 감긴다.

다시 입술과 입술이 닿았을 때에는, 모든 걸 타카사키 부장에게 맡겨갔다.

키스를 하면, 그것에 응한다.

옷에 손이 닿으면, 그것도 응한다.

무사시나 나나오도, 이제 조금씩 무언가 스스로 능동적

인 행동을 하기 시작했는데, 지금의 나는 그게 고작이다.

몸에 걸치고 있던 것이 하나씩 하나씩 침대 밑으로 떨어져 갈 때마다, 격렬함을 더하는 고동조차 억누르지 못할 정도다.

"무서워?"

"아뇨……."

막상 서로의 피부를 감쌌던 것들이 사라지자, 열중하는 가운데에서도 수치심이 얼굴을 비추기 시작했다.

이제 와서지만, 타카사키 부장은 벗은 모습도 굉장했다.

원래부터 이상적인 남성상, 외모의 소유자라고 생각했지만, 옷 아래에서 나타난 것은 허실 없는 근육으로 덮인 육체미였다.

성숙한 남자의 육체는, 목에서 어깨까지의 라인 하나, 목과 가슴에서 복근에 걸쳐 있는 라인 하나하나를 보는 것만으로도 자연히 한숨을 자아내는 것이었다.

유전이나 체질의 차이가 있다고 하더라도, 나 자신과는 너무나도 다른 육체의 차이에 질투마저 일어날 것 같아, 나는 나도 모르게 시선이 흔들렸다.

그리고 그것을 쫓아온 타카사키 부장과 눈이 마주치자, 부끄러움만이 더욱 더해져 곤란했다.

"상상했던 것보다 몇 배나 아름다워. 피부도 몸매도 모두."

"상상… 했습니까? 제 벗은 몸을……."

"넌 하지 않았다는 건가?"

이러고 있는 지금도 내가 뭘 생각하고 있는지 꿰뚫어보고 있는 걸까?

타카사키 부장이 다시 묻자 얼굴에 더 열이 올랐다.

"…했습니다."

"그럼, 피차일반이다."

아아……. 역시 그랬구나. 서로 마찬가지라는 걸 알고, 나는 다시 눈을 감았다.

오늘만 몇 번인지 셀 수 없을 정도의 키스를 한다.

타카사키 부장이 내 뺨과 어깨, 앞가슴을 쓰다듬어 오자, 나는 숨을 삼키고 소리를 참았다.

손가락 안쪽으로 쇄골에서 가슴의 돌기까지 만져진 것뿐인데, 등골이 떨렸다.

"참지 마. 목소리를 들려줘. 그렇지 않으면 몰라. 네가 좋다고 느끼는 곳은 네가 가르쳐 줄 수밖에 없어."

완만하게 미끄러져 가는 손가락의 뒤를 입술이 쫓는다. 가슴의 돌기에 키스를 한다 생각하자, 어느새 능숙한 손이 허벅지로 잠입을 해온다.

반사적으로 오므렸던 다리를 벌리려고 하는 나 자신을 깨달았다.

밑에서부터 들어올리듯 붙잡힌 순간, 나도 모르게 그의 어깨를 감쌌던 양손에 힘이 들어갔다.

가볍게 잡히고 천천히 훑어져, 나는 참지 못하고 교성을 흘려 버렸다.

"아웃… 웃……."

타카사키 부장은 혀로 가슴의 돌기를 적시며 더욱더 나를 몰아붙였다.

순식간에 형태를 바꿔가는 욕망을 신중히 따라서, 선단의 잘록한 부분부터 가장 앞부분까지 몇 번이나 훑으며 올라간다.

게다가, 자연스럽게 나의 얼굴을 살피고 있다.

그 눈이 또 뇌쇄적이다.

"타카사키 부장님… 그런… 하지 마세요……."

스스로도 이런 식으로 한 적은 없는데……. 몸이 절로 비틀렸다.

그렇지 않아도 타카사키 부장이 하는 것만으로도 갈 것 같은데, 이래선 더 이상 견딜 수가 없다.

"한번 뽑아버리는 게 편할 텐데."

"나만… 그……!!"

말을 하는 순간, 가슴의 돌기를 달콤하게 물려서 나는 등을 젖혔다.

의식이 다리로만 가고 있는 동안, 이 불시의 일격에 찔려서, 나는 타카사키 부장의 손안으로 하얀 액체를 토했다.

지금까지 몸 안에 모았던 욕망이 한꺼번에 분출되어 타카사키 부장의 손을 더럽혔다.

전신을 관통하는 듯한 쾌감과 동시에 같은 크기의 죄책감이 나를 덮쳤다.

"죄, 죄송해요, 저……."

"신경 쓰지 마. 생각했던 대로여서 기쁠 뿐이야."

타카사키 부장은 단지 웃어 보고는, 젖은 손바닥으로 다시 한 번 더 나의 남성을 잡아왔다.

"앗… 웃… 부장님……."

미끈미끈한 감촉에 지금까지 느껴보지 못하던 쾌감이 전해져 왔다.

한 차례 가라앉았던 욕망이 즉시 다시 부풀어, 나는 전신을 요동치며 몸부림쳤다.

"……아웃."

가슴을 깨물리는 달콤함도 계속되어, 찌릿찌릿한 느낌 또한 계속되었다. 나는 연달아 반응해 버렸다. 어떻게 하지. 무서울 정도로 기분이 좋다.

"여기도 아래와 비슷하게, 좋아?"

"이상한 느낌이… 나나오보다 타카사키 부장님이 야해서……."

대답하면서도, 다음에 올 절정을 예감했다.

이미 어디를 만져진다 해도, 또 다시 가버릴 것만 같았다.

입안이 바싹 말라왔다.

"나나오?"

"아기의 본능이에요. 젖을 찾고, 달라붙는 것은……."

말을 피하는 것으로, 조금이라도 마음과 몸을 안정시켰다.

그런데 타카사키 부장이 갑자기 내 다리를 벌렸다.

"미안. 화가 났어."

"에?"

"내가 이렇게 질투가 심하다고는 생각하지 않았는데……. 설마 아기를 상대로 화가 나다니."

뭐? 라고 생각했을 때에는, 내 다리 사이에 얼굴을 묻고—

거짓말이겠지?!

부풀어 오른 욕망이 입안으로 들어갔다.

나는 놀라 재빨리 저지했다.

"그, 그만, 부장님, 그런 건……!"

이런 일을 시킬 수는 없다.

나는 기쁨보다도 황송한 기분이 들었다.

하지만 내가 막으면 막을수록 타카사키 부장의 애무는 거세졌다.

일부러라고밖엔 생각되지 않을 정도로 음탕한 소리를 냈다.

"다음부터 나나오가 달라붙어도 내가 생각나게 해주지."

"그런, 곤란해요. 이런 걸 생각해 버리면… 수습되지 않……."

타액으로 둘러싸인 욕망을 강하게 빨려져, 나는 나도 모르게 허리를 꼬았다.

점차 쾌감만이 커져가, 황송함조차 사라져 간다.

하지만 그때 돌연 뒤쪽을 만져져, 나는 스스로도 놀랄 만큼 반응을 해버렸다.

"웃, 아웃!"

손가락 하나가 들어와선 안을 찾고 있다.

타카사키 부장이 무슨 버튼이라도 누른 것일까?

나는 '시, 싫어…'라고 소리를 내는 동시에 몸을 비틀어 구부렸다.

전신을 달리는 쾌감 때문에 경련했다.

입안으로 들어간 욕망이 뛰어오르고, 내벽이 뒤로 들어온 손가락을 강하게 조르며 떨고 있다. 스스로도 느껴질 정도다.

'뭐, 뭐지? 무슨 일이 일어난 거야?'

당황해 숨이 거칠어졌다.

열린 다리의 무릎에서 발끝까지가 부들부들 떨려와 불안해졌다.

하지만 타카사키 부장은 그런 나와는 달리 여유롭게, 이젠 손가락을 두 개로 늘려 계속해서 내 안을 더듬어갔다.

진지하게 혀로 훑어 올리며, 질척이는 소리가 날 정도로 백탁이 섞인 타액도 발라왔다.

"부장님……?"

"참아줘. 다소 익숙하게 하지 않으면."

빠져나간 손가락이 어느새 타카사키 부장의 것으로 바뀌었다.

조금이라도 고통스럽지 않도록—그건 이해할 수 있었지만, 나는 타카사키 부장의 말처럼 참을 수는 없었다.

이대로 나만 공격을 받는 것도, 일방적으로 가는 것도 한계를 느꼈다.

"이, 이제 괜찮아요. 빨리… 부탁이에요."

나는 여자도 아니고, 애초에 이런 것도 처음이니까, 이 앞에 어떤 고통이 기다리고 있을지는 모른다.

다만, 앞에 있을지도 모르는 고통보다도, 지금 느끼고 있는 불안을 먼저 해결하고 싶었다.

이렇게나 가까이에 있는데, 점점 나 자신만이 어딘가로 쫓겨가는 듯했다.

지금까지 체험해 본 적 없었던 쾌감을 얻을 때마다 그게 무서워져, 나는 타카사키 부장에게로 양손을 펼쳤다.

"부장님이… 좋아…….."

"곤란한 녀석이군. 나중에 불평하지 마."

타카사키 부장은 얼굴을 들고, 어쩔 수가 없다고 웃으며 몸을 일으켰다.

펼쳐진 허벅지 안쪽으로, 나는 타카사키 부장의 존재를 느껴 긴장이 높아졌다.

"힘을 주지 마."

그렇게 말하며 자신을 잡고, 타카사키 부장은 내 뒤로 자신을 밀어 넣어왔다.

어느샌가 흥분하고 열이 올라 있는 그것을 들이밀며, 몸을 앞으로 넘어뜨리면서 찔러 들어온다.

"아파······."

신체 일부를 찢기는 듯한 아픔이 둔부에서 등으로 달렸다.

"멈출까······?"

"싫어요."

나는 타카사키 부장의 어깨에 양손을 뻗어, 스스로 안아서 끌어당겼다.

이제 되돌릴 수 없다. 여기서 그만둘 수 있을 리가 없다.

"그렇게 말할 거라고 생각했어."

쿡 하고 웃어서, 나는 타카사키 부장이 확신범이라는 것을 알았다. 하지만, 깨달았을 때는 이미 늦었다.

타카사키 부장은 내 안으로 모든 것을 넣었다. 한번 빼는 건가 하고 생각하자, 단숨에 안쪽까지 들어왔다.

"아웃··· 웃······."

상상도 못했던 이물감과 압박감에 휩싸여, 나는 비명과도 비슷한 교성을 질렀다.

마치 달구어진 말뚝이라도 박혀오는 듯, 배 안쪽까지 뜨겁게 달아올랐다.

그건 타카사키 부장의 움직임이 격렬해지면 해질수록 늘어나고 있을 뿐 줄어들진 않았다.

"토다."

내 이름을 부르며 얕게 찔러온다.

그때마다 침대가 삐걱거린다. 두 개의 몸이 하나가 되어 연주하는 듯했다.

"토다……."

내 상태를 신경 쓰면서도, 몸의 브레이크가 듣질 않는다. 그런 딜레마가 목청에서부터 느껴졌다.

"괜찮아요… 웃……. 그러니까……."

나는 더욱더 강하게 타카사키 부장을 끌어안았다.

지금만큼은, 사양하기보다도 열중하고 싶었다.

나에 대한 배려와 상냥함보다도, 끓어오르는 욕정만을 맞부딪혀 주었으면 했다.

타카사키 부장의 그것이 난폭해지면 난폭질수록, 나를 원하고 있는 것 같아서 기뻤다.

무작정 사랑받고 있다는 생각이 들어— 우월감마저 느낄 수 있었다.

"미안……."

참을 수가 없어.

그렇게 말하면서 타카사키 부장이 절정에 이른 순간, 내 몸은 이제까지는 느껴 보지 못했던 기쁨으로 가득 찼다.

몸의 깊숙한 곳에서 타카사키 부장이 튀어 오른 것을 실감하고, 또 그것에 이끌려 나도 또 다시 절정으로 도달했다.

"아아웃… 웃……."

전신의 떨림이 멈추지 않는다. 서로의 피부가 땀으로 젖어 있었다.

"토다."

흐트러짐 호흡을 정리하자마자 입술이 다가왔다.

'타카사키 부장님……'

각도를 바꿔서는 입술을 깨문다.

중간 중간 호흡을 하면서 입술을, 혀를 얽어가며 더욱더 강하게 껴안는다.

"고통스럽지 않아?"

한번 도달한 것으로는 진정되지 않았을 것이다.

타카사키 부장이 또 다시 내 안에서 움직이기 시작했다.

"괜… 괜찮아요."

내가 '좀 더 와주세요'라는 신호를 하자, 타카사키 부장은 기쁘다는 듯이 몸을 물렸다.

내 몸을 조금 옆으로 돌려, 비스듬히 뒤에서 들어간다.

이번에는 양손으로 내 가슴과 자신을 사랑해 주며, 깊게 깊게 밀어올려 온다.

"하으윽—"

등에서 손과 발 구석구석까지 전해져 오는 진동에, 나는 흐트러진 소리를 질렀다.

이미 몇 번이나 절정으로 가버린 나는, 쾌감이라는 감각마저 희미해져 갔다.

"토다?"

다만 견딜 수 없을 만큼 원해지는 것이 기뻐서, 나는 '좀

더', '괜찮아요' 라고 계속 대답했다.

타카사키 부장을 유혹하듯 그의 양손에 양손을 맞대고 꽉 움켜쥐었다.

"토다, 좋아해. 사랑하고 있어."

몇 번이나 몇 번이나, 키스를 했다.

나와 타카사키 부장 사이에, 무아지경의 시간만이 흘렀다.

아침부터 달아올라 버린 나와 타카사키 부장이 어떻게든 안정이 된 것은 오후가 되어서였다.

'섹스란 게 이렇게 피로한 것이었나.'

나는 다리와 허리는커녕 상반신을 일으키는 것조차도 나른해져, 그 후의 목욕은 타카사키 부장에게 안겨 가야 했다.

"저, 그러고 보니, 이 방은 언제 체크인하셨어요? 아침엔 안 되지 않나요?"

"이박삼일로 예약을 하고, 어젯밤에 체크인만 해뒀어. 그렇게 하면 키라라를 유치원으로 보낸 후에 여기로 와서, 밤까지 느긋하게 사용할 수 있을 테니까."

원형의 넓은 거품목욕 욕조가 있는 욕실에서는, 긴자의 거리풍경이 한눈에 보였다.

이렇게 호화롭고 멋진 곳에서, 나는 나나오나 무사시와 별반 다르지 않은 상태로 타카사키 부장의 보살핌을 받고 있다.

계속 안긴 채 무릎 위에 올려져 있는 나는, 키라라보다도 손이 많이 가는 스타일인지도 모르겠다.

그걸 알면서도 응석 부릴 수 있을 만큼 응석을 부리게 된다.

"그럼, 오늘 낮에 사용하기 위해 이박이나 예약한 거예요? 저녁에 체크아웃을 하는데도?"

"어른이 나쁜 꾀를 좀 부리려고 하면 이렇게 되는 거야. 그래도 차로 돌아다니다가, 그때그때 되는 대로 아무 호텔이나 들어가 휴식하는 건 너무 무계획하잖아. 게다가, 너와는 여기서 새롭게 시작하고 싶었어. 그날 아침의 연속인 것처럼."

이렇게 있을 수 있는 것도 이제 몇 시간뿐.

다음은 또 언제 있을지 알 수 없다. 그걸 알고 있으니까 더 그럴지도 모르겠다.

"사랑해. 토다."

"저도요."

나는 체크아웃 시간까지 쭉 타카사키 부장에게 붙어 있었다.

"저도 타카사키 부장님을 사랑해요."

원래는 그 후 집으로 돌아가야 했을 테지만, 결국 헤어지는 것이 아쉬워 함께 유치원까지 키라라를 데리러 갔다.

"와! 우리엘님! 오늘 밤은 우리 집에서 자요!"

그 후에는 기세랄까 흐름이랄까, 아버지와 후타바의 '이쪽은 신경 쓰지 말고 자고 와. 내일은 어차피 토요일이라 특별히 예정도 없으니까' 라는 말을 받아들여, 그대로 타카사키 부장의 집에서 자게 되었다.

"오늘 밤은 키라라 침대에서 같이 자."

키라라가 말해줬지만, 역시 이제 그건 좀⋯⋯. 뭐, 크게 고민할 일은 없었지만.

나와 타카사키 부장은 키라라가 잠이 들어 조용해진 후, 거실에서 술을 마셨다.

바싹 달라붙어 실없는 이야기를 하며 키스하고, 그렇게 하루 내내 러브러브하며 보냈다.

\*　　\*　　\*

꿈 같은 시간을 보낸 다음 날 아침이었다.

나는 타카사키 부장과 키라라와 함께 집으로 돌아왔다.

키라라가 '모두 보고 싶어, 같이 놀고 싶어' 라고 고집을 부린 데다, 어젯밤은 꽤 일찍 재우고 둘이서 노닥거린 것에 대한 떳떳치 못한 감사의 마음도 있었다.

결국엔 타카사키 부장도 '어쩔 수 없군' 이라 말해, 아침부터 셋이서 차로 나왔다.

아버지와 동생들은 천천히 놀다 오라고 했었지만, 집으로 돌아온 우리를 기다리고 있던 것은 경악할 만한 사태였다.

"나나오가 없어? 왜?! 언제부터?!"

"미안, 히토시 형. 다들 누군가와 함께 있을 거라고 생각하고 있었어. 하지만 정작 아침식사 시간에 나나오만 보이지 않아서……."

"이럴 수가! 이런 일은 한 번도 없었는데!"

"아무튼, 지금은 인원을 나눠서 찾아보자."

아버지를 필두로, 가족 전원이 안색을 바꾸고 집 안팎을 찾아다녔다.

나나오는 아장아장이라고는 하지만, 혼자서 걸을 수 있다.

계단을 내려가는 건 아직 불안하지만, 올라가는 거라면 혼자서 할 수 있다.

하지만 이 층과 삼 층에는 없다.

어딘가 숨은 채로 잠들어 버렸을지도 모른다고 생각했지만, 그렇다면 이렇게 소리를 내며 찾아다니는데 일어나지 않을 리가 없다.

나는 쓸데없다는 것을 알면서도 우선은 일 층 안을 전부 둘러봤다.

타카사키 부장도 키라라도 함께, 마당 쪽을 찾아주고 있었다.

"나나오! 나나오!"

나는 자신의 방을 확인했다.

그러자 구석에 개켜둔 이불이 어긋나 무너져 있는 것을

발견했다.

어제 나갈 때 제대로 개어놓았을 텐데, 누군가 멋대로 들어가서 놀았던 걸까?

아니면—

"히짱～ 히짜앙～ 히짱～"

"설마… 나를 찾아서?"

나는 허물어진 이불을 보면서, 나나오가 매일 아침 내 위에 올라왔던 것을 생각해 냈다.

그건 분명 나나오에게는 일과과도 같은 일이다. 분명 오늘 아침도 깨우러 왔을 것이다.

하지만 나는 어제부터 집에는 돌아오지 않아서…….

"나나오!"

나는 방에서 뛰쳐나와 현관으로 달렸다.

"나나오!"

나나오는 내가 일로 늦어지는 것에는 익숙해져 있지만, 아침에 없는 것에는 익숙하지 않다. 그러니 타카사키 부장과 처음으로 외박을 했을 때에도 나를 찾아서 힘들었다고, 후에 아버지가 가르쳐 주었었다.

"히짱, 히짱."

내가 아침에 돌아오자 굉장히 기뻐했고, 하지만 바로 키라라를 데리러 가려고 하자 심하게 쫓아오며 엉엉 울었다.

"히짜앙앙~ 히짜아아앙~!"

그런 모습을 보고, 나나오에게는 아직 내가 없으면 안 된단 건 늘 깨닫고 있었다.

나나오에게 있어서는 내가 엄마인 것이다.

내가 나나오의 엄마 대신이 되기로 정하고, 또 그렇게 대해왔으니까!

"내가… 내가 나밖에 생각하지 않아서, 나나오를 잊고 있어서, 어젯밤 돌아오지 않아서……."

후회하고 후회해도 끝이 없다는 건 바로 이런 것을 말하는 것이리라.

나는 어젯밤 돌아올 수 있었지만 돌아오지 않았다.

현관 앞에서 무릎을 꿇고 말았다.

그것을 눈치챈 후타바와 미츠구가 가까이 다가왔다.

"히토시 형 때문이 아냐. 이건 우리가 잘못한 거야. 그런 식으로 자신만을 책망하지 마."

"하지만, 후타바."

"그래! 나나오의 형은 히토시 형뿐만이 아냐."

"미츠구……."

두 녀석도 당장에라도 울 것만 같았다.

이렇게 찾고 있는데도 찾을 수가 없다.

나나오는 키라라만큼 능숙하게 걸을 수도 없는데.

할 수 있는 행동도 걸을 수 있는 범위도, 어느 정도 한정되어 있다. 그런데도 대체 어디로 간 것일까.

그렇게 생각하자, 누군가가 데리고 간 게 아닐까? 하는 걱정도 치밀었다.

밖으로 나갔다가 사고라도 당한 것은 아닌지, 점점 안 좋은 걱정만이 부풀어 오른다.

—라고 생각한 그때였다.

"있다아!!!"

"찾았어!!"

"나나오, 엘리자베스의 집에 있어!!"

옆집 앞마당에서 무사시와 이츠키와 키라라의 목소리가 들려왔다.

"엘리자베스의 집? 그건 개…… 집?"

"정말?! 뭐야, 등잔 밑이 어둡다더니!"

후타바와 미츠구가 놀라면서도 안심한다.

"나나오, 있어?"

목소리를 듣고 달려온 시로와 함께, 우리들은 곧장 이웃집으로 달렸다.

나나오는 엘리자베스의 작은 집 안에서 엘리자베스에게 기댄 채 쿨쿨 자고 있었다.

집에서 나와 넘어지기라도 한 것일까? 그게 아니면 엘리자베스의 집으로 들어가 잠시 논 것일까?

무슨 일인지는 몰라도 나나오는 전체적으로 꾀죄죄해져 있었다.

나는 엘리자베스에게 '미안, 고마워'라고 말하며, 급히 나나오를 꺼냈다.

"나나오."

안아 올려 상처가 없는지 확인했다.

"있어?!"

"히토시!"

밖으로 나갔던 타카사키 부장과 아버지도 급히 달려왔다. 등 뒤에는 분명 이번에도 함께 찾아주었을 이웃 사람들이 잔뜩 있었다.

"……응? 히짱! 히짱, 찾았다!"

나나오는 눈을 뜨자 나를 보곤 작은 손을 뻗어왔다.

특별히 상처는 없는 것 같았다. 나를 부둥켜안고 기쁜 듯이 볼을 비볐다.

역시 나를 찾고 있었던 것이다. 아침에 내 모습이 보이지 않자, 그래서―

"미안, 나나오. 내가… 내가……."

나는 안심한 동시에, 더 이상 참을 수가 없게 되어 자신을 책망했다.

"히짱?"

"어머니, 미안해요……. 전 역시 엄마가 될 수 없어요.

미안해요."

무슨 일이 있을 때마다 통감한다.

이런 일, 어머니가 살아 있었을 때에는 한 번도 없었다.

어머니는 나나오뿐만 아니라 우리 모두를 돌보았지만, 단 한 번도 이런 일은—

"히짱?"

"히토시."

내가 나나오를 안고 울음을 터뜨리자, 무사시와 이츠키가 다가왔다.

"울지 마. 히토시 형이 울면 우리들까지……."

"그래. 이렇게나 있는데… 나나오의 형제는 여섯 명이나 있는데, 히토시 형이 없으면 안 된다니, 그럼 우리들은 뭐야."

다가온 후타바와 미츠구가 내 어깨에 손을 얹었다. 그들의 눈가가 젖어들었다.

"우리들도 나나오의 형이야."

시로는 갈 곳 없는 마음을 나누듯, 조용히 고개를 숙인 아버지에게로 안겼다.

"히짱, 울지, 울지 마……."

"나나오……."

나나오는 아무것도 모른 채 내 뺨을 만져 왔다.

"토다."

타카사키 부장은 어떻게 말을 걸어야 좋을지조차 모르는 얼굴이었다.

그렇지 않아도 요 전날 키라라가 뛰쳐나간 일로, 싫을 정도로 자신의 한심함을 맛본 직후인 것이다.

내 입장도 기분도 너무 잘 알기 때문에 도리어 위로할 말도 없을 것이다.

그렇게 생각한 순간, 돌연 외친 것은 키라라였다.

"그만, 그만! 모두 울지 마! 키라라가 엄마가 될 테니까! 키라라가 모두의 엄마가 될 거니까, 울면 안 돼!!"

놀라 시선을 내린 나를 향해 키라라는 큰 눈을 반짝반짝거렸다.

작은 소녀가 늠름한 얼굴로 말했다.

"이중에 엄마가 될 수 있는 아인 키라라밖에 없잖아! 모두 아빠가 될 수는 있어도, 엄마는 키라라뿐이잖아. 자, 이리 와, 나나오. 지금부터는 키라라가 엄마야. 알았지?"

정말 씩씩한 말이었다.

키라라는 나나오를 안으려고 나에게 양손을 뻗어왔다.

"모성본능이란 이렇게 어릴 때부터 있는 거구나."

감탄하는 후타바를 보며 나도 가볍게 끄덕였다.

하지만 정작 나나오는 그런 키라라에게 등을 돌렸다.

"싫어~ 히짱이 좋아~"

"응석부리지 마. 키라라도 포기했으니까, 나나오도 포기해."

"우아아아앙! 히짜앙~!"

나나오는 키라라가 뜻밖에 스파르타 방식으로 나오자,

오히려 나를 의지하는 것인지 결국 크게 울면서 나에게 안 겨왔다.

그야말로 양손과 양다리에 힘을 잔뜩 실어, 꽈악!

"결국은 히토시 형인가."

"이래선 안심하고 데이트도 못하겠는데."

"하루 빨리 자라야 사물에 대한 이해력도 좋아질 거야."

그것을 보고 있던 후타바와 미츠구와 아버지가 '아 아······' 하고 어깨를 떨어뜨렸다.

타카사키 부장은 당장에라도 짜증을 낼 것 같은 키라라 를 달래면서도, 나와 나나오에게도 손을 뻗어왔다.

이제 이것으로, 앞으로 한동안은 외박이란 단어는 없을 것이다.

물론 타카사키 부장도.

"미안, 나나오."

타카사키 부장이 나나오를 향해 사과를 했지만, 나나오 는 싫다는 듯 '흥!' 하고 고개를 돌려 버렸다.

"어······?"

"시러~ 히짜앙, 안 돼."

"나나오."

지금까지 한 번도 이런 태도를 한 적이 없었는데. 나나오 는 타카사키 부장을 가리키며 단호하게 '시러' 라고까지 말 했다.

마치 '히토시는 나나오 거야' 라고 선언하듯.

"바이바이~"

"……윽."

그뿐만 아니라 확실히 손까지 흔들어 빨리 보내려고 했다.

다 큰 어른을 진심으로 침울하게 만들다니. 타카사키 부장은 그 자리에서 무릎을 꺾었다.

"우왓. 이렇게 되면 나나오가 키라라보다 문제야. 뭐, 어머니가 있었을 때부터 히토시 형에게 이렇게 딱 붙어 있었던 걸 생각하면, 아무도 히토시 형 이상은 될 수 없다는 거겠지만."

이래서는 어쩔 방법도 없다고 생각했는지, 믿고 의지했던 시로까지 두 손을 들었다.

"에잇~ 나나오만 안아주다니. 치사해. 히토시 형, 나도 안아줘~"

"나, 나도… 히토시이~"

나나오가 너무 제멋대로 말하자, 거기에 영향을 받은 무사시와 이츠키까지 내 다리에 달라붙어 떼를 써왔다.

"멍멍!"

등 뒤에서는 엘리자베스까지 부비부비 다가오니, 이제 뭐가 뭔지 하나도 모르겠다!

그나마 조금이라도 알 것 같은 것이 있다면, 나와 타카사키 부장의 연애는 앞으로도 매우 전도다난하다는 것이다.

어제 같은 러브러브한 하루는, 아마 당분간은 없을 것이다.

"죄송합니다. 타카사키 씨. 뭔가… 양육법이 잘못되었던 것 같아서……."

"아뇨…… 저도 노력하겠습니다. 성심성의껏 열심히 하겠습니다."

그런데도 아버지의 사과를 받은 타카사키 부장은, 낙담하면서도 적극적인 자세를 보여주었다.

나는 그것만으로도 고마웠다.

타카사키 부장 같은 사람이라면 앞으로도 죽 함께할 수 있을 것이다. 나도 안심하고 어리광을 부릴 수 있을 것이다.

"히짜~ 히짜~앙."

"히토시 형, 무사시도~"

"히토시~ 나도~"

"우리엘니임~ 키라라도오~~"

어쨌든 나와 상사와의 연애는 막 시작된 참이다.

두 가족을 합쳐 모두 열 명이라는 대가족의 이야기도, 지금부터가 시작이었다.

『상사와 연애』끝

## 작가 후기

　안녕하세요. 이렇게 책을 구입해 주셔서, 정말 감사합니다. 이 책은 타이틀에서도 알 수 있듯이 대가족 BL입니다.

　저는 외동이기 때문에, 오빠나 언니, 동생이 있는 생활에 큰 동경을 가지고 있어서, 쓰는 것만으로도 행복한 책이었습니다.

　현실은 어떤지 몰라도, 미즈카네 선생님의 멋지고 아름다운 가족 캐릭터입니다. 그것만으로도 즐겁지 않을 리가 없겠죠!

　그중에서도 특히 마음에 드는 것은 '히짱, 에이자베, 푹신푹신해~'의 나나오겠죠?(하지만, 이 아이의 장래가 가장 불안;;)

　그리고, 이야기 속의 이야기 『성전천사 냥냥 엔젤스』. 어째서 나는 이 모양이지? 이런 것을 의기양양하게, 진지하게 써버렸다. 아아… 뭔가 또 저질러 버렸다는 느낌입니다.

　하지만! 세실문고는 뭔가 달랐다! 권두 일러스트(첫 머리에 넣는 그림) 지정 확인으로 '냥냥의 코스프레 의상을 자세하게 알려주세요' 라는 말을 들었을 때는, 간이 떨어지는 줄 알았습니다.

　—에?? 자, 잠깐만, 권두 일러스트라면 컬러? 흑백으로라도 들어가면 럭키라고 생각했었는데, 컬러?!(BL인데에??)

　엉겁결에 확인하자, '역시 이 부분이 제일 보고 싶었어요' 라는 담당기자분의 말.

　그레이트!! 틀림없이 멋진 결단입니다!! 덕분에 뺨을 부비부비하고 싶은 귀여운 권두 일러가 되었습니다. 이 책은 이제 최고의 힐링북입니다. 아마 뭔가 괴로운 일이 생긴다면, 이 책을 꼭 손에 잡을 것 같습니다.

　미즈카네 선생님, 멋진 커플과 사랑스러운 가족, 고맙습니다. 우아한 어른부터 사랑스러운 아이들까지 그려주셔서 정말 행복합니다! 또 다시 함께할 기회가 있다면, 잘 부탁드립니다.

　담당기자님, 이번에는(도??) 큰 배려를 해주셔서 감사합니다. 작업 중 계속된 트러블에 무너져 버린 저에게 '일단 자고 할까요?' 란 말은 정말 사랑스런 명언이었습니다. 덕분에 겨우겨우 여기까지 올 수 있었습니다. 감사합니다.

　그리고 마지막으로, 여러분.

　읽은 후 조금이라도 편한 기분이 되셨거나 재미있으셨다면 기쁘겠습니다.

　충동에 체력이 따라가 준다면, 홈페이지에 냥냥의 단편이나 해설을 업데이트할지도 모르겠습니다. 흥미가 있으시다면 보러 와주세요.

그럼 또 세실문고에서, 그리고 다른 어딘가를 통해서 만나기를 바라며……

휴가 유키(日向唯稀)

# 역자 후기

안녕하세요.

강지우입니다.

문고본은 처음이라 눈알이 뽑힐 듯, 허리가 굽을 듯 많은 어려움이 있었지만, 휴가 유키 선생님의 재밌는 이야기와 필력 덕분에 아주 재미있게 읽었습니다.

저, 저도… 탄수화물 만세입니다!!!

비록 중간 중간 답답한 마음에 오해를 하고(엉?), 타카사키 부장의 멱살을 몇 번이나 휘어잡을 뻔했지만…….(뭔데? 뭔데? 뭐라고 했는데?! 나도 좀 듣자아!! 책을 읽으신 분들이라면 다들 어느 부분인지 대충 눈치채셨을 듯……. 하하하;;;)

또, 먹성 좋은 아이들의 장래를 걱정하며, 대체 이 집은 한 달 식비가 얼마일까… 그러고 보니 나 고등학교 시절에도 9남매의 첫째가 있었었지… 그 아이는 히토시보다 더했을 거야… 크흑… 등등, 쓸데없는 걱정을 페이지 페이지마다 했지만… 그만큼 아주 빠져들어서 읽을 수가 있었습니다!!!

마지막으로 딱 하나 아쉬운 게 있다면, 끝까지 삽화로 소타로님♡(히토시의 아버지)의 모습을 못 봤다는 겁니다.ㅜㅜ

크흑ㅜㅜ 왜… 왜… 왜… 왜죠??!

호, 혹시 2권은 안 나오나요?!


강지우